기억나지 않음, 형사

기억나지
않음,
형사

The Man
Who Sold the World

찬호께이 장편소설
강초아 옮김

한스미디어

We passed upon the stair, we spoke of was and when

Although I wasn't there, he said I was his friend

Which came as some surprise I spoke into his eyes

I thought you died alone, a long long time ago

_David Bowie, *The Man Who Sold the World*

우리는 계단을 오르며 과거의 여러 일들을 이야기했어

내가 거기 없었는데도 그는 그렇게 말했지, 내가 그의 친구라고

나는 그의 눈을 보며 의아한 듯 말했어

난 당신이 홀로 쓸쓸히 죽었으리라 생각했어, 아주 오래 전에

_데이비드 보위, <세계를 팔아넘긴 사나이>

차례

일러두기

- 지명을 제외한 고유명사는 외래어표기법에 따라 표기했습니다. 중국에서 사용하는 표준중국어 발음에 준한 표기입니다.
- 지명은 현지 발음에 맞게 홍콩에서 사용하는 중국어 방언인 광둥어의 발음에 준하여 표기했습니다. 지명 중 영어 명칭이 주로 쓰일 때는 중국어 명칭이 따로 있음에도 영어 발음으로 표기했습니다.
- 원주(原註)는 해당 페이지 하단에 각주로 달아 넣었습니다.
- 역주(譯註)는 본문 중에 작은 고딕자로 병기하였습니다.

서장

방바닥 한가운데 시체 두 구가 누워 있다.

증거를 수집하던 감식요원이 두어 마디 인사를 건네고 방을 나갔다. 방 안에는 나와 피범벅의 시체 두 구만 남았다.

아니지.

자궁 속 태아를 계산에 넣어 '방 안에는 나와 시체 세 구만 남았다'고 해야 할까? 시체는 둘인데 목숨은 셋, 흡사 B급 호러영화의 통속적 설정이다.

남자는 여자 위에 엎어져 있다. 아내를 보호하기 위해 자신의 몸으로 칼날을 막아선 모양새다. 하지만 남편의 노력도 헛되이 두 시체에는 칼에 찔린 상처가 가득했고, 피 때문에 옅은 색 잠옷은 선홍색이 되었다. 남자의 얼굴에는 절망의 표정이 떠올라 있다. 자신의 무력함에 슬픔까지 느끼는 듯하다.

두 사람이 흘린 피는 방바닥에 어두운 붉은색의 웅덩이를 만들었다. 얼마 전까지만 해도 이 붉은색 액체는 그들의 몸속을 휘돌며 세 사람의 목숨을 지탱해주었을 것이다. 배 속의 아이까지 말이다.

나는 가끔 생각한다. 어머니의 자궁 안에 있는 태아는 어떤 기분일까? 과학적 이론을 알고 싶은 것이 아니다. 생명이 어떻게 시작되는가, 그것은 학자들의 문제다. 내가 알고 싶은 것은 태아에게 감정이 있느냐, 주관적인 생각이 있느냐 하는 것이다.

특히 태어나기도 전에 죽음을 맞이해야 할 때, 그 또는 그녀—혹은 그것—는 어떤 느낌이 들까?

공포를 느낄까? 절망할까? 자신이 첫 번째 숨조차 들이마시지 못한다는 사실에 슬퍼할까? 아니면 살인자에게 원한을 품을까?

태아에게 어머니의 자궁은 세계의 전부다. 개구쟁이 아이가 어항에서 금붕어를 꺼내 바닥에 던지고 돋보기로 개미집을 태울 때처럼, 살해당하는 생명은 그저 어리둥절하지 않을까?

만약 그렇다면 차라리 잘된 일인지도 모른다. 외부세계를 한 번도 본 적 없는 아이가 분노와 원한을 품고 세상을 떠나지는 않을 테니까.

시체의 상태로 판단할 때, 살인자는 마치 태아가 목표였던 것처럼 여자의 부풀어 오른 배를 공격했다. 여자의 배에 두세 군데 명확한 자상이 있는 점, 시체가 쓰러진 각도와 팔다리의 자세 등을 보면 살인자는 어머니 쪽이 아니라 태아를 먼저 죽였다고 추측된

기억나지 않음, 형사

다. 그놈은 여자의 하복부를 찌른 다음 절명시키지 않고 내버려뒀다. 여자는 서서히 죽었다.

보통 사람들은 대개 이런 잔인하고 메스꺼운 장면을 견디지 못한다. 하지만 나에게는 일상적인 업무 상황이다. 대도시에서 형사가 살인사건을 만날 확률은 집 근처 카페에서 이웃을 만날 확률보다 아주 조금 낮을 뿐이다. 시체 같은 거야 일찌감치 익숙해져서 별거 아니게 되었다. 피와 살점이 뒤엉켜 고깃덩이 같은 시체보다 무장강도의 총구가 더 무섭다.

창밖의 하늘은 시커멓기만 하다. 건물 아래 큰길에서 행인들의 소음이 들려온다. 폴리스라인 바깥에서 출입이 저지된 기자들은 어떻게든 시체가 차량에 실리는 장면을 한 컷이라도 잡아내기 위해 카메라를 들이민다. 세상을 들썩거리게 만들 사진을 찍어 사장님에게 내놔야만 한다. 임신부가 살해당했으니 구미가 낭기는 사건임이 틀림없다. 언론이 벌떼처럼 달려들 테지만, 연쇄살인마가 저지른 사건이 아닌 바에야 두 달 뒤면 저 기자들은 다들 피해자의 이름조차 기억하지 못할 것이다.

우리가 살고 있는 곳은 이토록 천박한 도시다. 살인, 강도, 납치, 강간, 뭐든지 나와 상관없으면 시민들은 방관자적 입장에서 사건을 감상한다. 프롤레타리아 대중이 모두 냉혈동물이라고 말하려는 것이 아니다. 단지 현대사회의 인간은 공감능력을 상실했다는 뜻이다. 좋게 말하면 이성적이고, 나쁘게 말하면 냉혹하다. 과학기술이 발전할수록 정보는 더 쉽게 유통되고, 우리는 세상일에 점점 더 마비된다. 어쩌면 세상에 나쁜 일이 너무 많아서 냉혹해져야 했는지도 모른다. 한 겹 또 한 겹의 갑옷으로 자신을 감싸고서 이 '변화한 사회'에 적응해나가야 하는 것이다. 방관자적 입장에서 사물을 보아야 마음의 상처를 입지 않는다.

인간의 마음은 몹시 연약하다.

그러나 형사는 사건을 해결하지 못하는 날이 길어지는 만큼 일하는 시간이 늘어나기 때문에 방관자적 입장을 취할 수 없다.

나는 가볍게 한숨을 쉬었다. 바닥의 혈흔을 밟지 않도록 조심하며 시체 옆에 쪼그리고 앉았다.

죽은 여자는 서른 살쯤 된 것 같다. 네 살 난 딸을 키우는 주부라기에는 어려 보인다. 파리한 뺨, 도톰한 검붉은색 입술, 부드럽게 휘어진 가는 눈썹, 어떻게 보아도 미인임이 확실하다. 비록 지금은 입가에 짙은 갈색의 혈액이 잔뜩 묻어 있고, 또 두 눈이 5홍콩달러짜리 동전지름 27mm보다 더 크게 뜨여 있어 마치 죽어서도 눈을 감지 못한 모양새였지만 말이다. 아이를 보호하는 건 어머니의 본능이다. 그녀가 오른손으로 배를 감싼 모습을 보면 아마도 죽기 직전 '제발 배 속의 아이는 살려주세요'라고 애원한 듯하다. 살인자의 칼이 배를 찔렀을 때, 그 순간이 그녀 자신이 죽던 순간보다 훨씬 고통스러웠으리라.

남편은 아내를 보호하고, 아내는 아이를 보호하고, 하지만 아무도 보호받지 못한 채 온 식구가 살해당하고 말았다. 실로 아이러니한 일이다.

이런 생각을 입 밖에 내면 얄팍한 사람들이 도덕군자 흉내를 내며 나를 경박하다느니 무정하다느니 욕할 것이다. 형사는 무릇 감정에 휘둘려 판단을 그르쳐서는 안 된다. 나는 무심한 시선으로 범죄사건의 결과를 자세히 살펴보는 데 익숙해졌다. 만약 내가 살해당한 세 목숨을 동정하며 감상적으로 눈물을 흘린다면, 그건 그저 연기에 불과할 것이다.

내가 할 일은 범인을 체포하는 것이다. 이게 경찰의 사명이다.

나는 여자를 바라보며 마음속으로 조용히 맹세했다. 당신들을 위해 꼭 진실을 밝히겠습니다. 그 순간, 나는 그녀의 눈동자가 살짝 움직이는 것을 보았다.

나는 고개를 숙여 그녀의 얼굴 가까이 다가갔다. 콧속으로 피 비린내와는 거리가 먼 향긋한 체취가 스며들었다. 그녀의 두 눈동자가 느릿느릿 나를 향했다. 네 개의 눈동자가 마주쳤다.

"수고해요."

고운 입술이 벌어지더니 웃음을 머금고서 내게 말했다.

1장

나는 돌연 잠에서 깨어났다. 시야에 쑥 들어차는 것은 천장이 아니라 바깥 공기를 막고 있는 유리와 핸들이다. 왼쪽 차창에 햇빛이 비친다. 추위가 완전히 가시지 않은 초봄의 싸늘한 공기 속에서 약간의 햇살이 피부에 닿아 현실감각을 일깨운다. 나는 구깃구깃 주름진 흰 와이셔츠에 검정색 바지를 입고서 양말도 벗지 않은 채 등받이를 거의 수평으로 넘긴 운전석 시트에 몸을 둥글게 말고 누워 있었다. 몸 위에는 남회색 재킷이 덮여 있다.

운전석 등받이를 바로 세운 다음 실눈을 뜨고 차창 밖을 쳐다봤다. 눈을 찌르는 햇빛에 좀 익숙해지고서야 집 근처의 주차장이라는 것을 알아차렸다. 내가 사는 아파트에는 주차장이 없어서 네 블록 떨어진 노천 주차장에 한 자리를 세내어 쓰고 있다. 홍콩이란 도시는 공간은 좁아터졌는데 인간은 빽빽이 들어찬 이상한 곳이다. 중고차를 살 때 가장 고민한 부분은 차를 사는 비용이 아니라 주차공간을 빌리는 비용이었다.

핸들만 뚫어져라 쳐다봤다. 머리가 맑지 않다. 손목시계를 흘깃 봤다. 바늘은 9와 10 사이를 가리키고 있다. 어젯밤 집에 들어가지 않은 건가? 어제 어딜 갔더라? 너무 피곤한 나머지 차 안에서 잠들어버렸나?

픽!

"으윽!"

이마에서 격통이 내달린다. 마치 쇠망치로 두드리는 것 같다. 통증은 이마 한가운데서 시작되어 정확히 양쪽 태양혈로 뻗어간다.

편두통인가? 아니면 숙취?

나는 재킷을 집어 들고 킁킁댔다. 술 냄새가 코를 찌른다. 그래, 어젯밤 고주망태가 되도록 마셨지, 그래서 집에 가지도 못하고 차에서 잠들어버렸어. 나는 조수석 앞의 글로브박스를 열어 아스피린 병을 꺼냈다. 생각할 것도 없이 두 알을 입안에 던져 넣었다. 물도 마시지 않고서.

죽겠구먼, 머리가 깨지겠어.

약병을 주머니에 쑤셔 넣고 손을 뻗어 글로브박스를 도로 닫으려다 권총과 경찰 신분증이 잡동사니와 뒤섞여 있는 것을 발견했다.

어떻게 이렇게 부주의할 수 있지? 이런 중요한 물건을 글로브박스 같은 데 아무렇게나 넣어두다니! 권총과 신분증을 절대 몸에서 떼어놓지 않는 건 경찰의 기본이잖아. 내가 곯아떨어진 사이에 차량털이범이 차 문을 열기라도 했다면 감당 못 할 사고를 친 셈이 됐을 거다.

나는 능숙하게 권총집에 꽂힌 리볼버를 가죽벨트에 고정하고 경찰 신분증을 셔츠 주머니에 쑤셔 넣은 뒤 재킷을 입었다. 더러워진 신발도 제대로 신었다. 차 밖으로 나와 허리를 죽 펴니 온몸의 뼈가 뚜둑 뚜둑 소리를 낸다.

어젯밤 퇴근 후에 코가 비뚤어지게 마신 모양이다. 하지만 전혀 기억에 없다. 어디에 갔는지, 누굴 만났는지, 언제 주차장에 들어왔는지 아무것도 모르겠다. 그래도 병원 침대가 아니라 차 안에서 눈을 떴으니까 정말 운이 좋은 셈이다. 엉망진창으로 취하고서도 교통사고를 내지 않았으니 시직이나 나름없다.

"경찰이 제멋대로 법을 어기다니 형편없군!"

한마디 툭 내뱉고선 나도 모르게 쓸쓸하게 웃어버렸다.

다시 운전석에 앉아 컵홀더에서 물병을 꺼내 목에 들이부었다. 한 모금 마셨더니 순식간에 반병이 사라진다. 약효가 도는지 두통이 상당히 가라앉았다. 그러나 꿈인지 실제인지 모를 흐리멍덩한 기억이 뒤따라 떠오른다. 조각조각 부서진 기억의 편린이 이리저리 뒤엉킨다. 뿔뿔이 흩어져 순서를 찾을 수 없는 필름처럼. 나는 어제, 그제, 일주일 전, 심지어 한 달 전의 기억까지 제대로 정리해내지 못하고 있다. 혼란스러운 감각이 온몸을 뒤덮고, 불안감과 소외감이 점차 피어오른다. 나를 둘러싼 모든 것, 심지어 지금 호흡하고 있는 공기마저 나와 배척관계에 놓인 이물질처럼 느껴진다.

좋지 않은데. 고질병이 도지려나?

의사는 이런 증상이 나타나면 우선 눈을 감고 심호흡을 하면서 머리를 비우라고 했다. 그런 다음 빠르게 뛰던 심장박동이 안정을 찾으면 천천히 눈을 뜬다. 의사가 일러준 대로 운전석에 5분 정도 가만히 앉아 있다가 눈을 뜨자 기분이 확실히 평온해졌다.

기억이 날 듯 말 듯하다.

일 때문에 동료 형사와 말다툼을 했고, 거의 주먹다짐까지 할 뻔했지. 누군가의 멱살을 잡았고, 상대를 바닥에 메다꽂다시피 했다.

나, 어제 왜 그렇게 열이 올랐던 거지?

시체 두 구가 피웅덩이에 엎어져 있는 화면이 눈앞에 떠올랐다.

나는 주머니를 더듬어 진갈색 인조가죽 표지로 된 수첩을 꺼냈다. 명함보다 약간 더 큰 저렴한 수첩이다. 첫 장에는 흘려 쓴 글씨로 '둥청아파트東成大廈'라는 네 글자가 적혀 있다.

맞아, 둥청아파트에서 두 사람이 살해당한 사건이 있었지.

지난주에 홍콩섬 웨스턴 서덜랜드가에 있는 둥청아파트 3층에서 섬뜩한 살인사건이 발생했다. 부부가 칼에 찔려 사망했는데, 아내는 심지어 임신 중이었다. 남편 정위안다鄭元達는 키가 작고 통통한 체형이며 작은 무역회사에서 한 부서의 책임자로 일했다. 아내인 뤼슈란呂秀蘭은 정위안다보다 몇 살 어린데, 결혼한 뒤 말단 창구직원으로 일하던 은행을 그만두었다. 네 살 난 딸을 돌보면서 새로 태어날 아기를 만날 날을 기다리고 있었다.

전형적인 홍콩 소시민 가정이다. 남편은 아내와 아이를 부양하기 위해 성실하게 일한다. 할 수 있는 최대한 야근을 하고도 월급 봉투는 얄팍하기만 하다. 월급의 대부분은 주택 대출금으로 들어가고, 남은 금액으로 먹는 것 쓰는 것 아껴가며 세 식구가 단란하게 사는 것까지 딱 전형적이다. 그러나 그들의 결말은 전형적이지 못했다. 부부는 둘 다 사망했고, 대출금도 다 갚지 못한 채 흉가가 되어버린 집, 무시무시한 소문, 그리고 세상물정 모르는 딸아이만 남겼다.

현실은 추리 드라마와 달리 플롯이 복잡하지 않다. 우리는 간단한 조사 후에 쉽게 사건의 내막을 파악했다. 업무 때문인지 몰라도 정위안드는 거래처 사람들과 함께 유흥업소를 자주 찾았다. 1년 전 힌 술집 여종업원과 그렇고 그린 관계가 됐는데, 여자 쪽도 유부녀였다. 그들의 관계를 눈치챈 정위안드의 회사 사장은 불륜 관계를 빨리 청산하라고 충고하곤 했다. 하지만 정위안드는 사장의 충고에 따르지 않았고, 결국 살해당했다. 가족들까지.

피해자 남성의 불륜을 단서로 조사해나가자 금세 전형적인 결과가 도출됐다. 술집 여자의 남편은 폭력적이고 성격 급한 사내였다. 상해죄로 여러 차례 구속된 적도 있는, 감옥의 단골손님이었다. 남편이 감옥에 가면 여자는 술집 손님들에게서 온기를 찾으려 했다. 남편이 띠동갑 나이 차가 나는 어린 아내의 외도를 알아차렸을 때, 결과는 불 보듯 뻔한 것이었다. 술집 여자의 남편 이름은 린젠성林建笙이었다. 뒷골목에서 불리는 별명은 '귀신'이다. 서른아홉 살, 폭력조직원은 아니지만 그쪽 인사들과 나름 왕래가 있었다.

사건이 있던 날 밤, 린젠성은 혼자서 정위안다의 집에 찾아가 가만두지 않겠다며 난동을 부렸다. 담이 작은 정위안다는 현관문도 열지 못한 채 소극적인 대항을 했다. 집에 아무도 없는 척한 것이다. 하지만 그런 치졸한 수법으로 '귀신'을 속일 수 있을 리 없다. 이웃들은 불량배 같은 남자가 소리 높여 욕하면서 문을 거칠게 걷어차는 것을 숨죽여 듣고 있었다. 린젠성은 들어줄 수 없는 온갖 욕설을 퍼붓는 중간 중간 네놈 식구들 다 죽여버리겠다며 소리를 질러댔다. 20분 정도 지났을까, 린젠성이 씩씩대며 떠났다. 하지만 그는 완전히 간 게 아니라 아파트 문 앞에서 한참 지키고 서 있었다. 아파트 관리인에게 쫓겨날 때까지. 그때 둥청아파트의 집에는 정위안다와 배가 남산만 한 아내 뤼슈란 외에 딸 정융안鄭詠安과 뤼슈란의 언니 뤼후이메이呂慧梅가 있었다. 뤼후이메이는 학력이 그다지 좋지 않은 뤼슈란과는 달리 영국으로 유학 가서 영어를 공부하고 돌아와 당시 한 출판사 편집부에서 일하고 있었고, 같은 아파트의 다른 집에 혼자 살면서 자주 여동생 집으로 와 밥을 먹곤 했다.

저녁식사를 하던 중 벌어진 사건 때문에 단란한 식탁은 곧 가정불화의 자리로 바뀌고 말았다. 남편의 외도를 알게 된 뤼슈란은 당연히 크게 화를 냈고, 어린 딸은 문 밖에서 난리를 치는 린젠성 때문에 겁을 먹고 빽빽 울어댔다. 뤼후이메이는 린젠성이 가고

난 뒤 조카 정융안을 7층의 자기 집으로 데리고 갔다. 동생 부부가 냉정을 되찾을 때까지 자리를 피해준 것이다. 뤼후이메이와 정융안은 운이 좋았다. 7층으로 올라가지 않았다면 이 사건은 시체 네 구와 다섯 목숨이 관련된 일가족 몰살사건이 되었을지 모른다. 다음 날 아침 뤼후이메이는 조카딸을 데리고 여동생 집으로 돌아갔다가 살인사건 최초 발견자가 되었다.

검시관은 자살의 가능성을 바로 제쳐두었다. 정위안다는 칼에 네다섯 번이나 찔린 뒤 사망했고 뤼슈란은 과다출혈로 죽었다. 문제는 범인이 어떻게 집 안으로 들어왔느냐다. 아파트 현관은 단단히 잠겨 있었고 억지로 연 흔적이 전혀 없었다. 감식요원은 현관문 바깥 면에서 린젠성이 걷어찬 발자국을 찾아냈을 뿐이다. 그러나 수수께끼는 1분도 지나지 않아 풀렸다. 둥청아파트 주변에서 어슬렁거리던 노숙자가 새벽쯤에 수도관 파이프를 타고 아파트 외벽을 내려오던 한 남자와 딱 마주쳤던 것이다. 남자는 당황하더니 급히 동쪽 방향으로 달아났다.

우리는 아파트 외벽에서 확실한 증거를 찾아냈다. 수도관 파이프에 타고 오른 흔적이 있고, 누군가 3층까지 올라갔다가 다시 지상으로 내려온 게 확실했다. 수도관과 외벽에서 현관문에 있던 발자국과 동일한 발자국과 함께 린젠성의 지문이 발견됐다. 시체가 쓰러져 있던 방 창틀에서 피 묻은 손자국이 발견됐을 때는 감식반이 환호성을 질렀다. 창문은 열린 채였고 오른손 엄지손가락을 제외한 네 손가락의 지문이 선명하게 찍혀 있었다. 이것만으로도 린젠성을 법정에 세우는 데 충분했다. 게다가 살인 동기와 목격자의 증언까지 있으니 이 사건은 순식간에 해결될 것으로 보였다.

하지만 우리는 린젠성을 체포할 수 없었다. 아니, 정확히 말해서 린젠성을 체포하려 했지만 실패했다. 시체가 발견되고 일곱 시간밖에 지나지 않았지만 린젠성은 이미 사라진 뒤였다. 그의 아내 리징루李靜如—정위안다와 불륜관계였던 술집 여종업원—는 끝까지 남편이 어디로 갔는지 모른다고 했다. 상습적으로 범죄를 저질러온 린젠성은 정위안다의 집 문 밖에서 소동을 벌이고 둥청아파트를 떠났지만 계속 분노를 주체하지 못했을 것이다. 그래서 밤이 깊어지기를 기다려 아파트 외벽을 기어올라 정위안다의 집에 숨어들었고, 살해라는 방식으로 복수를 하고 잠적했다. 상황과 논리에 완벽히 부합하는 결론이다. 우리의 이런 조사 결과에 불만을 제기할 사람이 누가 있겠는가. 이제 남은 일은 범인을 체포해 법의 심판을 받도록 하는 것뿐이다.

나는 위화감을 느꼈다.

사건 전체를 다시 살펴봤지만 아무런 실수나 허점도 찾을 수 없었다. 그러나 어떤 기이한 감각이 머릿속에 달라붙어 떨어지지 않았다. 린젠성이 범인이 아니라는 직감.

이 근거 없는 직감이 어디서 튀어나왔는지 나 자신도 이해하지 못했다. 나는 왜, 도대체 왜 얼굴도 모르는 상습 범죄자를 무죄라고 느끼는 걸까? 어떻게 해도 설명할 길이 없었다.

"형사의 직감입니다."

기억나지 않음, 형사

어젯밤 내가 이렇게 말한 것이 기억났다. 이어진 것은 동료의 비웃음이었다.

"형사의 직감? 멍청한 소리 작작해! 네가 뭐라도 되는 줄 알아?"

"이봐, 명탐정님! 집에 가서 잠이나 자."

"우리는 주인공이 아니야, 분수를 알아야지! 위에 있는 사람한테 잘못 보이면 힘들어져……."

"어떻게 그럽니까! 진실을 밝혀야죠!"

그때 내가 무척 흥분해 있었던 게 기억난다.

"신입은 입 다물어."

그래, 이 말이 날 돌게 만들었다. 누가 한 말이더라? 기억나지 않는다. 막 진급해서 경장警長이 되긴 했지만, 나는 여전히 형사과 경험이 부족한 신출내기였다. 그 자식들 낯짝이 역겨웠다. 진지하게 일할 생각 따위 해본 적도 없고 그저 수사 종결 보고서를 올릴 수 있으면 된다는 식이다. 심지어 황黃 조장도 똑같은 얼굴을 하고 있는 것을 보니 앞으로 저 작자 밑에서 일할 생각에……. 으윽, 두통이 다시 시작됐다.

나는 이마를 두드리며 남은 물 반병을 단숨에 들이붓곤 차에서 내려 문을 닫았다. 손목시계의 바늘이 10시를 가리키고 있다. 어제 동료들과 불쾌한 일이 있었다고 해서 일을 하지 않을 수는 없다. 린젠성이 진범이든 아니든 역시 그를 체포해야만 한다. 그러지 않으면 진실은 영원히 수면 아래로 가라앉아 버릴 것이다. 여기서 경찰서는 걸어서 10분이면 넉넉히 도착한다. 나는 차를 두고 가기로

했다. 집은 경찰서와 여덟 블록 떨어져 있고, 주차장은 그 둘 사이에 있다. 왜 일본 브랜드인 이 중고차를 사서 타고 다니기로 했는지, 솔직히 나 자신도 잘 모르겠다.

재킷 주머니에 손을 넣고 자동차 리모컨을 찾아 뒤적이는데 손끝에 낯설고 두꺼운 종이가 만져졌다. 꺼내보니 동그란 컵받침이다. 가운데에 사자 그림이 있고 가장자리를 빙 둘러 'Pub 1189'라는 글자와 주소가 인쇄돼 있다. 기억에는 없지만 어젯밤 이 술집에 갔던가 보다.

"어젯밤 센트럴에 갔었군……."

나는 머리를 긁적이며 컵받침을 뒤집었다.

쉬유이
517-716929-123 $56,888

이거 뭐지? 왜 내 이름이 적혀 있는 거야? 군데군데 물에 젖은 흔적이 있는 흰색 컵받침 뒷면에 파란색 볼펜으로 쓴 글자가 남아 있다. 아마도 은행 계좌번호 같다. 마지막 세 자리 숫자는 은행 고유번호겠지. 틀림없다. 그런데 나는 이 계좌를 모른다. 5만 홍콩달러약 750만 원가 넘는 이 금액이 뭘 뜻하는 건지는 더 말할 것도 없다.

나는 숫자들을 1분 가까이 응시했지만 아무런 단서도 나오지 않았다. 됐다, 사소한 일에 골치 썩이지 말자. 숙취가 좀 가라앉을 오후쯤엔 다 기억이 나겠지.

나는 차 문을 잠그고 큰길을 따라 경찰서로 향했다. 홍콩섬 웨스턴은 유서 깊은 지역이다. 번잡하고 바쁜 센트럴이나 관광객이 붕어떼처럼 이리저리 몰려다니는 코즈웨이베이, 한가롭고 조용한 서던 등과는 달리 웨스턴은 거의 주목받지 못하는 곳이다. 사람들에게 잘 알려진 것이라면 오랜 역사를 자랑하는 명문 학교 몇 곳뿐이다. 그중에는 유명한 홍콩대학도 포함되어 있다. 이 지역은 아이가 있는 세대가 많으며 치안도 나쁘지 않은 편이라 민심이 순박한 곳이라고 해도 좋다. 지금의 웨스턴은 홍콩에서 가장 역사적 가치가 있는 지역 중 하나지만 100년 전에는 이름 높은 유흥가였다. 기루와 술집으로 가득했던 거리가 지금은 유치원과 중학교가 연이어 있는 모습으로 바뀐 것이 놀랍기만 하다.

내가 근무하는 웨스턴 경찰서는 지역 내에서도 특히 유서 깊은 건축물이다. 홍콩 개항 초기, 식민지 정부가 홍콩섬에 설립한 경찰서 열 곳은 센트럴의 경찰총부警察總部를 제외하고는 모두 고유한 번호가 매겨졌다. 광둥 사람들이 경찰서를 '차관差館'이라고도 부르니까 경찰서들은 1호 차관부터 9호 차관이 된다. 100년이 지난 지금 각 지역 경찰서들은 다 다른 주소지로 이전했고, 원래의 건물은 철거되거나 싹 개조하여 박물관 등의 용도로 사용되고 있다. 홍콩 시민들도 1호니 2호니 하는 번호를 다 잊어버렸다. 유일하게 7호 웨스턴 경찰서만이 원래 자리에서 확장 보수를 거치며 처음의 용도 그대로 사용되고 있다. '7호 차관'이라는 이름도 여전히 인근 주민 사이에서 널리 쓰인다. 서양 사람들이 말하는 것처럼 7이 행운의 숫자이기 때문일까. 어쩌면 웨스턴 경찰서는 행운의 신이 돌봐주어서 철거의 운명을 피해온 것일지 모른다.

나는 위티가를 지나 퀸스로 서쪽에서 드보예로 서쪽을 향해 걸어갔다. 경찰서는 두 거리가 만나는 지점 뒤쪽에 있다. 나는 지금 기묘하고 낯선 감각을 느끼고 있다. 옷을 파는 노점, 길가의 잡지 판매대, 벽에 붙은 포스터, 진입로의 신호등…… 여기는 내가 매일 출퇴근하면서 지나다니는 길인데 이 모든 것들이 낯설기만 하다.

낯선 감각을 느끼면서도 이곳이 익숙하지 않다는 생각은 들지 않는다. 다음 골목이 얼마나 먼지, 어디에서 꺾어야 하는지 내가 명확하게 알기 때문이다. 이런 익숙하면서도 낯선 감각은 '뜨거우면서도 차가운 물'처럼 존재할 수 없는 것이다. 그 사실을 분명히 알고 있는데도 내 신경세포는 몹시 명확하고 사실적으로 그런 감각 정보를 전달한다.

마치 매일 비슷한 풍경을 봤지만 이 순간 처음으로 실제의 거리에 발을 내딛은 것 같다.

"이런 질병을 외상 후 스트레스 장애라고 합니다. post-traumatic stress disorder, 줄여서 PTSD라고 하죠. 당신이 예전에 심각한 심리적 상처를 받은 일이 있었기 때문에 그 사건이 당신의 의식 속에 절대 없어지지 않는 흉터를 남긴 거예요. 자기가 의식하지 못한다 해도 그 사건이 남긴 문제가 여전히 남아 있지요. 작은 일에도 감정이 격해지거나 주의가 산만해지고, 단기 기억상실증이 생기기도 합니다. 선택적으로 특정 기억을 잃는 경우도 있고요."

의사가 해준 말이다.

지금 이런 감각을 '미시감'이라고 하는 거겠지? 낯선 사물을 익숙하게 느끼는 '기시감'과 반대로 미시감은 익숙한 사물에 대해 낯선 감각을 느낀다. 이상한 것은, 낯설긴 한데 또 한편 완전히 낯선 느낌은 아니라는 점이다. 마치 기시감과 미시감을 동시에 느끼는 것 같다.

고개를 흔들어 이런 어처구니없는 생각을 털어냈다. 외상 후 스트레스 장애를 앓는 경찰관은 적잖다. 그것이 경찰 직무에 영향을 주느냐 아니냐가 중요하다. 나는 자신의 정신 상태를 분명히 알고 있다. 사소한 심리질환도 이기지 못해서야 어떻게 이 일을 계속할 수 있겠는가? 외상 후 스트레스 장애 따위, 개나 주라지. 그런 문제를 떠들어대는 건 계집애 같은 짓이다. 강한 의지로 극복하면 그만이다.

나는 웨스턴 경찰서 정문 앞에 도착했다. 전혀 생각지 못한 일이 벌어졌다. 충격적이었다. 낯선 식당 간판과 도로 신호등에 비할 바가 아니다.

경찰서의 모습이 내 기억과 완전히 달랐다.

경찰서 바깥에는 늘 그래왔듯 장식용 대포 두 문이 벌려 서 있다. 그러나 계단도 벽도 다르다. 대리석 계단과 옅은 회색 벽돌이 붙은 벽이 전보다 훨씬 보기 좋다. 유리로 된 정문 옆에는 벽돌로 쌓은 벽이 있었는데, 지금은 전면유리여서 경찰서 로비가 훤히 보인다. 벽 위에 붙여둔 '서구경서西區警署, 광둥어로 '웨스턴 경찰서'라는 한자마저 새롭다. 전과 달리 반듯한 서체다.

이게 무슨 일이지? 하루 사이에 경찰서 정문을 싹 고쳤단 말인가?

나는 멍하니 서서 최신식 정문을 뜯어봤다. 아니, 이건 하루 만에 달라진 게 아니야. 바닥도 벽도 조금 낡았고 가장자리에는 부서진 데도 있으며 먼지도 잔뜩 쌓였다. 그러니까 경찰서 정문을 어제 바꿨다는 건 말이 안 된다.

방금 느꼈던 기묘하고 낯선 감각이 다시 나를 덮쳤다. 나는 신분증을 목에 걸고 로비로 들어섰다. 로비의 모습에 또다시 당황했다. 갈색 나무 벤치가 스테인리스 벤치로 바뀌었고, 내벽도 새로 도장공사를 한 듯하다. 벽 위에는 화려한 홍보 포스터가 붙어 있다. 홍보물과 경찰업무용 자료를 놓아두던 낡은 나무 선반이 사라지고 그 자리를 대신한 것은 검정색 철제 프레임으로 짠 수납장이었다. 홍보물이나 자료 등이 종류별로 가지런히 칸마다 놓여 있다. 천장의 형광등은 내장형 LED 전구로 바뀌었고, 부드러운 조명이 내 기억 속의 눈부신 백광과는 완전히 달랐다.

"무슨 일로 오셨나요?"

제복을 정갈하게 차려입은 안내데스크 여성 경찰관이 말을 걸었다. 주변을 두리번거리며 어찌할 바를 몰라 하는 내 꼴을 본 모양이다.

"음……."

나는 목에 건 경찰 신분증을 들어 보이며 말했다.

"여기가 웨스턴 경찰서 맞습니까?"

기억나지 않음, 형사

"네, 선배님."

여성 경찰관이 미소를 지으며 대답했다.

"어제 로비 인테리어를 다시 한 겁니까?"

"네?"

"그러니까 내 말은, 여기 벽과 수납장, 의자 같은 것들을 어제 바꿨느냔 말입니다."

그녀는 미간을 살짝 찌푸리며 말했다.

"저는 지난주에 발령을 받았습니다. 제가 아는 건 그때도 로비는 지금과 같은 모습이었다는 것뿐입니다."

일주일 전에 이미 이런 모습이었다고? 도대체 무슨 일이 벌어진 거지? 동료들이 나를 놀리려는 건가? 하지만 장난이라기엔 규모가 너무 크다. 나 하나를 골탕 먹이려고 이런 짓을 벌일 리 없다.

"선배님, 누구를 찾아오셨나요?"

나도 여기서 근무한다고 대답하려다가 순간 말문이 막혔다. 여기가 정말 그 7호 차관이 맞을까?

"형사과 황 독찰督察, 홍콩경찰의 직급 중 하나은 출근했습니까?"

"누구를 말씀하시는지요?"

"형사정집과 지휘관 황보칭黃柏靑 독찰 말입니다."

"형사과 지휘관은 마馬 독찰인데요. 혹시 착각하신 게 아닌가요?"

마 독찰? 그게 누구야?

"착각은 그쪽이 한 거 아닌가? 웨스턴 경찰서 형사정집과 지휘관을 얘기하는 거요."

"형사정집과 지휘관은 마홍제馬鴻傑 독찰입니다. 황보칭이라는 분이 아니에요."

"황 조장 찾아요?"

지나가던 경찰관이 끼어들었다. 이마가 벗어진 사오십대 남자였다.

"맞습니다."

내가 고개를 끄덕이며 대답했다.

"황 조장은 3년 전에 은퇴했소. 지금은 캐나다에 살걸."

은퇴한 지 3년? 그럼 어제 나와 논쟁을 벌인 사람은 누구란 말인가? 좀 더 자세히 물어보려던 순간, 내 눈에 믿을 수 없는 숫자가 들어왔다. 나는 그대로 굳어버렸다.

둥청아파트의 살인사건은 지난주 화요일인 3월 18일에 발생했다. 그러나 지금 안내데스크 뒤쪽 전광판에는 3월 15일 일요일이라고 쓰여 있다. 잘못 본 줄 알았지만, 몇 번을 다시 봐도 날짜는 3월 15일이다. 나를 더 당혹스럽게 한 것은 날짜가 아니라 연도였다. 전광판에는 2009년 3월 15일이라고 쓰여 있었다.

올해는 2003년인데?

나는 고개를 돌려 벽에 붙은 포스터를 자세히 봤다. 2009년 청소년 범죄신고 표창 계획, 2009년 전 홍콩 마약단속의 날 활동, 홍콩경무처 2010~2011년도 보경輔警 선발 계획······ 모든 포스터가 지금이 2009년이라는 사실을 알려주고 있다.

머릿속이 엉망이다. 어제까지는 분명 2003년이었다. 둥청아파트 살인사건이 일어난 지 일주일밖에 되지 않았다. 나는 눈앞의 두 사람에게 올해가 몇 년이냐고 물어볼 뻔했다. 하지만 그랬다가는 내가 미친 줄 알 거다. 안 돼, 냉정해지자. 나 정말 미친 건가?

─ 작은 일에도 감정이 격해지거나 주의가 산만해지고, 단기 기억상실증이 생기기도 합니다. 선택적으로 특정 기억을 잃는 경우도 있고요.

단기 기억상실증.

의사에게 단기 기억상실증이 얼마나 심각한지 물어보지 않았다. 막 보고 나온 영화 내용을 잊는 건가? 아니면 어제 점심때 뭘 먹었는지 잊는 건가? 지금까지 단기 기억상실증이나 건망증이나 큰 차이가 없다고 생각했다. 좀 심각하다고 해도 큰 문제는 아닐 거라고 말이다.

하지만 나는 지금 6년 동안 있었던 일을 잊어버렸다!

천천히 생각해보니 지난 6년간의 기억을 잃은 것이라면 오늘 아침부터 지금까지 겪은 모든 불합리한 상황이 이해된다. 거리의 낯선 느낌은 6년 전의 가게와 거리에 대한 기억만 있기 때문이고, 경찰서의 모습이 바뀐 것도 6년 사이에 벌어진 일이다. 황 조장이 3년 전에 퇴직한 것도 아주 정상적이다. 나이가 쉰 가까이 되었으니까. 아, 내 말은 6년 전 황 조장의 나이가 쉰 가까이 되었다는 거다. 문제는 내 모든 기억이 6년 전에 머물러 있다는 거다. 나는 지금도 웨스턴 경찰서에서 근무할까? 여전히 형사과에 있을까?

어떻게 해야 좀 더 자연스럽게 질문할 수 있을지 생각해보았다.

그때 노란색 긴소매 블라우스와 블랙진을 입은 단발머리 여자가 정신없이 로비로 뛰어 들어왔다. 그녀는 내 옆으로 달려오더니 안내데스크의 여경에게 말했다.

"죄, 죄송합니다만! 형사과 쉬유이許友- 경장님과 9시 반에 만나기로 약속했는데요! 연락, 연락을 좀 해주시면……."

나는 고개를 돌리고 의아한 듯 물었다.

"저하고 약속을 하셨다고요?"

단발머리 여자는 나를 보고, 이어 내 가슴 앞에서 달랑이는 경찰 신분증에 시선을 고정했다. 신분증의 이름과 사진을 뚫어져라 쳐다보더니 얼굴이 새빨개졌다. 몹시 난처해하는 표정으로 속사포처럼 말을 쏟아냈다.

"쉬유이 경장님이신가요? 정말 죄송합니다! 제가 한 시간이나 늦었지요! 어젯밤 늦게까지 기사를 쓰다가 늦잠을 자고 말았어요! 이게 다 알람시계 때문이에요! 하필이면 오늘 아침에 전원이 나가버렸거든요, 평소에는 절대 늦지 않습니다! 아시다시피 기자들은 시간을 낭비하면 안 되거든요, 이런 일은 정말 드뭅니다! 게다가 도로에 나와서야 차에 기름이 없다는 걸 알아차렸어요, 주유소에 들렀다가 나오니 길이 꽉 막혀 있지 뭐예요! 전화를 드리려고도 했는데 급히 나오느라 휴대폰을 집에 두고 온 거 있죠! 경장님 전화번호를 외우지 못해서, 아, 정말 죄송합니다! 제가 이렇게 덤벙거려요! 너무 오래 기다리시게 해서, 정말 죄송해서 어쩌죠!"

끊임없이 쏟아지는 말에 제대로 반응도 못 한 채 나는 괜히 여경에게 민망한 얼굴로 웃어줬다.

"아가씨, 천천히 말씀해주시겠습니까? 저를 만나기로 하셨다고요?"

"그제 전화통화할 때 오늘 휴무라고, 인터뷰할 시간이 되신다고 하셨는데요."

단발머리 여자가 명함을 꺼냈다.

"경찰 홍보과에 연락해서 사건 담당형사를 인터뷰하고 싶다고 했더니 경장님께 연락하면 된다고 하더군요. 경장님 전화번호도 알려줬고요. 혹시 통화할 때 설명을 충분히 하지 못했나요?"

명함 왼쪽 위에 시사정보지 《포커스FOCUS》의 로고인 빨간색 F가 인쇄돼 있다. 중앙에는 검정색으로 '시사보도부 루친이盧沁宜'라고 쓰여 있다.

"미안하지만 갑자기 일이 좀 생겨서, 오늘은 인터뷰가 어렵겠습니다."

지금 당장 병원에 가서 검사를 받아야 한다.

루친이라는 기자가 눈썹을 늘어뜨리며 물었다.

"잠깐도 시간 내기 어려우신가요? 이 기사는 더 이상 미루기 어렵거든요. 게다가 뤼후이메이 씨는 오늘만 인터뷰할 수 있다고 했어요. 여러 번 거절하다가 겨우 승낙해준 터라……."

'뤼후이메이'라는 이름을 듣자 벼락에라도 맞은 기분이었다.

"잠깐만, 뤼후이메이 씨라고 했습니까? 둥청아파트 살인사건 피해자의 언니?"

"네, 6년 전 둥청아파트 살인사건에 대한 기사라고 말씀드렸잖아요? 홍보과에 물어보니 경장님이 담당형사 중 한 분이라고 하던데요."

가능한 빨리 병원에 가서 기억을 잃어버린 원인을 알아내야 한다고 생각하면서도 호기심을 떨칠 수가 없었다. 어쩌면 이 기자가 둥청아파트 사건이 어떻게 끝났는지 알려줄지도 모른다. 사건이 종결되었다면 말이다.

"좋습니다. 그럼 시간을 좀 내보지요."

"감사합니다!"

루친이는 허리를 깊이 숙여 인사했다. 그러고는 얼른 경찰서 문을 나서려 했다.

"그럼 가시죠!"

"어디로 가는 겁니까? 인터뷰라고 하지 않았어요?"

"당연히 뤼후이메이 씨 댁이죠. 쉬 경장님이 경찰서 근처에 산다고 하셔서 여기서 만나기로 했잖아요. 제가 이 부근 지리를 잘 모르고 7호 차관 위치만 알고 있어서 말이에요."

루친이가 부끄러운 듯이 웃으며 말했다.

그녀와 함께 큰길로 나오니 빨간색 폭스바겐 골프가 길가에 서 있다. 루친이가 차 뒤쪽을 돌아 운전석으로 갔다.

"루친이 씨, 경찰서 앞에다 불법주차해도 되는 겁니까? 딱지 떼는 거 겁도 안 나요?"

조수석 문을 열며 말했다.

"아까는 너무 급했거든요! 그리고 경찰서 앞에 아무렇게나 댄 차는 딱지 안 떼죠. 두 가지 가능성이 있거든요, 위급상황에 처한 시민이거나 경찰 고위인사의 개인 자동차거나. 높은 분 심기를 거스르면 안 되잖아요!"

그녀가 혀를 쏙 내밀며 대답했다.

"경찰공무원에 대해 이런 식으로 말하다니, 저더러 당신 잡아가라고 그러는 겁니까?"

그녀는 순간 당황하더니 말을 잇지 못했다.

"어, 그게…… 죄송해요! 앞으로 조심할게요!"

안절부절못하는 표정에 나도 모르게 웃음이 터졌다.

"루친이 씨, 전 교통과가 아니라서 차 트렁크에 시체가 있는 게 아니라면 당신을 잡아가봐야 써먹을 데가 없어요."

웃으면서 말했더니 그제야 내가 농담을 했다는 걸 알아차렸다.

"쉬 경장님, 놀리지 마세요."

루친이가 한숨을 폭 쉬더니 말을 이었다.

"그리고 그냥 아친阿沁, 이름이나 성 앞에 '아' 또는 '샤오'를 붙이면 친근한 호칭이 된다이라고 불러요."

아친은 세 번이나 시도하고서야 겨우 시동을 걸었다.

"이 차는 나이가 많아요, 어쩔 수 없죠."

아친이 쓸쓸한 미소를 지었다.

미니는 큰길을 따라 서쪽으로 달려갔다. 잠깐 사이에 차가 웨스턴 해저터널 가는 길로 들어섰다.

"왜 카오룽으로 가는 겁니까? 뤼후이메이 씨는 둥청아파트에 사는 거 아닌가요?"

내가 의아해하며 물었다.

"둥청아파트는 2년 전에 철거됐잖아요. 그걸 왜 몰라요?"

아친이 고개도 돌리지 않고서 대답했다.

"뤼후이메이 씨는 사건이 있고 얼마 지나지 않아서 산까이 지역으로 이사했어요. 어쨌거나 둥청아파트는 끔찍한 기억이 있는 곳이니까요."

"그래요? 시간이 많이 지나서 기억이 잘 안 나네요."

6년 전의 사건이니 기억을 못 하는 것도 당연하겠지? 게다가 거짓말도 아니다. 나는 정말로 '기억이 나지 않는다'.

아친은 좀 놀란 것 같았다.

"경장님, 사건 수사 과정도 다 잊으신 건 아니겠죠? 저희 잡지 기사는 쉬 경장님만 믿고 있는데요!"

"어, 일부분은 잊었지만 사건 수사 과정은 다 기억하고 있습니다. 정위안다 부부의 사인이나 린젠성의 범행동기 같은 거요."

"그럼 다행이네요."

아친이 마음이 놓인다는 듯 말했다.

"저는 당시의 경찰 내부 의견에 대해 알고 싶거든요. 이 사건의 결말이 너무 비극적이라서요. 사인 같은 거라면 법정의 보고서에 충분히 잘 나와 있어요."

"결말이 비극적이라니요?"

"범인 린젠성이 일고여덟 명을 함께 데려갔잖아요. 경장님은 형사로 일하면서 이런 일을 많이 봤을지 모르지만, 일반 시민 입장에서는 이렇게 끔찍하고 슬픈 결말도 없을 거예요."

일고여덟 명을 함께 데려갔다? 무슨 일이 벌어진 거지? 린젠성이 죽었다는 건가? 백미러에 비친 내 얼굴에 당황한 표정이 떠올라 있었다. 아친은 운전하느라 내 표정을 못 본 것 같지만 말이다.

"그, 그렇지요. 정말, 비극적입니다."

"참, 당시 신문기사에서 린젠성이 경찰을 보고 도망가려다가 사고를 냈다고도 하고, 아예 차로 경찰을 쳐버리려 했다고도 하던데, 어떤 기사가 진짜죠?"

"그건, 그건 저도 잘 모르겠습니다."

적당히 얼버무리면서 말을 이었다.

"신문에 그런 기사가 났어요?"

아친은 고개를 끄덕였다.

"그땐 제가 졸업하기도 전이었죠. 그래서 언론사마다 다르게 보도하는 데 무척 예민했어요. 교수님이 늘 강조하셨거든요. 언론보도란 아무리 객관적이어도 역시 사람이 쓰는 것이다, 사람이 처리하는 정보에는 편차가 있기 마련이다, 좋은 기자는 언제 어디서든 진실을 찾아내 사실대로 기사를 써야 한다! 옆에 문서철 있죠? 그때 신문기사를 스크랩한 거예요. 주요 언론사 두 곳의 기사인데 논조가 완전히 다르거든요. 경장님은 수사 일선에 참여했으니 진상을 알고 있을 거라고 생각했어요."

차 문에 꽂힌 문서철에는 신문기사를 복사한 종이가 들어 있었다. 기사 제목을 보자 심장이 마구 뛰었다. 한 글자 한 글자가 머리를 두들기는 것 같았다.

2003년 3월 31일 _ 본지독점보도

살인사건 용의자, 차량 탈취 후 도주하던 중
교통사고 일으켜 사망 8명, 부상 5명

2주 전 홍콩섬 웨스턴 둥청아파트에서 일어난 살인사건 용의자 린젠성(39)이 3월 30일 케네디타운에 나타났다. 그는 순찰 경관의 검문에 불응하고 택시를 탈취하여 벨처스가에서 서쪽 방향으로 도주했다. 도주 과정에서 인도로 차를 몰아 최소 7명이 사망하고 5명이 부상했다. 스미스필드로 입구에서 저지하는 경찰 차량을 피하려다 주차돼 있던 화물차를 들이받았다. 린젠성은 짓눌린 차체에 끼어 중상을 입었으며, 병원으로 옮겨졌으나 사망했다.

지난 3월 18일 새벽 둥청아파트 3층에서 주민 2명이 살해당했다. 정위안다(36)와 뤼슈란(32) 부부는 같은 날 아침 집 안에서 시체로 발견됐다. 용의자 린젠성은 자신의 아내와 정위안다가 불륜관계를 맺은 데 앙심을 품고 정씨 부부를 살해한 것으로 보인다. 린젠성은 여러 건의 전과기록이 있는 상습 범죄자로, '귀신'이라는 별명으로 불린다고 한다. 그는 살인사건 발생 후 종적을 감췄다. 그 후 3월 30일 오후 4시경 순찰 경관 2명이 사이청가에서 린젠성으로 보이는 남자를 봤다는 제보가 있었다. 순찰 경관이 신분증을 요구하자 그는 거부하고 도주했다. 순찰 경관 우뭧모 씨는 검문 당시 린젠성은 침착했으며 신원을 확인하려고 하자 갑자기 벨처스가 쪽으로 달아났다고 밝혔다.

린젠성은 벨처스가에 정차된 택시에서 택시기사를 차 밖으로 끌어내고 차량을 탈취하여 샌즈가 쪽으로 도주했다. 도주 중 정지신호에 걸리자 인도로 뛰어들었다. 인도에서 고속으로 차를 몰아 10여 명의 시민을 다치게 했다. "그 택시는 미친 것 같았다. 시속 60에서 70킬로미터 정도로 달려왔다. 어린아이 둘이 내 눈앞에서 차에 치여 날아가는 것을 봤다. 그놈은 미친 게 분명하다." 부상자 리李모 씨는 린젠성이 사람들이 차에 부딪히거나 깔려도 전혀 속도를 줄이려 하지 않았다고 밝혔다.

린젠성은 500미터를 도주하다 경찰 차량에 가로막히자 왼쪽으로 방향을 꺾었고 철근을 가득 싣고 주차돼 있던 화물차를 들이받았다. 충돌의 충격으로 철근이 택시 위로 쏟아졌다. 응급구조대가 5분 후에 현장에 도착했지만 차체가 심하게 찌그러져 20분이 지나서야 린젠성을 차에서 꺼낼 수 있었다.

부상자는 마리 병원으로 이송됐다. 그중 8명(린젠성 포함)은 병원에 도착한 후 사망했고, 현재 3명이 중태이며 경상자 2명은 치료 후 귀가했다. 병원에 도착한 사망자 유가족은 감정을 추스르지 못하는 모습이다. 의식을 잃고 쓰러지기도 했다. 보안국 국장과 행정장관이 병원을 찾아 부상자와 가족들을 위로했다. 또한 행정장관은 사건의 책임 소재를 명확히 밝힐 것을 천명했다. 지난해 '강도들의 왕' 예빙슝葉炳雄이 웨스턴 해변에서 붙잡힌 이래 또다시 강력 범죄자가 웨스턴 지역 내에 나타난 것에 대해 지역 의원은…….

더는 읽을 수가 없다.

비슷한 기억이 한 장면 한 장면 스쳐가는 것만 같다. 자동차가 인도로 들이닥쳐 사람들을 치고, 깔아뭉갠다. 마치 내 눈앞에서 벌어지는 일 같다. 강렬한 구토감이 솟구쳤다. 거의 구토할 뻔했다.

나는 린젠성이 무죄라고 생각했다! 하지만 그놈은 그야말로 악마였다. 나는 저 인간쓰레기가 저지른 짓에 분노를 느꼈고, 이 감정은 오래전 가라앉았던 기억을 다시 떠올리게 했다. 얼마 전 똑같은 느낌을 받았던 적이 있다. 자신의 이익을 위해 무고한 생명을 여럿 해치고, 수많은 가정의 행복을 무너뜨린 놈은 죽어도 싸다.

죽어도 싸다.

―정말 그럴까?

마음속 깊은 곳에서 의문이 솟아올랐다. 린젠성이 절대 용서받을 수 없는 짓을 저지르기는 했지만, 나 역시 이렇게 반감을 느끼지만, 의문이 머릿속을 떠나지 않는다. 이것도 그 죽일 놈의 '형사의 직감'인가?

머리가 너무 아프다.

나는 약병을 꺼내 아스피린 두 알을 삼켰다.

"어디 안 좋으세요?"

아친이 물었다.

"아마도 숙취일 겁니다. 오늘 아침부터 편두통이 있군요."

내가 말했다.

"그런데 왜 이렇게 오래된 사건을 다시 취재하는 겁니까? 이 사

건이 아무리 심각했다지만, 6년이나 지난 일입니다. 시사잡지에서
는 새로운 사건을 다루고 싶을 텐데요?"

"저희 편집장님이 연예부와 합동기획을 준비하고 있거든요. 쨩
다썬莊大森 감독이 이 사건을 영화로 만드는 중이에요."

"쨩다썬 감독?"

이 이름은 어째 익숙하다.

"작년에 영화가 엄청 흥행했던 젊은 감독이잖아요."

아친은 내가 그 유명한 감독을 모른다는 게 이상하다는 투로
말했다.

"그 감독은 미국 영화 〈조디악〉* 같은 범죄 영화를 찍을 거래요.
그래서 이 사건을 골랐고, 영화 촬영도 거의 끝났다던데요. 영화계
의 황제로 불리는 허자후이何家輝가 린젠성 역이고, 주로 주인공의
심리묘사로 진행된대요. 린젠싱이 어떻게 해서 평범한 남자에서 악
마로 돌변했는지를 다루는 거죠. 잔인하게 임신부를 살해하고 상
관도 없는 사람들을 자신의 죽음에 순장시켰으니까요. 영화는 화
제가 될 게 뻔하고, 그래서 사건을 자세하게 소개하는 특집기사를
준비하게 된 거예요. 개봉 후에는 영화와 실제 사건을 비교하는
기사도 내보낼 거고요."

이 사건이 영화로 만들어진다면 아마 〈팔선반점의 인육만두〉**

---

*Zodiac. 1960년대 미국의 연쇄살인마를 소재로 한 영화. 감독은 데이비드 핀처다.

** 八仙飯店之人肉叉燒包. 1985년 마카오에서 벌어진 일가족 살해사건을 소재로 한 홍
콩 영화로, 감독은 추리타오(邱禮濤)다. 실제 사건이 공개됐을 때 범인이 시체로 만
두를 만들어 팔았다는 소문이 돌아 사회적으로 의견이 분분했다.

같을 것이다. 〈조디악〉이 아니라.

"당신네 잡지는 시사잡지 아닙니까?"

"요즘 세상에서는 연예뉴스도 다 시사뉴스로 쳐요. 독자들이 좋아하고, 판매량이 올라가고, 사장이 명령을 내리면 편집장은 방법이 없죠."

아친이 느릿느릿 대답했다. 요즘 세상에서는 기자도 밥 벌어먹기 힘든 것 같다.

"이런 얘긴 그만두고 살인사건이 발견됐을 때 얘기 좀 해줘요!"

아친이 이어서 말했다.

"뤼후이메이 씨를 만나려는 건 사건 이후의 이야기를 듣고 싶어서예요. 피해자가 어둠에서 빠져나온 과정이요. 전 이미 린젠성이 치어 죽인 사망자들의 유가족을 많이 만났어요. 하지만 뤼후이메이 씨는 첫 피해자 가족이고, 어쩌면 사건의 원점에 가장 가까운 사람일 거예요. 뤼후이메이 씨가 아픈 기억을 떠올리는 걸 못 견뎌 할까 봐 걱정이에요. 경장님이 함께 가시면 사건 정황을 보충해줄 수 있을 테고⋯⋯."

"그런 거라면, 난 오늘 인터뷰의 조연이네요?"

"아, 아뇨! 그런 뜻이 아니라⋯⋯ 이 기사는 사건 내막을 파헤치는 게 목적이 아니기 때문에, 독자들이야 폭력적이고 자극적인 내용을 좋아하겠지만요! 뭐, 전 피해자 중심으로 기사를 쓸 생각이에요. 피해자 입장에서 사건을 설명하려는 거죠. 하지만 언론보도는 한쪽 면만 보여줘서는 안 되거든요. 경장님은 객관적인 시각에서 이 사건을 바라볼 수 있으니까 독자들이 거리를 두고 사건을 다시 생각하도록 해주는 역할이에요. 그러니까, 저희 잡지의 기사가 너무 선정적으로 나가지 않도록……."

아친은 잔뜩 긴장해서 정신없이 말을 쏟아냈다. 말실수를 했다고 생각하는 것 같았다. 이 여자는 마음이 조급해지면 바로 혀가 기관총 속사포로 바뀌는군.

"저기, 괜찮습니다."

내가 말했다.

"사건이 일어났을 때 나는 막 발령받은 풋내기였습니다. 사건 수사 때도 내 역할은 조연이었고, 주연은 황 독찰이었죠."

"하지만 그때 막 경장으로 진급한 거 아니었어요?"

"직급은 다른 팀원에 비해 높았지만 인정을 못 받았습니다."

동료들에게 고립됐던 상황이 떠올랐다.

"아무도 내 의견에 귀 기울이지 않았습니다. 막 발령받은 경장의 존재감은 팀에서 20년 가까이 근무한 일반 형사의 한마디 말보다 못했어요."

"하지만 결과적으로 경장님이 웨스턴 경찰서 형사과에 남았잖아요!"

아친이 웃으면서 말했다.

"다른 사람들은 다 퇴직했거나 다른 데로 발령이 났고 경장님만 남았다면서요. 그게 경장님의 존재감을 증명하는 거 아니에요? 그러고 보니 경장님은 제가 생각했던 것보다 젊네요. 전 경장님이

후루하타 닌자부로 같은 아저씨일 거라고 생각했어요. 실제로 보니 아오시마 형사에 더 가깝군요!"

"누굽니까, 그 두 사람은? 일본 사람입니까?"

"어⋯⋯."

아친이 민망한 듯 웃으며 대답했다.

"일본 드라마 속 인물들이에요. 형사죠. 음, 드라마를 안 보셨나 봐요."

나는 후루하타나 아오시마는 밀쳐두고 '경장님만 팀에 남았다'는 말에 집중했다. 그렇다면 나는 6년 동안 웨스턴 형사과에서 계속 근무했다는 뜻이다. 조장이 바뀌고 동료들도 떠났지만 나는 그 자리에 남았다. 둥청아파트 살인사건의 결과에 동의하지 않았기 때문에 웨스턴 형사과에 남았던 걸까? 계속해서 이 사건의 진상을 파헤치기 위해서? 고개를 저었다. 지금까지도 사건에 다른 내막이 있으리라 생각하고 있다면 이미 편집증이라고 해야 한다.

"6년 전 기사 생각이 나네요."

아친이 다시 사건으로 화제를 돌렸다.

"정위안다 부부는 린젠성의 칼에 찔려 사망했는데, 아직까지 흉기가 발견되지 않았어요. 그렇죠?"

"맞습니다. 흉기는 10센티미터가 좀 넘는 긴 칼로 추정됩니다. 감식반에서는 버터플라이 나이프 같은 그런 종류의 칼로 봅니다. 칼날은 그다지 예리하지 않았을 겁니다. 정위안다는 목과 가슴에 네 군데, 뤼슈란은 복부에 두 군데, 가슴에 세 군데 찔렸습니다. 상

기억나지 않음, 형사

처가 꽤 깊고 범인의 수법도 잔인한 편입니다. 정위안다는 죽기 전에 아내를 자기 몸으로 덮어서 보호하려고 했지만 실패했습니다. 침실 바닥은 온통 피투성이였지요."

"에? 정위안다의 시체는 거실에서 발견되지 않았나요? 뤼슈란만 침실에 있었고?"

"아닙니다. 두 사람 다 침실에서 발견됐어요. 직접 본 사실입니다."

"신문기사란! 역시 사실과 차이가 있네요. 이제 쉬 경장님이 제 기사에서 얼마나 중요한 역할인지 아시겠죠?"

아친이 말했다.

두 구의 시체가 쓰러져 있던 모습이 눈앞에 떠오른다. 그 파리한 뺨, 고운 입술…….

그리고 '수고해요'라던 말.

숨과 기억이 뒤섞이기 시작했나. 나는 또 머리가 아팠다.

단락 1
2002년 10월 12일

"아이阿—, 자네 경찰 일에서 가장 중요한 게 뭔지 아나?"

"시민 보호? 아니면 범죄 소탕?"

"허, 자네 이제 막 학교* 졸업했나? 그런 입에 발린 말은 진급시험 볼 때 면접관들 앞에서나 해! 경찰에게 가장 중요한 건 말야, 당연히 자기 목숨을 부지하는 일이지!"

케네디타운 해변을 경찰관 두 명이 걷고 있다. 시간은 새벽 3시, 거리에는 인적이 없다. 젊은 경찰과 나이 든 경찰, 두 사람이 한가롭게 걷고 있을 뿐이다. 순찰 경관은 매일 밤낮을 가리지 않고 정해진 구역을 순찰한다. 젊은 경찰은 종종 나이 많은 경찰과 한 조

---

* 경찰학교.

가 되어 움직인다. 체력과 경험이 서로 보완되도록 고려한 것이다.

"화華 선배님, 그렇게 말하는 건 좀 그렇지 않아요?"

나이 든 경찰이 '아이'라고 부르는 쉬유이는 쓰고 있던 경찰 모자를 꾹 누르며 말했다.

"경찰은 자기를 희생해서 정의를 지키는 사람들이잖아요. 흉기를 든 강도를 만나면 나서서 제압해야죠."

"자네, 경찰 일 한 지 얼마나 됐지?"

화 선배가 뒷짐을 진 채 여전한 말투로 천천히 물었다.

"4년이나 됐어요. 다음 달에 진급시험도 봐요."

"나는 라오싼老散* 노릇만 31년일세. 내년이면 은퇴라고."

화 선배는 씩 웃었다.

"매년 자네 같은 청년을 몇 명씩 만나게 돼. 피가 뜨겁고, 범죄와 싸워 시민의 안전을 지키느니 하는 소리를 입에 달고 살지. 내가 간단한 문제를 하나 내겠네. 만약 지금 당장 총을 든 범죄자 한 놈과 맞닥뜨린다면 어떻게 할 텐가?"

"당연히 그 자식을 쓰러뜨리고 체포해야죠."

"그랬다가는 자네 목숨이 아홉 개라도 살아남기 힘들어."

화 선배는 코웃음을 쳤다.

"자네가 해야 할 일은 곧장 몸을 숨기고 무전기로 지원을 요청하는 걸세. 경찰은 소방관이 아니야. 소방관은 화재를 만나면 불

---

* 일반 순경을 '싼자이(散仔)'라고 부른다. 연배가 높은 순경은 '노(老)'자를 붙여 '라오싼'이라고 한다.

기억나지 않음, 형사

속으로 뛰어드는 수밖에 없어, 그들의 임무는 불 속에 갇힌 사람을 구하는 거니까. 하지만 우리 경찰의 임무는 범죄가 일어나는 것을 방지하는 거야. 자네 말처럼 앞뒤 가리지 않고 뛰어들면 일이 잘 해결되기는커녕 괜히 아까운 목숨만 잃게 된단 말일세."

쉬유이는 애매한 표정으로 입을 다물었다. 그는 화 선배의 말을 이해하면서도 생각이 좀 달랐다. 복잡한 도시 한복판에 흉기를 든 범죄자가 있다면 경찰은 위험을 무릅쓰고 시민을 보호해야 한다. 그러지 않고 경찰마저 숨어버린다면 누가 나서서 싸우고 악의 세력을 무찌른단 말인가?

물론 화 선배에게 직접적으로 자신의 의견을 말할 생각은 없다. 그는 경찰서에서 오래 일한 대선배다. 독찰급도 존중하는 의미로 '화 선배'라고 부르는데, 나이도 어리고 직급도 똑같은 쉬유이가 계속 말대꾸를 하면 버릇없고 사회생활을 할 줄 모르는 사람으로 비칠 것이다. 화 선배가 경찰이 되었을 때는 염정공서廉政公署,반부패 수사기구가 설립되기 전이었다. 그 후 부패척결의 시대를 거치며 수많은 경찰관이 조직을 떠나야 했는데, 아직까지 경찰로 일한다는 것은 그가 정직하고 청렴한 사람이라는 증거다. 쉬유이는 화 선배도 젊은 시절에는 자신과 마찬가지로 열정을 품고 경찰이 되었을 거라 생각했다. 다만 30년 넘게 온갖 일을 겪으면서 그때의 열정이 모두 닳아버렸을 뿐.

경찰서도 회사 사무실과 별다를 게 없다. 마찬가지로 사무실 정치가 있고, 파벌이 있다.

"푸른 산이 남아 있으면 땔감 걱정 없다는 속담도 있잖아. 살아남아야 뭐든지 할 수 있는 거라고. 풍파를 겪고 고생을 하고 나면 자네도 만용을 부리는 게 백해무익하다는 걸 깨달을 걸세. 앞장서서 나는 새가 총 맞고, 모난 돌이 정 맞는다고 하지 않던가. 자네 같은 젊은 사람들이 배워야 할 건 어떻게 하면 나를 드러내 보일까 하는 게 아니라 어떻게 하면 내 분수를 알고 나 자신을 지킬까 하는 거라고. 거리에서 범죄자를 만나든, 차관에서 상급자를 만나든, 이치는 똑같다네."

화 선배는 계속 말을 이었다.

"풍파요? 무슨 풍파요?"

"허, 그건 자네가 직접 겪어야지."

화 선배가 음흉한 표정을 지으며 웃었다.

"견뎌내면 높은 자리에 올라갈 거고, 못 견디면 나처럼 30년 동안 라오쌘이나 하는 거야."

쉬유이는 입을 다물고 화 선배와 나란히 걸었다. 오늘 처음으로 한 조가 됐지만 경찰서 내에서는 화 선배와 꽤 자주 이야기를 나누었다. 화 선배는 쉬유이를 잘 챙겼다. 쉬유이는 화 선배와 한 조로 순찰 나가는 것을 꽤 기대했다. 선배의 경험을 얻어 배우고 싶었다. 그런데 화 선배에게 나서지 말라는 충고나 듣게 될 줄은 몰랐다.

시간은 이미 새벽 4시. 뉴프라야가는 웨스턴 케네디타운 해변에 있다. 도로 한쪽에 가로등이 설치되어 있지만 칠흑 같은 바다

기억나지 않음, 형사

는 역시 어둡고 모호하다. 홍콩섬은 땅이 부족하기 때문에 정부에서 부단히 매립을 진행하고 있다. 그래서 케네디타운의 해안선은 계속해서 바다를 향해 뻗어나간다. 누군가 농담 삼아 빅토리아 항이 평평하게 메워지고 홍콩섬은 카오룽반도와 연결될 거라고 말하기도 했다. 그 말에는 과장이 섞였지만, 뉴프라야가는 예전에 바다 한가운데였다. 원래의 해안선에서는 약 100미터나 떨어져 있다. 쉬유이는 어렸을 때 웨스턴에서 살았기 때문에 아버지와 함께 케네디타운 해변에서 낚시를 하곤 했다. 정부가 근처의 부두를 연결하고 레미콘이 바다에 흙을 붓더니 어느 틈엔가 그 유쾌한 시절은 그저 추억이 되고 말았다.

화 선배는 뉴프라야가의 화물창고 근처에 놔둔 나무상자를 열었다. 상자에는 순찰 경관의 확인 명부가 있다. 순찰을 돌면서 순찰 업무가 제대로 진행되었다는 증명으로 정해진 시각에 각 지점의 확인 명부에 서명을 해야 한다. 이곳에는 유흥업소가 없고 밤샘 영업을 하는 곳이라야 차찬텡茶餐廳, 차를 곁들인 간단한 홍콩식 식사가 나오는 식당 정도라서 순찰 업무도 그다지 힘들지 않다. 카오룽처럼 일반 시민과 범죄자가 뒤섞여 있는 지역에 비하면 천국이나 다름없다. 쉬유이는 요 몇 년 야간 순찰을 돌면서 시민들 사이의 다툼이나 가벼운 교통사고 정도만 만났을 뿐이다. 약간은 지루한 업무인 셈이다.

서명을 하고 있는데 삼십대로 보이는 한 남자가 주머니에 손을 넣고 어슬렁어슬렁 두 사람 쪽으로 걸어왔다.

"화 선배, 제가 저 사람 '반盤' 좀 해볼게요."

쉬유이가 하품을 하는 남자를 뚫어져라 쳐다보며 말했다. '반'이란 순찰 경관들이 쓰는 은어로, 행인을 붙잡고 검문하는 것이다. 신분증 제시를 요구하고 의심스러운 점이 없는지 살핀다.

"이상한 점은 없어 보이는데……."

화 선배가 반대하는 말을 꺼냈지만, 쉬유이는 선배의 말에 동의하지 않고 곧장 그 남자에게 걸어갔다.

"선생님, 죄송하지만 신분증 좀 보여주시겠습니까?"

쉬유이가 팔을 뻗어 상대를 가로막았다.

"무슨 일인데요?"

남자는 다시 하품을 하더니 영 내키지 않은 듯 왼손을 가죽 재킷 안으로 넣었다.

"근처에 삽니까?"

화 선배가 쉬유이 옆에 서서 남자에게 물었다.

"예, 바로 저쪽 골목에……."

남자가 고개를 돌려 왼쪽을 쳐다봤다. 두 경찰도 남자의 시선을 따라 흘깃 눈길을 던졌는데…….

탕!

아무런 징조도 없었는데 쉬유이의 앞쪽에서 커다란 소리가 울렸다. 동시에 익숙한 화약 냄새가 났다. 남자에게서 시선을 뗀 건 0.5초나 되었을까, 그 0.5초 사이에 쉬유이는 상상도 못 한 위험 속에 내던져졌다.

남자는 오른손에 총신이 짧은 검정색 권총을 쥐고 있다. 총구에

기억나지 않음, 형사

서 연기가 피어오른다.

총을 쏜 남자의 표정에는 아무런 변화도 없다. 분노의 표정도 없고, 흉악한 미소는 더욱 없다. 쉬유이는 그 순간 깨달았다. 총을 쏴 사람을 죽이는 일이 남자에게는 숨 쉬는 것만큼 자연스럽다는 것을. 더없이 일상적이라는 것을.

쉬유이는 자신이 총에 맞지 않았다는 사실을 1초 정도 지나서야 깨달았다. 화 선배가 그의 옆에서 비명을 지르며 허리를 구부리더니 쓰러졌다. 쉬유이는 화 선배를 붙잡으려고 손을 뻗었지만 몸이 생각처럼 움직여주지 않았다. 그래도 엄격한 훈련을 받은 덕분인지, 아니면 동물적 본능인지, 쉬유이는 한순간도 시선을 떼지 않고 눈앞에 선 남자, 남자의 얼굴, 움켜쥔 권총, 그리고 방아쇠에 걸린 집게손가락을 응시했다.

죽는다.

이 생각이 쉬유이의 머릿속에 떠올랐다.

그는 경찰학교에서 지금 이 순간의 상황을 어떻게 처리해야 하는지 배운 적이 있다. 그러나 그의 머릿속은 텅 비어 있었다. 습격을 받으면 총을 뽑아 자신과 동료의 안전을 도모해야 한다. 그런 다음 구조를 요청한다. 쉬유이는 이런 지식이 아무 소용이 없다는 것을 깨달았다.

총을 뽑을 시간조차 없었던 것이다.

남자와 자신은 겨우 몇 십 센티미터 떨어져 있고, 게다가 상대는 눈 하나 깜짝하지 않고 살인을 하는 놈이다. 한순간이라도 망설이거나 총을 뽑는 동작이 0.5초만 느려도 당장 총알을 맞을 것이다.

쉬유이는 이 거리에서는 피할 수도 없다는 것을 잘 알았다. 어느 방향으로 피하든 총알은 무정하게 자기 몸에 틀어박힐 것이다.

그는 한 번도 생각해본 적 없는 행동을 했다.

손을 뻗어 남자의 권총을 붙잡았다.

쉬유이는 다만 남자가 두 번째 총알을 쏘지 못하도록 막아야겠다는 생각뿐이었다.

순간적으로 오른손 손아귀로 총을 내리누르면서 집게손가락을 방아쇠 뒤쪽 빈 공간에 끼웠다. 남자의 손가락이 방아쇠를 당기려는 게 느껴졌다. 집게손가락이 빠지면 방아쇠가 당겨질 테고 9밀리미터 구경의 총알이 두 번째로 발사되어 쉬유이의 가슴을 꿰뚫을 것이다.

쉬유이는 남자와 한참 동안 대치했다고 느꼈지만 실제로는 5초도 되지 않았다. 남자는 쉬유이가 그렇게 나올 줄 전혀 생각지 못한 듯, 의아해하는 표정을 만면에 드러낸 채 얼른 총을 놓고 빈 오른손으로 쉬유이의 얼굴을 가격했다.

퍽!

쉬유이는 제대로 얻어맞았다. 눈앞에 별이 번쩍거렸다. 하지만 그는 쓰러지지 않았다. 왼손으로 남자의 목덜미를 움켜잡았다. 근거리 격투에 능한 편은 아니지만 체력이나 지구력에는 나름 자신 있었다.

남자는 계획이 틀렸다는 것을 알고 급히 주먹을 몇 번 더 휘둘렀지만 쉬유이는 여전히 왼손을 놓지 않았다. 쉬유이의 오른손에 여전히 남자의 권총이 걸려 있다. 그는 총을 제대로 쥐어야 한다고 생각했다. 혹은 자기 총을 뽑아 상대방을 겨누거나. 하지만 그렇게 할 시간이 없었다. 눈앞의 위험한 남자를 상대하는 데 정신을 집중해야 했다. 남자가 갑자기 칼이라도 빼들면 역시 죽은 목숨이다.

쉬유이는 남자를 내리눌러 바닥에 쓰러뜨리려고 시도했지만 성공하지 못했다. 남자는 쉬유이를 바다 쪽으로 밀어버리려고 했지만 역시 실패했다. 두 사람은 대치한 채 나 한 방, 너 한 방, 주먹과 발을 써가며 마구잡이 싸움을 했다. 쉬유이가 승기를 잡았다. 그는 오른손에 쥔 권총 손잡이로 남자의 머리를 후려쳤다. 남자는 머리가 찢겨 피를 철철 흘렸지만 저항을 멈추지 않았다.

이런 난투가 1분 정도 이어졌다. 총소리를 듣고 근처 주민들이 경찰에 신고했고, 다행히 부근에 정차해 있던 순찰차가 금방 도착했다. 경찰 다섯 명이 달려왔다. 지원군이 나타나자 남자도 더는 저항하지 않았다. 경찰들이 총을 뽑아 남자를 겨눴다. 남자는 권총이 가리키는 대로 땅바닥에 엎드렸다. 경찰이 남자의 손목에 수갑을 채웠다.

1분간의 격투는 쉬유이에게 세 시간만큼이나 길게 느껴졌다. 그리고 정신이 돌아온 그는 피웅덩이 한가운데서 화 선배를 보았다. 일그러진 얼굴로 땅바닥에 쓰러져 있었다. 쉬유이는 남자가 체포되고 구급차가 도착하는 동안의 일을 전혀 기억하지 못했다. 그저 숨을 헐떡거리면서 흐릿한 정신으로 주변을 두리번거리기만 했다.

그가 기억하는 것은 쓰러져 웅크린 화 선배의 몸뿐이다. 그 몸은 온통 붉은 갈색으로 뒤덮여 있었다. 피범벅의 얼굴, 그리고 아무런 감정도 드러내지 않던 악마의 얼굴뿐이다.

30분 후, 감식요원이 현장조사를 하는 동안 쉬유이는 경찰차에 앉아 멍이 든 얼굴을 누르면서 뜨거운 차를 마시고 있었다. 사건 기록을 맡은 경찰에게 사건 발생 과정을 설명하는 중이다. 사건을 서술할 수 있을 만큼은 정신이 돌아왔지만, 여전히 마음속에 공포심이 남아 있었다.

"그러니까, 본능적으로 상대방의 권총을 붙들었고, 그 덕분에 살았다?"

쉬유이가 고개를 끄덕였다.

"손가락을 방아쇠 뒤에 끼워버렸어요. 그래서 총을 쏘지 못했죠."

기록을 맡은 사람은 사복을 입은 경장급 형사로 삼십대 정도로 보였다. 그는 쉬유이의 진술을 기록하면서 투명한 비닐백에 넣어 옆에 놔둔 증거물을 흘깃 바라봤다. 검정색 반자동 권총.

"자네, 운이 좋았어. 놈이 갖고 있던 게 흑성黑星이 아니라 마카로프 PM이었으니 말이야."

경장이 씩 웃었다.

"네?"

"소련제 마카로프 PM이었다고. 다취안大圈*들이 주로 쓰는 중국제 54식 흑성 권총이 아니라."

"아뇨, 제 말은, 운이 좋았다는 게 무슨 뜻인지……?"

"흑성은 방아쇠 뒤에 공간이 없어. 손가락을 집어넣어서 그놈과 대치할 가능성이 아예 없다고."

경장은 권총의 방아쇠 부분을 가리켰다.

"홍콩 암흑가에 흘러들어온 권총은 8할이 흑성이야. 마카로프를 만났으니 운이 좋은 게 아니면 뭐겠어?"

쉬유이는 한기를 느꼈다. 등허리가 뻣뻣해지는 기분이다.

8할, 그렇다면 방금 그 상황에서 다섯 중 넷의 확률로 자신의 행동이 아무 도움이 되지 않았을 거라는 뜻이다.

제복 차림에 뚱뚱한 체형의 중년 경찰이 긴장한 얼굴로 차 문을 열어 쉬유이를 쳐나봤다.

"자네, 유명해지겠어. 방금 범인의 신원이 확인됐는데, 자네가 잡은 놈이 바로 예빙슝葉炳雄이더구먼."

"강도들의 왕이라는 예빙슝이라고요?"

쉬유이가 의아하게 되물었다.

"그래, 바로 그 최고액 현상수배범."

예빙슝은 지난 15년 동안 벌어진 여러 건의 강도사건과 관련돼 있었다. 그동안 강탈한 재물은 8천만 홍콩달러약 122억 원에 달하고,

* 중국 대륙에서 건너온 범죄자들을 일컫는 말.

범행 과정에서 경찰 3명, 시민 6명이 총에 맞아 숨졌다. 경찰은 예빙슝이 암흑가의 불법총기 유통 집단과 밀접한 관련이 있다고 믿었다. 10년 동안 줄곧 경찰의 수배범 명단 맨 윗줄을 차지하고 있던 예빙슝은 내내 꼬리를 잡히지 않았다. 심지어 해외로 도피했는지 여부조차 확인되지 않은 상황이었다. 수십만 홍콩달러의 현상금을 내걸었지만 아무런 제보도 들어오지 않았다.

"이런 큰 공을 세웠으니 진급시험 면접은 무조건 통과지."

사복 경장이 끼어들었다.

"순찰 경관 제복과는 금방 작별하겠는걸."

대형 수배범을 붙잡았는데도 쉬유이는 조금도 흥분되지 않았다. 그는 생사의 경계를 넘나드는 상황을 겪으면서 충격을 받았다. 그의 머릿속에는 땅바닥에 쓰러져 있던 화 선배의 모습이 가득했다. 예빙슝의 창백하고 음울한 얼굴도.

"화 선배…… 화 선배님은 괜찮으세요?"

쉬유이가 겨우 용기를 짜내 물었다.

뚱뚱한 경찰의 얼굴빛이 어두워졌다. 한참 뒤에야 그가 입을 열었다.

"화 선배는 죽었어. 총알이 동맥을 건드리는 바람에 피를 너무 많이 흘렸어. 병원에 도착하기도 전에 사망했다더군."

쉬유이는 구토감을 느꼈다. 불안한 감정이 목구멍 깊은 곳에서 솟구쳤다.

—내가 예빙슝을 가로막지만 않았어도, 화 선배는 죽지 않았을

기억나지 않음, 형사

텐데.

　—내가 부주의하게 시선을 떼지만 않았어도, 화 선배는 죽지 않았을 텐데.

　—내가 제때 화 선배를 병원에 데려갔다면, 화 선배는 죽지 않았을 텐데.

　—만약…… 계속되는 우연이 아니었다면, 나도 화 선배처럼 죽었을 텐데.

　세상이 빙글빙글 도는 것 같았다.

　—라오싼 노릇만 31년일세, 내년이면 은퇴라고.

　—경찰에게 가장 중요한 건 말야, 당연히 자기 목숨을 부지하는 일이지.

　혼란스러운 감각이 전신을 뒤덮고, 불안감과 소외감이 점차 피어오른다. 쉬유이는 어지러움을 느꼈다. 그는 현실이 마치 아주 높고 아주 무거운 벽 같았다. 그 벽은 지금 천천히 무너지고 있다. 그의 머리 위로. 주변의 공기가 끈적거리는 풀처럼 변해간다. 공기에 질식할 것 같다.

　그는 자신의 마음에 깊은 낙인이 찍혔다는 사실을 몰랐다.

2장

한 시간 뒤 우리는 유엔롱의 어느 도로 위에 있었다. 유엔롱은 산까이 서북부 지역으로, 오랜 기간 발달해온 시가지이면서도 여전히 시골 분위기를 꽤 많이 간직하고 있다. 도시 중심부처럼 마천루가 빽빽하게 서 있는 게 아니라 높아봐야 겨우 2층인 건물들이 좁은 도로 양쪽에 드문드문 흩어져 있다. 홍콩섬이나 카오룽의 번화한 지역과는 완전히 다른 세계다. 한 뼘 땅이 곧 그만한 금덩이에 비견되는 홍콩 특유의 팍팍한 느낌을 찾아볼 수 없다.

나는 차창 너머로 도로를 따라 산발적으로 이어지는 건물들을 바라봤다. 유럽식 별장처럼 꾸민 건물이 있는가 하면, 홍콩의 전통적인 농촌 건물도 있고, 심지어 금속판으로만 지은 가건물도 있다. 이런 건물은 주택이거나 영세한 업자의 사무실이었고 혹은 공장이었다. 우리는 난초화원, 소형 폐플라스틱 회수공장, 개 훈련소, 그리고 사찰을 지나쳤다. 나는 이런 곳을 지날 때마다 나무가 없어지고 땅 위에 빌딩만 가득해진 게 언제부터일까 생각해보곤 한다. 홍콩은 효율이 가장 중요한 사회다. 기계적이고 기능적인 발전이 자연적이고 전통적인 상태보다 우대된다. 그런 일들이 쌓이고 쌓여 우리는 이 도시가 원래 어떤 모습이었는지를 다 잊고 말았다.

홍콩에서는 땅이든 건물이든 정책이든 혹은 주민들이든 모두 다 똑같은 모습을 하고 있다. 땅이 부족하면 바다를 메워서 만들어내고, 나무를 벤 자리에 40층짜리 높은 빌딩을 짓는다. 빌딩에는 쇼핑몰이 꼭 들어가 있고, 쇼핑몰에는 푸드코트와 프랜차이즈 레스토랑이 입점한다. 주민들은 블록 쌓기 놀이를 하듯 수많은 상자로 이루어진 40층 건물 속에 들어가 있다. 그들은 매일 철도를 따라 도시 중심가의 상업지구를 오가며 노동력과 지혜를 판다. 퇴근해서 집으로 돌아갈 때는 주상복합 빌딩 아래 대형 마트에 가서 일상용품을 구입한다. 휴일이 되면 쇼핑몰의 영화관에서 영화를 보거나 영화관 옆 가라오케에서 세 시간 정도 유행가요를 부른다. 어린아이들은 학교에서 똑같은 지식을 배우고, 목표는 그저 대학에 들어가는 것뿐이다. 대학에 가서도 전공과목이 무엇이든 목표는 그저 40층 상자 속의 블록 하나가 되는 것이다.

절대 바뀌지 않는다.

그래서인지 나는 교외에서 사는 것을 선택한 사람들에게 왠지

기억나지 않음, 형사

모를 호감을 느낀다. 나 자신은 현실에 발목 잡혀 판에 박힌 듯 굴러가는 사회에서 달아날 수 없지만, 현실을 깨고 빠져나간 사람들이 진심으로 부럽다. 뤼후이메이가 이곳으로 이사한 것도 틀 속에 끼워 맞춘 듯한 환경에서 벗어나 참혹한 기억을 잊고 새롭게 인생을 시작하기 위해서가 아닐까.

아친은 서서히 속도를 줄이며 창밖으로 고개를 내밀고 주변을 살폈다. 나는 그녀의 시선을 따라가다가 '슈큐하로'라고 쓰인 도로명 표지판을 발견했다.

"찾았군요! 저도 여기 길은 익숙하지 않아서요."

아친이 민망한 듯 말했다.

길 위에 낡은 버스 한 대가 서 있다. 우리는 버스 맞은편에 차를 세우고 오솔길을 따라 산 위로 올라갔다. 오솔길 양쪽은 비탈길인 데나 키 크고 줄기가 굵은 나무들이 사득했다. 홍콩 시내에 살던 사람들이 보면 여기는 깊은 산속처럼 느껴질 것이다. 2분 정도 걸었을까, 탁 트인 평지가 나타났다. 2층 높이쯤 되어 보이는 양옥집이 키 작은 나무들 사이에 자리 잡고 있다.

"으르르, 컹! 컹컹!"

나지막하고도 목구멍 깊숙이에서 울리는 으르렁 소리에 이어 개가 급박하게 짖어대는 소리가 들렸다. 사람 키 반만 한 커다란 셰퍼드 두 마리가 철제 창살대문 저쪽에서 우리를 노려보고 있다. 대문이 높아서 뛰어넘지는 못하는 모양이다. 대문이 아니었다면 놈들은 지금쯤 나와 아친의 팔에 이빨을 박았을 것이다.

"아바오阿寶! 아러阿樂! 그만! 앉아!"

양옥집 현관문이 열리고 파란색 치마를 입은 여자가 셰퍼드를 야단쳤다. 그녀가 정원을 가로질러 대문 앞까지 다가왔다.

"뤼 여사님이죠?"

아친이 명함을 꺼내 철창 사이로 내밀었다.

"저는 《포커스》의 루친이라고 합니다. 며칠 전에 연락드렸던."

"기다리고 있었어요."

뤼후이메이가 옅게 웃으며 대문을 열었다. 이 사람이 뤼슈란의 언니인가? 그녀의 얼굴이 아주 낯설지도 않지만 아는 얼굴이라는 생각은 들지 않았다. 기억에는 없지만 사건 보고서에서 그녀의 사진을 봤던 걸지도 모른다. 뤼후이메이는 동생과 닮지 않았다. 눈썹이 조금 닮았고, 분명 마흔은 되었을 텐데 굉장히 젊어 보였다. 그 점은 확실히 동생인 뤼슈란과 비슷하다.

"이분은……?"

그녀가 나를 쳐다봤다.

"쉬유이 경장입니다. 당시 사건을 수사했던 형사예요. 인터뷰에 함께 참석해달라고 제가 부탁했어요."

아친의 대답을 들으며 나는 고개를 가볍게 숙였다.

뤼후이메이는 살짝 미간을 찌푸렸다. 아마도 형사가 같이 올 거라고는 예상하지 못했을 것이다. 피해자 가족에게 경찰은 고통스러운 기억을 불러일으키는 사람들 중 하나일 뿐이다. 그러나 그녀는 금세 다시 미소를 띠었다.

기억나지 않음, 형사

"감사합니다. 경장님과 여러분들이 범인을 잡아주셔서 동생과 매부가 지하에서도 고마워할 거예요."

뤼후이메이가 허리를 깊이 숙이며 말했다.

"아니, 무슨 그런, 그저 할 일을 한 겁니다."

"두 분, 이리 들어오세요."

거실 인테리어는 무척 우아했다. 겉은 낡아 보였는데 실내는 홍콩 시가지의 일반적인 주택과 크게 다르지 않았다. 물론 홍콩 시가지에서 이런 큰 집에 살려면 세를 얻는 데만도 몇 십 배는 더 많은 돈이 필요하다. 거실 왼쪽 벽에는 나무 수공예품 몇 개가 걸려 있고, 오른쪽 장식장에는 이국적 풍취의 장식품들이 가지런히 놓여 있다. 유럽 스타일의 유리병, 일본 목제인형, '필리핀의 마술지팡이'라고 불리는 아르니스 무술용 곤봉, 중앙아시아인지 중동인지 내력을 알 수 없는 은제 비수, 그 밖에 생산지나 용도가 짐작조차 안 되는 추상적인 장식품들이다. 뤼후이메이는 세계 곳곳을 돌아다녔던가 보다.

장식장 옆에 자리한 책상 위에는 종이 뭉치와 책들이 어지럽게 널려 있고 그 옆에 흰색 노트북이 있다. 나는 책등에 박힌 제목들에 주목했다. 대부분 사전류였다. 영불사전, 독중사전, 그리고 세계지도와 유럽도시 도감 같은 책이었다. 어느 나라 말인지 모를 외국어로 쓰인 책도 있었다. 스페인어나 포르투갈어가 아닐까 짐작만 할 뿐이다.

나와 아친이 소파에 앉자 뤼후이메이가 커피를 내왔다. 그녀는 우리 맞은편에 앉았다. 아침부터 물 한 병밖에 마시지 않은 터라 커피가 반가웠다.

아친은 녹음기를 탁자에 올려놓고 수첩을 펼쳤다.

"뤼 여사님, 오늘 찾아뵌 것은 린젠성 사건 이후 관련된 분들이 어떻게 새로운 생활을 시작했는지 취재하기 위해서입니다. 혹시 인터뷰 과정에서 불쾌한 부분이 있으면 바로 말씀해주세요."

"시간이 이렇게나 흘렀는걸요. 내려놓을 건 다 내려놨어요."

뤼후이메이가 여전히 미소를 지으며 커피를 한 모금 마셨다.

"쉬 경장님, 인터뷰 중에 사건에 대한 내용이 나오면 언제든지 말씀하셔도 괜찮습니다. 너무 어려워하지 마시고요. 제가 나중에 인터뷰 내용을 잘 정리하면 되니까요."

나는 고개만 끄덕였다.

"먼저 뤼 여사님께 간단히 여쭙겠습니다."

아친이 메모를 시작하며 말했다.

"뤼 여사님은 둥칭아파트 사건의 피해자 가족이자 최초 발견자시죠. 사건 이후 어떤 변화가 있었나요?"

"저는 둥칭아파트 7층에 살았어요. 그 집을 빌린 건 여동생 가족과 가까이 있기 위해서였죠. 그 사건이 일어난 후 저는 바로 둥칭아파트에서 이사했어요. 그때 미국 여행잡지의 홍콩지사에서 근무하고 있었는데, 이사하면서 직장도 그만뒀어요. 지금은 집에서 번역 일을 하고 있죠."

내 추측이 틀리지 않았다. 책상 위의 책들은 외국어 사전이었던 것이다. 아친은 메모를 하면서 왼손으로 가끔 귓가의 머리카락을 만지작거렸다. 그녀는 뤼후이메이의 말을 기록하는 데 집중하고 있었다.

"그 사건 때문에 회사를 그만두신 거군요?"

내가 물었다.

"아뇨."

뤼후이메이가 웃으며 고개를 저었다.

"일을 그만두고 여기로 이사한 건 그 사건 때문만은 아니었어요. 다른 이유가 있었죠. 그 사건 때문에 인간에 대한 믿음을 잃고 이런 곳에 숨어버렸다고 생각하시는 거라면, 틀렸어요. 여긴 좀 외곽이고 교통은 불편하지만, 공기도 좋고 조용한 곳이죠. 도시 사람들이 보기에 살기 좋은 곳 아닌가요?"

"그건 그렇군요."

나는 고개를 끄덕였다.

"린젠성은 도주하면서 여러 사람을 죽음으로 몰아넣었습니다. 나중에 사상자의 가족들이 린젠성의 가족에게 보상을 요구하는 민사 소송을 제기했는데, 당신은 그렇게 하지 않으셨죠. 이유가 있나요?"

"그 일 때문에 많은 사람들이 고통을 겪었죠. 고통은 이미 충분하다고 느꼈어요. 빨리 내려놓지 않으면 악몽이 계속될 뿐이죠. 게다가 린젠성이 저지른 짓은 그 사람 자신의 죄악입니다. 그의 가족에게 책임을 전가할 순 없다고 생각해요. 린젠성은 이미 수많은 사람들을 고통스럽게 했고, 제가 반대로 사건과 관계도 없는 사람들을 고통스럽게 하고 싶진 않았어요."

"범인의 가족에게 보상금을 추징하는 것에 반대하는 건가요?"

"아뇨."

뤼후이메이가 진지하게 말했다.

"법률이 홍콩 시민에게 그런 권리를 줬다면, 보상금을 받아도 된다고 생각해요. 제도에 반대하는 게 아니에요. 다만, 개인적인 선택이죠. 그때 전 되도록 사건에서 멀어지고 싶었어요. 하루라도 일찍 일상으로 돌아가고 싶었죠."

아친이 고개를 끄덕이며 말했다.

"사건 이후 웨스턴의 지역 의원이 전과자 관리감독을 강화하자는 제안을 내놓았습니다. 린젠성은 감옥을 몇 번이나 들락거린 상습범이었고 여러 차례 상해죄를 저질렀죠. 정부가 전과자 관리를 잘했다면 린젠성 사건은 발생하지 않았을 거라는 의견도 있었고요. 이런 의견에 동의하시나요?"

뤼후이메이는 씁쓸하게 웃었다.

"일이 벌어진 다음에 이러쿵저러쿵 떠드는 거야 누가 못하겠어요. 별개의 사건 하나 때문에 전체 상황을 끌어들이는 건 누가 봐도 전혀 근거 없는 제안일 뿐이에요. 그리고 전과자 관리감독을 강화하기보다는 심리 상담을 통해 범죄자가 출감 후 사회 적응을 잘 할 수 있도록 돕는 게 더 나을 것 같군요."

나는 뤼후이메이라는 사람이 대단하다고 생각했다. 몇 년이 흘렸다고는 하지만, 보통 사람은 이런 참혹한 사건을 언급할 때 망설이거나 주저하기 십상이다. 게다가 뤼후이메이는 가족의 시신을 직접 목격하기까지 했다. 지금 담담해 보이는 그녀도 당시에는 울며불며 범인을 저주했을지 모른다. 세월이 그녀의 미움과 원한을 가라앉혔을 것이다. 아니면 슬픔과 충격을 이겨내야 할 모종의 이유가 있었을지도 모른다.

아친은 뤼후이메이의 생활, 정부 대처, 피해자 입장에서 본 사건 등 다양한 화제 사이를 이리저리 옮겨 다녔다. 가끔 내 의견을 묻기도 했지만, 나는 이런 부분에서는 할 말이 없었으므로 그냥 일반적인 입장의 답변만 짧게 내놓을 뿐이었다.

"멍멍!"

집 밖에서 셰퍼드들이 짖는 소리가 들려왔다. 그런데 아까처럼 적대적인 느낌이 아니라 슬겁고 반가운 느낌이다.

"엄마! 나 왔어!"

현관문을 열고 가방을 멘 소녀가 들어섰다. 포니테일 스타일로 머리를 묶고 흰 원피스를 입었다. 열 살쯤 되어 보이는 초등학생이다. 아이는 나와 아친을 보더니 예의 바르게 고개를 숙이면서 인사했다.

"샤오안小安, 엄마 손님 오셨으니까 방에 가 있으렴. 점심은 피자 시켜 먹자."

뤼후이메이가 소녀에게 말했다.

"와우! 피자 먹는다!"

샤오안이라 불린 소녀가 환히 웃으면서 2층으로 뛰어 올라갔다.

"일요일마다 발레학원에 다녀요."

뤼후이메이가 우리에게 말했다.

"뤼 여사님, 딸이 있으셨군요?"

아친이 물었다.

뤼후이메이는 고개를 끄덕이며 미소를 지었다.

"네, 네. 그렇죠."

"당신 딸이 아니지요?"

내가 끼어들었다.

"저 아이는 정융안, 당신의 조카딸입니다."

"형사님은 뭔가 다르네요. 바로 알아보시는군요."

뤼후이메이가 어색하게 웃으며 말했다.

"제 딸이기도 해요. 슈란이 죽고 나서 제가 입양했으니까요."

"당신을 이모가 아니라 엄마라고 부르나요?"

내가 물었다.

"동생 부부가 죽었을 때 샤오안은 겨우 네 살이었죠. 매일 엄마를 찾으며 울었어요. 그래서 내가 동생처럼 차려입었더니 그제야 울음을 그치더군요. 샤오안은 그 후로 쭉 저를 엄마라고 불러요. 저 역시 그래도 상관없다고 생각했고요."

"지금도 당신을 엄마라고 생각하나요?"

아친이 의아한 듯 물었다.

"그럴 리가요!"

뤼후이메이는 상쾌하게 웃었다.

"다들 저와 슈란이 닮았다고 하지만, 그걸 모를 수야 없죠. 아이들이란 무척 민감한 존재예요. 샤오안은 일찍부터 자기 부모가 세상을 떠났다는 걸 알아차렸어요. 단지 제가 엄마 역할을 맡고 있어서 그런 거죠. 아이를 데리고 초등학교 면접시험을 보러 가거나 학부모 회의에 참석하는 것들 말이에요. 저하고 자기 엄마를 별로 구분하지 않는 것 같아요."

그래서였군. 뤼후이메이가 회사도 그만두고 이사까지 한 이유를 알 것 같다. 조카딸을 돌보기 위해서. 어쩌면 그녀가 일찍 충격에서 벗어난 것도 샤오안에 대한 책임감 덕분일지 모른다. 생각해보니 방금 본 샤오안은 뤼후이메이를 꽤 닮았다. 특히 아이의 눈매를 보면 사정을 모르는 사람은 두 사람이 어머니와 딸이라는 걸 전혀 이상하게 여기지 않을 만큼 비슷해 보인다. 그러고 보니 뤼후이메이는 자기가 동생과 닮았다고 말했지? 내가 보기엔 둘이 그다지 닮지 않은 것 같았는데. 나는 뤼슈란이 사망했을 당시의 그 아름답지만 괴이한 얼굴을 똑똑히 기억하고 있다.

"그날……."

상대방이 개의치 않는다고 해도 그날의 상황을 언급하려니 조심스러울 수밖에 없다.

"사건이 있던 날, 당신은 샤오안과 함께 현장을 발견했지요. 샤오안이 충격을 받았다거나, 뭐 그런 문제는 없었습니까? 이런 일은 아이들에게 심리적인 상처를 남기곤 하니까요. 사춘기가 되면 잊고 있던 고통스러운 기억이 떠오를 수도 있고, 또······."

어린아이가 이런 사건을 목격하고 나면 외상 후 스트레스 장애를 겪을 가능성이 높다고 의사가 말한 적이 있다. 아이들의 경우 영향이 훨씬 크다는 것이다.

"샤오안은 그 장면을 보지 않았어요."

뤼후이메이가 고개를 저었다.

"보지 않았다고요? 분명히 기억합니다. 당시의 수사 기록에는 당신이 샤오안을 데리고 7층에서 정위안다 가족의 집으로 내려갔고, 현장을 발견했다고······."

"아니에요. 저 혼자 그 집에 갔어요. 슈란은 어렸을 때부터 질투가 심하고 좀 제멋대로였지요. 저는 슈란과 매부가 여전히 다투고 있을까 봐 걱정이 돼서 혼자 내려갔어요. 둘이 감정을 좀 가라앉혔으면 샤오안을 데려와 책가방과 원복을 챙겨서 유치원에 보내려고요. 그때 샤오안은 아직 제 집에서 자고 있었어요. 그 애는 그······ 끔찍한 장면을 못 봤죠."

"사려 깊게 행동하신 덕분에 다행히······."

아친은 반쯤 말하다가 급히 입을 다물었다. 뭐라 해도 그날 일에 '다행'이라는 말을 쓸 수는 없다는 데 생각이 미쳤을 것이다.

"괜찮습니다."

뤼후이메이가 손을 내저었다.

"저도 그렇게 생각해요. 샤오안이 그 장면을 봤다면, 그 애는 그 악몽 같은 기억에서 벗어나지 못했을 거예요. 지금처럼 밝게 자라지 못했겠죠. 저도 힘든 어린 시절을 보냈어요. 어린아이의 성장기가 얼마나 중요한지 누구보다 잘 알죠. 전 무슨 일이 있어도 샤오안을 보호할 겁니다."

"샤오안을 무척 사랑하시는군요."

내가 일부러 끼어들어 화제를 바꿨다.

"그럼요. 그때도 전 샤오안을 자주 돌봐줬어요. 이모 노릇 제대로 했죠."

뤼후이메이는 행복한 얼굴로 미소 지었다.

"그 사람이 동생네에 와서 난리를 쳤을 때도 제가 거기 있었던 덕분에 얼른 샤오안을 데리고 제 집으로 올라갈 수 있었죠. 아빠 엄마가 싸우는 걸 보게 놔둘 수는 없으니까요."

"두 사람이 자주 싸웠나요?"

아친이 끼어들어 질문했다. 내가 애써 화제를 바꿔놓았는데 아친이 되돌리고 말았다. 기자란! 다른 사람의 아픈 데를 찌르는 게 습관인가?

"음, 가끔 그랬죠. 사실 슈란이 성질을 부리는 경우가 많았어요. 매부는 그다지 대꾸도 하지 않았죠."

뤼후이메이가 씁쓸하게 웃었다.

"하지만 슈란만 나무랄 순 없어요. 제가 슈란이었더라도 남편이 밖에서 불륜을 저질렀다면 그 여자 배가 불러올지도 모르는데 난리를 피우지 않을 수 없었을 거예요."

"정위안다에게 사생아가 있었습니까?"

나는 조금 놀라서 질문했다.

"아, 아뇨. 그냥 그럴지도 모른다는 거예요."

"린젠성이 문 밖에서 소란 피울 때 많이 놀라셨겠어요."

아친이 말했다.

"네, 사실 슈란은 예전부터 남편이 외도하고 있다고 의심했어요. 하지만 상대가 유부녀인 줄은 몰랐고, 게다가 그 여자 남편이 그렇게 위험인물인 줄도 몰랐죠. 이웃의 후^胡 어르신이 나섰을 때 그분이 구타라도 당할까 봐 얼마나 걱정했다고요."

"잠깐, 린젠성과 이웃사람이 다퉜단 말입니까?"

보고서에서 본 적 없는 사실이 또 나왔다.

"후 어르신은 연세가 많으신데도 성격이 불같았어요. 입심도 세고 무서운 게 없는 분이었죠. 그 남자가 욕하고 소리를 질러대니까 후 어르신이 못 참고 복도로 나오셨어요. 계속 소란 피우면 경찰을 부르겠다니까 그 남자가 주먹을 치켜들었죠. 어르신은 오히려 얼굴을 들이밀면서 때려보라고, 때리기만 하면 바로 경찰에 신고한다고 을러댔어요. 남자는 주먹을 푸들푸들 떨면서도 휘두르진 못하더라고요. 몇 마디 욕을 하더니 가버렸지요."

이건 좀 이상하다. 전에도 느꼈던 위화감이 뤼후이메이의 대답을 듣는 동안 또다시 내 머릿속에서 요동쳤다. 대체 어디가 이상한지 나도 정확히 집어낼 수는 없지만 말이다.

"루 기자님."

잠시 입을 다물었던 뤼후이메이가 갑자기 아친을 불렀다.

기억나지 않음, 형사

"샤오안에 대한 건 기사에서 자세히 다루지 않으셨으면 합니다. 가능하다면 이름도 나오지 않았으면 좋겠어요. 샤오안의 학교생활에 영향을 주고 싶지 않아요. 아시겠지만, 아이들은 무척 섬세하잖아요."

아친은 난처해하면서도 대답했다.

"네, 잘 알겠습니다. 조카딸을 입양해서 키우고 있다고만 언급할게요. 자세하게는 쓰지 않겠습니다."

"고맙습니다. 그리고 한 가지 더, 저희가 유엔롱에 살고 있다는 것도 쓰지 않았으면 해요. 사람들이 샤오안을 알아볼까 봐 걱정돼서요."

뤼후이메이가 아친에게 고개를 숙이며 부탁했다. 그녀에게 샤오안은 무엇보다도 중요한 존재인 듯했다.

우리는 그 후 몇 가지 치안에 대한 과제를 중심으로 이야기를 나눴고, 정부가 범죄사건 피해자 및 유가족에게 충분한 지원을 해야 한다는 의견을 주고받았다.

"오늘 인터뷰는 여기까지 하겠습니다. 시간 내주셔서 고맙습니다. 쉬 경장님도 도와주셔서 감사드려요. 마지막으로 두 분께 린젠성이라는 사람에 대해 어떻게 생각하는지 여쭙고 싶어요."

뤼후이메이는 잠깐 창밖에 시선을 던지더니, 다시 고개를 돌리고 말했다.

"린젠성은 끔찍한 짓을 많이 저질렀고 수많은 사람들을 고통스럽게 했어요. 저는 그 사람을 용서할 수 없어요. 하지만 그 사람으로 인해서 이 사회가 행복이 얼마나 소중한 것인지를 깨달을 수 있었다고 생각해요."

아친과 뤼후이메이가 동시에 나를 쳐다봤다. 나는 순간적으로 말문이 막혔다. 결국 도덕 교과서 같은 고루한 대사를 주워섬기고 말았다.

"홍콩경찰은 온 힘을 다해 범죄와 맞서 싸울 것입니다. 여러 시민들도 이 일을 본보기로 삼아 린젠성과 같은 길을 가지 않도록 해야 할 것입니다."

아친이 입꼬리를 실룩였다. 위엄 있게 대답했지만 속으로는 난처해하는 것을 눈치챈 것 같다. 그녀는 가방에서 앙증맞은 디지털 카메라를 꺼냈다.

"두 분 사진을 몇 장 찍을게요. 기사에 싣고 싶은데, 괜찮을까요?"

나는 고개를 끄덕였지만, 뤼후이메이는 거절했다.

"사진은 찍지 않겠습니다."

아친이 당황했다. 뤼후이메이가 거절할 줄 예상 못 한 것 같다.

"그럼 옆모습만 찍으면 안 될까요?"

아친은 포기하지 않았다. 뤼후이메이의 사진이 실리면 기사에 대한 주목도가 높아질 것이다.

"그래도 안 되겠어요."

뤼후이메이의 단호한 말투에는 설득의 여지가 전혀 없었다.

두 사람은 몇 마디 더 주고받더니 한 가지 결론에 도달했다. 나와 뤼후이메이가 마주 보고 앉은 상태로 나는 정면이, 뤼후이메이는 등이 나오도록 사진을 찍는 것이다. 어쩌다 보니 내가 인터뷰의 조연에서 주연으로 승격된 꼴이다.

"좋아요, 두 분 다 그대로 계세요."

아친이 카메라를 들고 거실 한쪽 구석에서 말했다.

나는 허리를 똑바로 세우고 어색하게 미소를 지었다. 우스워 보이지 않기만을 비는 심정이다. 그런데 아친은 한참 카메라를 만지작대기만 하고 셔터를 누르지 않았다.

"아직 안 됐습니까?"

내가 물었다.

"아, 그게, 죄송해요. 이게 왜 이러지?"

당황한 아친이 카메라를 이리저리 건드리면서 말했다.

"이 카메라는 해외배송을 통해 구입한 지 얼마 안 됐거든요. 인터페이스가 모두 일본어로 되어 있는데 아직 익숙하지 않아서 뭔가 잘못 눌렀나 봐요."

"제가 좀 볼게요."

뤼후이메이가 일어나서 아친 쪽으로 걸어갔다. 카메라의 액정화면을 들여다보며 이것저것 눌렀다.

"자동촬영과 인물촬영 중에서 선택할 수 있어요. 여기 이 글자는 '포토레토'인데, 이게 인물촬영 모드예요. 잡지에 실을 사진이라면 가장 높은 해상도를 선택해야겠네요. 색은 나중에 포토샵으로 보정하면 돼요. 어차피 CMYK 네 가지 색으로 바꿔서 인쇄하면 원

본 사진의 색감을 잃어버리니까요. 해상도 300dpi 이상이 아니면
디자이너가 만지기 어려우니까."

"아, 고맙습니다! 번거롭게 해드렸네요!"

아친이 말했다.

"뤼 여사님, 일본어도 할 줄 아세요?"

"아주 약간요."

뤼후이메이가 웃으며 말했다.

사진을 찍고 나서 우리는 뤼후이메이와 몇 마디 인사를 주고받
은 다음 집을 나섰다. 아친은 갑자기 무슨 일이 생각난 것처럼 정
원에서 뤼후이메이를 돌아보고 말했다.

"혹시 뤼 여사님과 동생분 가족이 함께 찍은 사진이 있나요? 잡
지에 싣고 싶은데, 내키지 않으시면 여사님과 샤오안은 모자이크
처리 할게요."

뤼후이메이는 미간을 찌푸렸다.

"죄송해요. 내키지 않아서가 아니라 그런 사진이 없어요. 이사할
때 사진 앨범을 몽땅 잃어버렸거든요."

"그렇군요, 고맙습니다."

아친의 표정은 몹시 아쉬워 보였다.

우리는 오솔길을 따라 아친의 미니로 돌아왔다. 막 운전석에 앉
은 아친이 말했다.

"쉬 경장님, 오늘 정말 고마워요. 자료가 충실해서 이번 기사 잘
쓸 수 있겠어요. 이제 경찰서로 복귀하실 건가요? 아니면 다른 일

이 더 있으세요? 제가 가시는 곳까지 태워다 드릴게요."

나는 아친에게 병원까지 데려다 달라고 말하려 했다. 그런데 그 순간 갑자기 머리가 깨질 듯 아팠고, 아까의 대화에서 느꼈던 위화감이 또다시 느껴졌다. 다른 점이라면 이번에는 내가 문제의 원인이 어디 있는지 확실히 알고 있다는 것이리라.

"아까, 이웃의 후 어르신이 린젠성을 야단쳤다고 한 말 기억납니까?"

내가 물었다.

"그럼요."

아친은 갑자기 이런 얘기를 왜 꺼내는지 어리둥절한 듯했다.

"린젠성은 후 어르신에게 아무 짓도 하지 않았습니다. 어째서 그랬을까요?"

"이제시……라뇨? 무슨 '이제시'를 얘기하는 거죠?"

"린젠성은 어째서 후 어르신을 찔러버리지 않았을까요?"

"무서운 소리 하지 마세요!"

아친은 이상하다는 듯 나를 쳐다봤다.

"내 말 들어봐요. 린젠성은 폭력 성향이 강한 상습 범죄자입니다. 그런 사람이 눈앞에서 웬 노인네가 거슬리게 구는데 가만있었겠습니까? 더구나 그때 그는 길길이 날뛰며 난동을 부리던 와중이었습니다. 성질을 못 참고 칼로 어르신을 찌르는 게 오히려 정상입니다."

"린젠성은 정위안다에게 화가 난 거지, 후 어르신과는 관계없잖아요. 그분을 해칠 이유가 없어요."

"하지만 그놈은 웨스턴에서 도주할 때 무고한 행인을 해쳤습니다. 그때는 일말의 측은지심도 없었지요."

나는 조수석 문에 꽂힌 문서철에서 스크랩된 기사를 꺼냈다.

"목격자 진술에 따르면 어린아이가 차에 치였는데도 속도를 줄이지 않았다고 했습니다."

"살인을 한 번 저질렀으니 정신이 마비돼버린 거 아닐까요?"

아친이 고개를 갸웃거리며 말했다.

"아뇨. 이유는 더 간단할 겁니다."

아친의 눈을 똑바로 바라보며 말했다.

"린젠성이 후 어르신을 찌르지 않은 건, 칼이 없었기 때문입니다."

"에? 그렇다고 해도 그게 사건과 무슨 관계가 있죠? 둥청아파트를 떠난 뒤에도 분을 가라앉히지 못하고 있다가 한밤중에 칼을 갖고 정위안다의 집에 침입해 살인을 했다, 완벽하게 합리적이잖아요?"

"얼핏 보기엔 합리적이지만 엄청난 허점이 있습니다."

생각이 깔끔하게 정리되자 흥분마저 느껴졌다.

"사실 당신에게 병원으로 데려다 달라고 할 작정이었는데, 아무래도 조사를 계속해야겠습니다."

"병원? 어디 편찮으세요?"

아친이 깜짝 놀랐다.

아차, 괜한 말을 했다.

기억나지 않음, 형사

"그, 그냥 별거 아닌 문젭니다."

나는 얼버무렸다.

"아! 오늘 아침에도 안색이 좀 안 좋다 싶었어요. 두통이 있다고 약 먹는 것도 봤는데 억지로 인터뷰를 했네요. 난 왜 이렇게 바보 같죠! 병원에 가요, 여기서 가장 가까운 병원은……."

아친은 이렇게 말하면서 자동차 열쇠를 꽂았다.

"아뇨! 그냥 고질병입니다, 가끔 발작하지요. 생각이 정리된 김에 되도록 빨리 조사를 하는 게 좋겠습니다."

"되도록 빨리 할 게 뭐 있어요? 이 사건은 6년 전에 이미 종결된 걸요. 병원 가는 시간 정도가 무슨 문제가 되겠어요."

"당신에겐 6년 전이지만, 나에게는 지난주란 말입니다!"

아친은 눈을 동그랗게 뜨고 나를 쳐다봤다. 못 참고 내 입으로 밀해버렸으니 원밍힐 데도 없다.

나는 한숨을 쉬고 아침에 차에서 눈을 뜬 데서부터 경찰서에서 6년 동안의 기억을 잃어버린 것을 알아차린 것까지 하나하나 설명했다.

"심각한 기억상실증이잖아요!"

아친이 소리를 질렀다.

"어쩐지 오늘 아침 좀 이상하더라니! 사건의 뒷일도 다 잊어버렸던 거군요!"

"그러니까……."

나는 다시 한숨을 깊게 쉬었다.

"난 린젠성이 진범이 아니라는 것을 증명하겠다는 게 아닙니다. 그냥 사건에 어떤 의문점이 있으니 확실하게 하고 싶은 거예요. 이미 종결된 사건이라고 해서 그냥 넘어가는 건 책임감 있는 태도가 아닙니다. 외상 후 스트레스 장애는 단기적인 기억상실을 유발하기도 합니다. 내 주치의가 한 말입니다. 단기적이라는 건 몇 시간 정도 짧은 기간의 기억을 잃어버린다는 뜻이 아니라 기억상실 상태가 이어지는 기간이 짧다는 뜻입니다. 나는 기억을 잃은 지 세 시간밖에 안 됐지만, 금방이라도 기억이 돌아올지 몰라요."

"외상 후 스트레스 장애? 세상에, 예전에 심각한 충격을 받은 일이 있었어요?"

"그건, 더 얘기하지 않기로 합시다."

나는 말하지 않았다.

"어쨌든 난 지금 바로 린젠성을 조사해보고 싶습니다. 쇠가 뜨거울 때 망치질을 해야지요."

"이미 죽은 사람인데 어떻게 조사를 해요?"

"린젠성의 아내 리징루는 살아 있을 거 아닙니까?"

"확실히 살아 있죠. 지금 몽콕에 있는 작은 식당에서 일해요."

아친이 수첩을 들춰보며 대답했다.

"리징루에 대한 자료가 있습니까?"

"기사 쓰려고 자료를 많이 수집해놨죠."

아친이 의기양양하게 웃었다.

"아직 재혼하지 않았다는 것과 지금 일하는 식당은 친구가 사장이란 것도 알아냈죠. 보상금을 내느라 빈털터리가 됐거든요. 지금 바로 리징루에게 데려다 줄 수 있어요. 대신, 나도 이 일에 끼워 줘요."

나는 거절할 생각이었다. 그러나 나는 6년 동안의 기억이 없고, 아친이 사건 이후의 일에 대해서는 나보다 잘 알고 있다는 데 생각이 미쳤다. 그녀가 내 신호등이 되어줘야 하는 것이다.

"좋습니다. 하지만 지금부터는 경찰 업무입니다. 내 지시에 무조건 따라야 해요."

"Yes, Sir!"

아친이 손을 이마에 붙이며 경례를 했다.

30분 후 우리는 몽콕의 번화가에 도착했다. 산까이의 교외지역에서 키오룽의 중심지로 돌아온 기분은 마치 부드러운 클래식 피아노곡을 듣다가 금속성의 댄스곡으로 바꿔 듣는 것 같았다. 약간 적응되지 않는 기분이다. 양쪽 모두 홍콩이라는 조그만 도시의 일면이라는 것이 믿기지 않는다.

몽콕은 괴이한 곳이다. 한쪽으로는 타이페이의 시먼딩이나 도쿄의 신주쿠처럼 젊은이들이 운집한 번화가가 있고, 또 한쪽으로는 홍콩에서 둘째가라면 서러운 윤락업소 밀집지 포틀랜드가도 있다. 최근 대형 쇼핑센터 랭엄 플레이스*가 들어서서 근처 부동산

---

* Langham Place. 몽콕의 랜드마크로, 도쿄 롯폰기의 대형 쇼핑센터를 본떠 만들었다. 2004년 개장하여 쇼핑몰, 오피스 빌딩, 5성급 호텔 등으로 구성되어 있다.

가격이 크게 올랐고, 작은 자본으로 영업하는 유흥업소가 점점 밀려나는 추세다. 경찰이 만방으로 노력해도 사라지지 않던 죄악의 중심지가 부동산업자 때문에 세력이 절반으로 꺾였다. 정말 우스운 일이다.

계획적으로 조성된 지역이 아니다 보니 교통은 언제나 혼잡하다. 몽콕은 자유로운 시장경쟁이 만들어내는 번화함으로 가득하고, 홍콩에서 가장 대기오염이 심각한 지역이기도 하다. 몽콕의 인구밀도는 1평방킬로미터당 13만 명으로 세계에서 가장 높다. 공기 중의 미세먼지 농도는 기준치의 두 배이고, 네온사인으로 인한 눈부심, 노천시장의 소음 문제도 심각하다. 이곳에서 태연하게 생활을 영위하는 홍콩 사람들이 외국인의 눈에는 불가사의하게 보일 것이다.

오후 1시는 점심시간인 데다 일요일이기도 해서 몽콕의 거리에는 물줄기가 흐르듯 사람과 자동차가 길을 다투며 움직이고 있다. 아친은 샨퉁가에 겨우 차를 세웠다.

"리징루가 일하는 가게는 포틀랜드가에 있어요."

차에서 내리면서 아친이 말했다.

"랭엄 플레이스 부근?"

"아뇨, 야우마테이 빅가 쪽이에요."

야우마테이는 몽콕의 남쪽에 있는 좀 오래된 시가지다.

"리징루에게 뭘 물어볼 거죠?"

아친이 걸으면서 물었다.

기억나지 않음, 형사

"모르겠습니다."

나는 어깨를 으쓱거렸다.

"몰라요?"

아친이 걸음을 멈추고 의외라는 표정으로 쳐다봤다.

"그야 모르지요! 내가 기자도 아니고, 질문을 준비할 필요가 없지요. 수사의 목적은 대답을 듣는 게 아니라 대부분 문제를 찾아내는 겁니다."

"아……."

아친은 내 옆에서 나란히 걸었다.

"어쨌든 뭔가 생각은 있는 거죠?"

"아무 말 말고 옆에서 보기만 하세요. 기자라는 것도 밝히지 말고. 당신을 경찰이라고 생각하게 해야 합니다. 사람들은 대부분 기자에게는 진실을 얘기하지 않으니까."

"그럼 경찰에게는 진실만 이야기하나 보죠?"

아친이 입을 삐죽거렸다.

"마음에 거리끼는 게 있으면 거짓말을 합니다."

나는 자신만만하게 미소 지었다.

"하지만 난 나대로 진실을 말하게 만드는 방법이 있어요."

우리는 좌석이 없는 조그만 식당에 도착했다. 핫도그, 생선완자튀김, 전양삼보煎釀三寶, 당근과 버섯 등을 볶아서 만드는 요리 같은 간단히 먹을 수 있는 음식들을 파는 곳이다. 이 식당은 커다란 패스트푸드점 두 군데 사이에 끼여 있어서 특히나 초라해 보였다. 어쩌면 지역적인 특색 때문에 네이슨로와 싸이영초이가 쪽보다 붐비지 않는지도 모른다. 포틀랜드가는 저녁때쯤 되어야 제대로 활발하게 움직이는 곳이다. 식당에는 한 명의 손님이 생선완자꼬치를 먹고 있었다. 그 사람이 나가고, 나와 아친이 식당으로 들어갔다.

"뭘 드릴까요?"

옷차림이 소박하고 얼굴이 초췌한 여자가 계산대 앞에서 무심한 목소리로 질문했다.

"리징루 씨 맞습니까?"

내가 경찰 신분증을 꺼내 보이며 물었다.

그녀는 얼굴을 굳혔다가 복잡한 표정을 지으며 천천히 말했다.

"예…… 맞습니다. 무슨 일로 오셨나요?"

식당에는 한 사람뿐이었지만 처음에는 그녀가 린젠성의 아내일 거라고 생각하지 못했다. 올해 겨우 서른셋 혹은 서른넷일 텐데 그녀의 피부나 용모는 사오십대 여인 같았다.

"린젠성에 대해 조사할 게 있습니다."

단호하게 말했다.

"몇 년이 흘렀어요. 이미 다 말했잖아요. 도대체 뭘 더 말하라는 거예요? 지금도 충분히 힘들고 재수 없어요. 언제쯤 날 좀 내버려 둘 건데요? 그 사람은 죽었고, 나는 집도 돈도 다 잃었어요. 린젠성 마누라라고 일하던 데서도 쫓겨났다고요. 겨우 이 식당에서 받아줬는데 하루에 열여섯 시간씩 일해도 몇 천 홍콩달러밖에 못 벌어요. 뭘 더 어쩌라고요!"

리징루는 떨리는 목소리로 말했다. 분노를 억누르는 것 같았다.

"쓸데없는 소리 하지 마. 당신은 린젠성의 아내고, 내가 묻는 말에 대답할 의무가 있어!"

고개를 들이밀고 그녀의 눈을 똑바로 쳐다보며 말했다.

"당신⋯⋯."

리징루는 울화를 견디지 못하는 듯 이를 악물었다. 탁자 위에서 손이 부들부들 떨리는 게 보였다. 약지에 낀 은반지가 탁자에 부딪혀 딱딱 소리를 냈다.

아친이 너무 심하게 몰아붙인다는 듯 내 소매를 잡아당겼다. 나는 그녀에게 끼어들지 말라고 손짓했다.

"리징루 씨."

나는 짐짓 평온한 어조로 말했다.

"당신에게 린젠성이 저지른 일은 잊을 수도 없는 재앙이겠지요. 그 사람 때문에 당신까지 연루되어 지금 이런 지경에 처했으니까요. 하지만 잊지 마십시오. 당신이 정위안다와 불륜관계를 맺지 않았다면 그 후의 사건들도 일어나지 않았을 겁니다. 당신의 잘못된 선택이 지금 이런 결과를 가져왔습니다. 린젠성의 악행을 당신이 책임질 필요는 없지만, 당신 자신의 악행은 책임을 져야지요. 아무리 화가 나더라도 이미 벌어진 일을 직시해야 한다는 말입니다."

리징루는 기운이 빠진 듯했다. 눈가가 빨갰다.

"그래요, 물어보시죠. 일을 저지르기 며칠 전부터 남편이 이상하지는 않았는지 물어보실 건가요? 아니면 그 사람이 숨을 만한 곳이 어디냐고 물어보실 건가요? 6년 전에도 계속 똑같은 걸 물었잖아요."

"아닙니다. 내가 묻고 싶은 건 린젠성이 어떤 사람이었느냐 하는 겁니다."

"네?"

리징루는 의아하게 나를 쳐다봤다.

"어떤 사람이었냐고요?"

"당신이 생각하는 그의 성격이나 특징 같은 거 말입니다."

리징루는 경찰이 이런 질문을 하리라고는 생각해본 적도 없는 듯했다. 이해할 수 없다는 표정이었다.

"젠성 그 사람은…… 성격이 급했어요. 같이 살면서 늘 사고를 쳤죠. 별거 아닌 일로 사람을 때리고, 감옥을 들락날락했어요. 대개 한 번에 두세 달 정도 복역했죠. 그러다 보니 제대로 일을 할 수나 있었겠어요. 공사장 막일이나 했지요. 그나마 다행인 건 시아버지가 작은 집을 하나 남겨준 거였어요. 그 집마저 없었으면 우린 다리 밑에서 자야 했을걸요."

"어떻게 만났습니까?"

"열여섯 살 때 가출했다가 친구가 소개해줘서 만났어요. 만난 지 얼마 안 돼서 동거를 시작했고요. 스무 살 때 그 사람이랑 결혼했죠. 결혼 직후에는 좋았어요. 하지만 그 사람은 일을 길게 하는 법이 없었어요. 시아버지가 남긴 재산도 이리저리 까먹고. 나도 술집에 나가서 일해야 했죠. 그때부터일 거예요. 그 사람이 점점 더 거칠어지더라고요. 우리는 갈수록 심하게 싸웠어요. 내가 스물한 살 때 그 사람이 상해죄로 처음 감옥에 갔어요. 우리 사이는 나빠지기만 했죠."

리징루의 어조는 점점 평온해졌다.

역시나 전형적인 이야기다. 남자가 아내 앞에서 고개를 들지 못하는 것만큼 견디기 힘든 일도 없다. 린젠성의 수입은 리징루보다 적었을 테고, 아내가 자신보다 돈을 잘 버는 것을 받아들이지 못했을 것이다. 린젠성은 폭력을 휘두르는 것으로 내면의 불안을 감췄으리라.

"그때 정위안다를 알게 된 겁니까?"

"아뇨. 정위안다는 스물여섯에 알았어요."

리징루는 말했다.

"정위안디 전에도 애인이 몇 명 있었어요. 젠성은 내가 애인을 만든 걸 알게 되면 매번 소리를 지르고 난리를 쳤죠. 그 남자들한테 복수를 하려고도 했고요. 한번은 늑골을 두 대 부러뜨린 적도 있는데, 그것 때문에 또 감옥에 갔죠. 구제불능이었어요."

"그렇게 말하면서도 여전히 린젠성을 마음에 담아두고 있군요?"

"네?"

리징루가 깜짝 놀라서 나를 쳐다봤다. 아친도 놀라서 조그맣게 소리를 냈다.

"지금도 결혼반지를 끼고 있잖습니까."

내가 그녀의 왼손 약지에 낀 초라한 은반지를 가리켰다.

리징루는 얼굴이 빨개졌다 하얘졌다 하더니 아무 말도 하지 않았다.

"린젠성은 어떻게 정위안다와 당신의 관계를 알게 됐습니까?"

"제 휴대폰의 문자 메시지를 보고요. 평소엔 늘 조심했어요. 문자를 읽고 나면 삭제했죠. 사건이 있기 전날 휴대폰을 집에 놓고 나갔는데, 그때 정위안다가 만나자고 문자를 보냈거든요. 그래서, 들켰죠."

"린젠성이 무시무시하게 화를 냈겠군요."

"그…… 누구 하나 죽일 것처럼 화를 내더군요."

리징루가 우물거리며 말했다.

"당신을 때린 적도 있습니까?"

"없어요. 거칠게 욕은 해도 때린 적은 한 번도 없어요."

리징루가 갑자기 단호하게 말했다.

"그 사람은 여자를 때리지 않아요."

나는 흠칫 놀랐다.

"정위안다의 집 주소는 어떻게 알아냈습니까?"

"제 휴대폰에 주소가 있었어요. 정위안다는 아내와 아이가 집을 비우면 절 자기 집으로 불렀거든요."

린젠성이 그 정도로 감정이 격해진 것도 이해가 된다. 혹시 자기 아내도 정위안다를 집으로 불러 밀회를 즐겼을지도 모르는 일이 아닌가.

"사실 전 그때 정위안다와 진지한 사이는 아니었어요."

리징루가 희미하게 말했다.

"정위안다는 저 말고도 다른 여자가 더 있었고, 저도 그 사람 애인이 되고 싶었던 건 아니고…… 둘 다 각자 원하는 게 있었던 거죠."

정위안다는 잘생긴 것도 아닌데 여자가 많았던 모양이다. 어쩌면 여자를 꼬여내는 수단이 탁월했는지도 모르겠다.

"음, 정위안다의 아이를 낳은 적 있습니까?"

왜 그랬는지 갑자기 뤼후이메이의 말이 떠올랐다.

"말도 안 돼요!"

리징루가 단호하게 대답했다.

"가정도 있는 사람이 그렇게 부주의했겠어요. 정위안다는 그런 문셋거리를 남겨둘 만큼 바보가 아니에요."

"린젠성에게 친구는 없었습니까?"

화제를 바꿨다.

"젊어서 돈이 좀 있을 때는 친구도 꽤 있었죠. 우리가 결혼한 뒤에는 외로운 신세였어요. 아마 도장 친구들 정도만 만났을 거예요."

"도장?"

"야우마테이에 청룡도장이라고 있어요. 영춘권인지 홍권인지, 그런 무술을 가르치는 곳이에요. 젠성은 거기서 권법을 배웠는데 나중에는 그것도 집어치웠죠. 그런데 거기 사람들과는 계속 연락하더라고요."

무술을 배운 성격 급한 남자. 감옥을 들락거릴 만하다.

"도장 친구들 중에 당신도 아는 사람이 있습니까? 특별히 친했다든가 하는 사람 말입니다."

"아옌阿闇이라고 하는 이름만 기억나요. 그 사람이 자주 언급하던 이름이죠. 하지만 저는 만난 적 없어요."

"정확한 이름이 뭡니까?"

주머니에서 수첩을 꺼내 도장 이름과 아옌이라는 이름을 적었다.

"몰라요."

정확한 이름을 모르면 조사하기 어렵다. 하지만 없는 것보다는 낫다.

"린젠성에게 원한을 품을 만한 사람은 없습니까?"

내가 물었다.

"그 사람한테 얻어맞은 사람까지 헤아리면 너무 많죠."

리징루가 힘없이 대답했다.

"당신 애인 말고, 린젠성은 어떤 이유로 사람을 때렸습니까?"

"대부분 별거 아닌 사소한 이유였어요. 일하다가 안 좋은 말을 들었다거나 작업반장이 자기한테 소리를 질렀다거나."

"그럼 두들겨 팬 것 외에는 원한을 산 사람 없습니까?"

"글쎄요. 없는 것 같아요."

한참을 아무 말도 하지 않고 생각에 잠겼다. 모든 가능성을 다 생각해야 한다.

"필요한 질문은 다 한 것 같군요."

리징루에게 말했다.

"아까 말한 권법 도장은 어디 있습니까?"

리징루는 주소를 제대로 설명하지 못했지만 약도를 그려줬다. 청룡도장은 골목 세 개 지나서 있었다.

아친에게 막 나가자고 눈짓을 하는데, 리징루가 나를 불렀다.

"형사님."

"무슨 일입니까?"

"실은, 잠깐 기다려주세요."

리징루는 계산대 뒤의 휴게실로 들어갔다가 잠시 후 돌아왔다. 손에 갈색 수첩을 들고 있었다.

"이건 젠성이 쓰던 수첩이에요. 실종됐던 날에는 가지고 가지 않았는데, 제 생각엔 이게 형사님께 도움이 될 것 같아요."

수첩을 받아 들고 펼쳐봤다. 연도는 2003년이었다. 시로 다른 날짜 옆에 일에 관련된 것, 친구와 만나기로 한 약속 등이 적혀 있다. 고개를 끄덕이곤 수첩을 들고 가게를 나섰다.

"그래도 차마 그 말은 못 하겠던가 봅니다."

걸으면서 아친에게 말했다.

"무슨 말요?"

아친은 방금 나의 조사 방식을 이해하지 못하는 것 같았다.

"내 남편은 살인을 하지 않았습니다."

"네? 린젠성은 사람들이 다 보는 앞에서 일곱 명이나 차로 치어 죽였다고요!"

"리징루는 자기 남편이 정씨 부부를 죽이지 않았다고 믿고 있는 것 같습니다. 웨스턴의 교통사고는 뜻밖의 일이었던 거고."

"경장님이 그걸 어떻게 알아요?"

"리징루는 내 질문에 숨겨진 뜻을 알아차렸어요. 그래서 마지막에 린젠성의 수첩을 건네준 겁니다."

나는 낡은 수첩을 꺼냈다.

"남편에게 남은 정이 없다면 지금까지 그 사람의 유품을 간직하고 있을 리가 없겠지요."

"린젠성이 범인이 아니라고 생각하는 거예요?"

아친의 목소리가 몇 음이나 높아졌다.

"아뇨, 단지 몇 가지 의문점이 있다는 겁니다."

나는 천천히 말을 이었다.

"그가 범인이 아닐 가능성은 20퍼센트나 될까요? 범인이 아닐 가능성보다는 공범이 있는 게 아닐까 하는 데 더 무게를 두고 있습니다."

"공범?"

"린젠성이 후 어르신을 찌르지 않은 게 이상하다고 말한 거 기억납니까?"

"그때 칼을 갖고 있지 않았을 거라고 했죠. 그게 공범과 무슨 관계예요?"

"린젠성이 정위안다를 죽일 생각이었다면 충동적으로 칼을 들고 둥청아파트에 갔다는 것도 합리적입니다. 하지만 린젠성이 우리가 알고 있는 것처럼 잔혹한 성격이라면 노인이 경찰을 부르겠다 위협했다고 해서 순순히 물러나지는 않았을 겁니다. 칼이 있었다면 눈앞에서 거슬리는 노인을 찔렀을 거고, 찌르지 않더라도 꺼내 들고 겁을 췄겠지요. 하지만 그는 그렇게 하지 않았습니다. 그래서 당시에는 린젠성이 칼을 갖고 있지 않았다고 말한 겁니다. 바꿔 말하면 둥청아파트를 떠난 다음에 칼을 샀거나 어딘가에서 가지고 왔고, 한밤중에 건물 외벽을 타고 3층에 침입해 살인을 한 겁니다. 이건 계획적이고 준비된 살인사건입니다. 우리가 린젠성을 범인으로 지목한 건 사실 현장에서 그의 지문과 발자국이 발견됐기 때문이지요. 그렇게 치면 이상한 부분이 생깁니다. 계획된 살인이라면 왜 장갑을 끼지 않았을까? 칼을 준비할 시간도 있었는데 왜 장갑은 준비하시 않았을까!"

"그냥 거기까진 생각을 못 했을지도 몰라요."

"그럴 수도 있지요. 그래서 난 그가 진범이 아닐 가능성을 20퍼센트로 잡은 겁니다. 내 생각은 이렇습니다. 린젠성은 둥청아파트를 떠난 다음 친구를 만났고, 그 친구에게 그날 있었던 일을 이야기했더니 친구가 보복을 하라고 부추긴다. 수도관을 타고 집 안에 침입하는 방법도 친구를 통해 알게 됐을지 모릅니다. 그리고 친구는 장갑을 끼고 먼저 실내로 들어가고, 어떤 이유로 인해 침실에서 자고 있던 정씨 부부를 살해한다. 린젠성은 살인을 하지 않았지만 자신이 의심받을 거라고 생각하고는 황망히 도주한다.

그리고 결국 이 사실을 누군가에게 털어놓기도 전에 교통사고로 사망한다. 자, 정말로 공범이 있었다면 그놈은 지금까지 법망을 피해 잘살고 있는 겁니다."

"그, 그건 너무 드라마틱한 전개 같은데요?"

"그냥 추측입니다."

나는 어깨를 으쓱했다.

"하지만 린젠성이 왜 정씨 부부를 죽였나, 그리고 왜 그렇게 잔인한 방법으로 임신부를 죽였나 하는 건 여전히 의문점입니다. 정위안다는 리징루의 첫 번째 애인도 아니었습니다. 린젠성은 예전에는 그 남자들을 구타하는 걸로 끝냈는데 이번에는 왜 칼을 사용했을까? 나는 그 점이 계속 마음에 걸립니다."

"그렇다면 아옌이라는 친구를 의심하는 거예요?"

"글쎄요. 그래서 조사할 필요가 있는 거지요."

나는 린젠성의 수첩을 꺼내 3월 일정을 살폈다. 3월 초에는 깨끗한 글씨로 '바오마 산 공사장' '노스포인트 부두 공사장' 등이 적혀 있다. 3월 11일 이후로는 글씨가 조잡하고 비뚤비뚤했다. 그러다 3월 16일에는 원래의 깨끗하고 단정한 글씨로 '광밍光明당구장에서 아옌'이라고 썼다가 그 위에 줄을 그어 지웠다. 3월 17일, 린젠성이 둥청아파트에서 범행을 한 그날은 다시 비뚤비뚤한 글씨로 '아옌'이라고 쓰여 있다.

'아옌'이라는 글자에서 불가사의한 감각이 느껴졌다. 뭔가 사건의 핵심을 찾았다는 느낌이다. 이런 이성적이지 않은 판단도 어쩌면 형사의 직감일지 모른다.

"사실은요."

아친이 갑자기 웃으면서 말했다.

"아까 경장님이 리징루를 대하는 태도를 보고 깜짝 놀랐어요. 오늘 아침에는 사람 좋게 허허거리더니 갑자기 여자 앞에서 그렇게 무섭게 굴 줄이야. 쓸데없는 소리 마. 당신은 린젠성의 아내고, 내가 묻는 말에 대답할 의무가 있어! 우아, 영화에서 보던 나쁜 경찰 같았어요!"

"비협조적인 증인을 심문할 때 제일 간단한 방법이 바로 거칠고 단호하게 대하는 겁니다. 나를 이길 수 없다는 걸 확실히 인지하면 그때부터 순순히 대답하기 시작하지요."

걸으면서 대답했다.

"이 방법은 내게 먹힙니다. 사실대로 다 불시요."

"그래도 협조하지 않는 사람은 어떡해요?"

"이거."

주먹을 쥐었다.

"그리고 이걸 쓰지요."

재킷을 열고 허리에 고정한 권총을 툭 쳤다.

아친이 입을 딱 벌렸다. 경찰은 무조건 정의롭고 올바를 거라고 생각했던 모양이지만, 사실 조무래기 범죄자를 다룰 땐 주먹이 제일 편한 방법이다.

나는 다시 수첩에 적혀 있던 이름으로 생각을 돌렸다.

"아옌……."

머릿속에 다시 기시감이라는 단어가 떠올랐다.

전부터 알던 이름 같았다.

대부분의 환자가 처음 바이팡화白芳華 의사를 만나면 깜짝 놀란
다. 바이팡화 의사는 눈 뜨고 못 볼 만큼 못생긴 아줌마도 아니
고 머리가 셋 달린 괴물도 아니다. 아주 정상적인 쉰셋의 여성이
고, 친절하고 온화한 태도의 의사다. 하지만 그녀는 붉은색 머리
카락과 새파란 눈동자를 가졌다. 한자 이름과 유창한 광둥어에서
는 전혀 예상할 수 없는 외모인 것이다.

바이 의사의 원래 이름은 플로라 브라운Flora Brown, 영국에서 태어
났고 홍콩 정부의 공직을 맡은 아버지를 따라 홍콩에 왔다. 세 살
때 영국 동남부의 고향에서 아시아 동남부의 작은 도시로 이주해
온 그녀는 줄곧 홍콩에서 성장했고 복잡하고 동양과 서양이 뒤섞
인 이곳에 익숙해졌다. 그녀는 열여덟 살에 홍콩을 떠나 영국에서

정신의학 박사학위를 받았다. 그런 다음 제2의 고향 홍콩으로 돌아와 의사생활을 시작했다.

바이 의사는 자기 한자 이름을 좋아한다. 홍콩 사람들은 중국의 한 글자짜리 성 중에서 발음이 가장 비슷한 것을 골라 외국인의 한자 이름을 만들곤 한다. 그러느라 갈색을 뜻하는 '브라운'이 희다는 뜻의 '바이'로 바뀌는 것이 조금 우습다. 하지만 이름인 '팡화'에는 아무런 불만도 없다. '플로라'는 라틴어의 '플로스flos'에서 유래한 단어로, 꽃이라는 뜻이면서 로마 신화 속 꽃의 여신 이름이기도 하다. 그리고 그녀의 한자 이름은 광둥어로 발음했을 때 원래 이름과 비슷하고광둥식 발음으로는 '퐁와'라고 읽는다, 향기로운 꽃이라는 뜻이라 원래 의미도 살렸다. 그녀는 유럽 친구들에게 자기 한자 이름의 유래를 설명하는 것을 좋아한다. 심지어 '상쾌한 진나라 땅, 이월 초순에 꽃향기 나네'라는 오래된 한시를 뜻도 잘 모르면서 읊어주기도 한다. '흰색의 향기로운 꽃'이라는 이름은 '플로라 브라운'이라는 이름보다 시적이다.

그녀의 남편은 홍콩 사람인데, 신기하게도 성이 바이白 씨다. 두 사람은 처음 알게 됐을 때 서로의 이름을 가지고 이런저런 이야기를 나눴고, 결국 부부의 인연을 맺었다. 바이 의사는 결혼 후 남편의 성을 따랐다고 농담 삼아 말하곤 했는데, 아무도 그게 농담인 줄 모른다.

바이 의사는 홍콩이 중국으로 반환된 뒤에도 떠나지 않았다. 여전히 자신의 병원에서 환자를 진료했고 공립 정신건강회복센터에서도 임원직을 맡았다. 그녀는 은퇴할 생각도 없다. 쉰이 넘었지만 여전히 환자 한 명 한 명에게 관심을 쏟는다. 홍콩 사람들은 정신병을 소홀히 여기는 경우가 많다. 바이 의사는 여러 가지 정신질환에 대해 사람들이 좀 더 많이 이해했으면 좋겠다고 생각한다. 홍콩은 삶의 리듬이 몹시 빠르고 급박하게 흘러가는 사회다. 고밀도와 고도 스트레스의 환경 속에서 심리 장애는 무서운 문제를 일으킬 수 있다. 바이 의사는 자기 혼자서 뭔가를 바꿀 수 있다고는 생각하지 않지만, 작은 힘이라도 보태 이 병든 사회에서 한 명의 환자라도 줄이고 싶다. 비록 그것이 사회 전체에서는 크게 도드라지지 않는 변화일지 몰라도 정신 건강을 회복한 환자에게는 새로운 인생을 시작하는 것과 같은 엄청난 일이다.

"쉬許 선생님, 다음 주 같은 시간에 뵙지요. 월요일 오후 3시부터 3시 50분, 괜찮으신가요?"

"네. 고맙습니다, 의사 선생님."

바이 의사는 미소를 지었다. 여기는 웨스턴 정신병원 7층 3호 진료실이다. 그녀는 매주 이틀씩 출근한다. 환자가 나간 뒤 진료 기록을 다시 훑어본다.

가까운 동료가 살해당한 것을 목격하고, 위험천만한 범죄자를 몇 천 분의 일 확률로 제압했다. 생사의 경계선에서 그 범죄자와 1분 동안 격투를 벌였고, 다른 부서로 전근하자마자 10년에 한 번 볼까 말까 한 잔인한 살인사건을 맡았다. 팀 내에서는 자신보다 직급이 낮은 동료들에게 존중받지 못하고 있다. 이런 스트레스와 상처는 정상적인 사람도 절망으로 밀어 넣을 수 있다.

"겉으로는 상담이 잘 진행되고 있는 것 같지만, 실제로 얼마나 회복됐는지 의심스러움."

바이 의사는 진료 기록에 간단히 메모를 남겼다.

"제대로 치료하지 않으면 장기적인 질환으로 발전할 가능성이 있음. 의식의 깊은 곳에 문제를 숨겨두었다가 외부의 자극을 받으면 병이 다시 발작할 수 있음…… 반년에서 1년 정도 치료 연장을 건의할 것."

바이 의사는 펜을 내려놓고 안경 때문에 눌린 콧잔등을 꾹꾹 눌렀다.

'반대하지는 않겠지? 공무원이라 정부에서 의료비 지원을 받으면 비용 걱정은 하지 않아도 될 테니까. 경찰 업무는 스트레스가 크니까 장기적으로 심리치료를 받는 게 좋을 거야.'

바이 의사는 속으로 생각했다.

일주일에 한 번씩 심리치료를 받는다고 하면 심각하게 받아들이는 사람이 많다. 게다가 1년씩이나 계속한다고 하면 더 그렇다. 하지만 다른 각도로 생각해보면 일주일에 50분에서 한 시간 정도 의사와 상담을 할 경우, 1년을 다 합쳐도 겨우 50시간이다. 이틀하고 몇 시간 더 되는 기간이 한 사람의 심리질환을 이해하고 바꾸고 치료하는 데 충분한 시간일까? 사실 일주일에 한 번씩 치료하는 것은 가장 기본적인 진료를 하는 것에 불과하다.

똑똑.

기억나지 않음, 형사

문을 두 번 두드리는 소리가 들렸다.

"선생님, 다음 환자가 왔습니다."

간호사가 차트를 들고 바이 의사에게 말했다.

"어, 그래요? 일찍 왔군요. 들어오라고 해요."

바이 의사는 책상에 놓인 알람시계를 흘낏 쳐다봤다.

이번 환자가 방금 나간 사람보다 훨씬 골치 아픈 경우다.

환자의 이름은 옌즈청閻志誠이고 스물한 살, 스턴트맨이다. 흔히 대역배우, 액션배우라고 불리는 직업이다. '배우'라고는 하지만 사실 연기를 할 기회는 거의 없다. 주연배우 대신 폭발하는 건물에서 창문을 깨고 뛰어내린다거나 주인공에게 얻어맞고 10여 미터 아래로 떨어지는 악당 역할 등이 그들의 일이다. 영화를 보는 관객들은 그들의 존재에 크게 신경 쓰지 않는다. 목숨을 걸고 위험한 장면을 소화하는데도 아무도 그들이 누군지 모른다.

방금 전의 환자와는 달리 옌즈청은 본인이 원해서 병원에 온 것이 아니다. 그는 법정의 판결 때문에 어쩔 수 없이 일주일에 한 번씩 바이팡화 의사와 한 시간을 보낸다.

두 달 전 옌즈청은 어떤 사람과 시비가 붙었다. 시작은 길을 걷다가 어깨가 부딪히는 정도였다. 하지만 상대방이 경찰 신분증을 꺼내 들고 휴무 중인 경찰이라고 말한 순간, 옌즈청은 꼬리를 말고 물러나기는커녕 주먹을 휘둘렀다. 상대방이 쓰러졌는데도 멈추지 않고 두들겨 팼다. 상대방은 앞니 세 개가 부러지고 코를 열두 바늘 꿰맸다. 옌즈청은 경찰폭행죄로 체포되어 법정에 섰다.

하지만 법원 소속의 정신과 의사가 옌즈청이 경미한 정신질환을 앓고 있다고 진단했고, 목격자들도 경찰관이 먼저 시비를 걸었으며 공무집행 중도 아니면서 경찰 신분을 내세워 옌즈청을 위협하는 등 직권을 남용했다고 진술했다. 검사는 옌즈청을 기소하는 것을 포기하고 소위 '증거 없는 기소'를 선택했다. 홍콩법률상 검찰은 이처럼 민사소송의 합의와 비슷한 방식으로 피고와 일종의 협상을 할 수 있다. 검찰은 대부분 벌금형이나 '수행위守行爲'를 제안한다. 수행위란 홍콩 특유의 경범죄에 대한 처벌 조항으로 정해진 기간 동안 동일한 범죄를 저지르지 않는다면 그 기간 이후에 범죄기록을 말소해주는 것이다. 옌즈청은 법정에서 수행위 1년을 선고받았다. 다만 특별조항이 붙었다. 1년 동안 정신과 치료를 받아야 한다는 것이었다.

처음에 바이 의사는 그가 우울증과 폭력 경향, 아니면 그와 유사한 정신질환 때문에 정신병 진단을 받았다고 여겼다. 하지만 환자의 심리상태를 검사한 내용을 자세히 읽어보고는 그렇게 단순하지 않다는 것을 깨달았다.

옌즈청은 어린 시절의 정신적 충격 때문에 이상행동이 나타나는 사례였다.

바이 의사는 옌즈청의 개인기록을 통해 그가 열두 살에 교통사고로 가족을 모두 잃었다는 사실을 알았다. 옌즈청은 그때 이후로 줄곧 혼자서 엄혹한 세계를 마주하며 살아온 것이다. 그래도 그의 심리 문제가 심각하지는 않을 거라고 생각했다. 적어도 지금까지 잘 견뎌왔고, 직업을 갖고 정상적인 사회생활을 영위하고 있었기 때문이다. 하지만 그와 처음 상담하면서 바이 의사의 예상은 완전히 뒤집혔다.

옌즈청은 아무 말도 하지 않고 한 시간 동안 앉아만 있다가 진료실을 나갔다.

상담 시간 내내 옌즈청은 바이 의사의 말을 무시했다. 유일하게 한 말이라고는 "판결 내용에 의사 선생님 말에 꼭 대답하라는 조항은 없었습니다"였다. 법원의 의사 앞에서는 판사의 명령이라는 명분이 있어서 옌즈청도 얌전히 심리 검사를 받았던 모양이지만, 여기 와서는 원래의 모습으로 돌아간 것이다.

바이 의사는 지금까지 옌즈청과 세 번 상담했다. 매번 입을 꾹 다물고 의자에 앉아 의사를 마주 보기만 했다. 바이 의사는 그의 얼굴에서 어떤 표정도 찾아내지 못했다. 식고상처럼, 살아 있는 사람이 아닌 것처럼 딱딱하고 무감각한 표정이다. 바이 의사는 매번 다른 태도로 질문을 던졌지만, 옌즈청은 일절 반응을 보이지 않았다. 호의든 악의든 반응 자체가 없었다.

쉽게 화를 내고 폭력을 사용하며, 세상을 증오하면서도 소외감을 느끼고, 감정적 표현에 한계가 있고, 게다가 어린 시절의 정신적 충격까지, 외상 후 스트레스 장애가 확실시된다. 바이 의사는 심지어 옌즈청이 스턴트맨으로 일하는 것도 자해 혹은 자살 성향 때문이 아닐까 의심했다. 일을 하다가 극단적인 상황이 생길 수도 있는데 그것을 아무렇지도 않게 생각하는 점이 그런 의심을 하게 만들었다. 정말 그렇다면 옌즈청의 상태는 더욱 심각한 것이 된다.

자해 혹은 자살 성향이 있으면서 세상을 증오하는 젊은이는 자신의 몸을 상하게 하는 것뿐 아니라 타인의 생명도 위험하게 할 수 있다. 외국에서는 외상 후 스트레스 장애와 살인 사이의 관계를 연구한 사례도 있다. 환자가 자각하지 못하는 상태로 타인을 살해하거나 자기가 생각하는 상식에 들어맞는 이유가 있으면 살인마저 행동에 옮기는 경우가 있었다. 이런 상황은 주로 군인에게서 나타난다. 베트남 전쟁에 참전했던 미군 중에는 외상 후 스트레스 장애를 앓는 사람이 많았는데 여러 가지 사회문제를 일으켰다. 안타깝게도 당시에는 '외상 후 스트레스 장애'라는 용어조차 없었다. 이 용어는 1980년에 처음 사용됐고, 그전에는 정신과 의사가 전통적인 치료방법으로 이들 '비정상적인 환자'를 이해하고 치료하는 수밖에 없었다.

바이 의사는 여기에 생각이 미치자 불안해졌다. 홍콩에는 참전 군인 같은 문제가 없다. 하지만 생각해보면 옌즈청의 일도 매일 격투, 폭발, 생명의 위험 등을 마주하는 것이다. 만일 그의 정신적인 안전벨트가 끊어지면, 몇 달 전 웨스턴에서 미친 듯이 인도로 차를 몰았던 현상수배범과 같은 행동을 하지 말라는 법이 없다.

탁.

진료실 문이 열리고 키가 크고 튼튼해 보이는, 그러나 입을 꾹 다문 청년 옌즈청이 들어왔다.

"옌즈청 씨, 앉으세요."

기억나지 않음, 형사

바이 의사는 걱정과 우려를 머릿속 깊이 밀어 넣고 웃으면서 환자를 맞았다.

옌즈청은 아무 말도 없이 파란색 소파에 앉았다.

바이 의사는 이번 상담도 아무런 성과가 없으리라 짐작했다. 그러나 포기할 생각은 없었다. 일주일에 한 시간씩 마주 보고 앉아 있다 보면 1년 안에는 뭔가 반응을 끌어낼 수 있을 거라고 믿는다. 아무리 작은 반응이라도 바이 의사 입장에서는 무엇과도 바꿀 수 없는 변화의 한 걸음이다.

옌즈청은 의사를 뚫어져라 응시했다. 바이 의사는 이런저런 화제를 꺼내면서 옌즈청의 주의를 끌기 위해 노력했다. 그녀는 지금까지 일상생활의 작은 이야깃거리나 음악, 영화 같은 의미 없는 화제들은 물론, 규정을 아슬아슬하게 피해가는 민감한 화제, 즉 옌즈청이 경찰관을 누불셔 팬 사건이나 개인기록에 나와 있던 가정환경 등에 대해서도 언급했다. 하지만 옌즈청은 전혀 입을 열 생각이 없어 보였다.

5분 정도 이야기를 하다가―바이 의사 혼자서―그녀는 갑자기 무언가를 발견했다.

옌즈청은 전과 달리 작은 종이가방을 가지고 왔는데, 종이가방에서 흰 국화 꽃다발이 삐죽 튀어나와 있었다.

바이 의사는 옌즈청에게 뭔가 특별한 의미가 있는 꽃다발일 거라고 짐작했다.

흰 국화는 장례나 성묘 때 쓴다. 바이 의사는 이 사실에 크게 놀랐다. 옌즈청이 피도 눈물도 없는 기계 인간이 아니라 감정을 가지고 있다는 뜻이기 때문이다.

바이 의사는 당장 기회를 잡기로 마음먹었다. 이걸로 옌즈청의 닫힌 마음을 열 수 있을까? 희고 향기로운 꽃이라는 자기 이름처럼 바이 의사는 작은 국화 다발에 자신의 운을 걸어보기로 했다.

"옌즈청 씨, 오늘은 웬일로 꽃다발을 갖고 왔네요? 선물할 건가요?"

바이 의사는 지나가듯 질문했다.

옌즈청은 대답하지 않았다. 하지만 바이 의사는 그의 눈빛에서 동요를 읽었다.

"가족에게 성묘하러 가나요?"

바이 의사가 다시 물었다.

옌즈청은 대답하지 않았다.

"아마도 당신에게 무척 중요한 사람이겠죠."

바이 의사는 살짝 몸을 숙였다. 자신이 관심과 성의가 있다는 것을 보여주기 위해서였다.

그 순간 옌즈청이 살짝 고개를 끄덕였다.

몹시 작은 동작이었지만 바이 의사는 눈물을 흘릴 뻔했다. 빈틈이다!

"가족이에요? 아니면 친구?"

"……친굽니다."

4주 동안의 상담에서 옌즈청이 두 번째로 말하는 순간이었다.

기억나지 않음, 형사

"정말 친한 친구였군요?"

바이 의사가 친절한 미소를 띠며 물었다.

"그 사람 얘기는 하고 싶지 않습니다."

엔즈청이 대답했다. 내용과는 달리 부드럽고 온화한 말투였다.

엔즈청은 말하고 싶지 않다고 했지만, 바이 의사는 진심이 아니라는 것을 알아차렸다. 그는 죽은 친구에 대해 이야기하고 싶은 것이다. 그래서 입을 열었다. 아마도 그 친구에 대해서 이야기 나눌 기회가 별로 없었던 것 같다. 그래서 바이 의사라는 적군에게도 대꾸를 해준 것이다.

바이 의사는 지금 캐물어서는 오히려 역효과만 난다는 것을 잘 알았다.

"어제 제 '친구'가 블루마운틴 커피를 한 봉지 보내왔어요. 아주 귀한 커피라는데, 힌긴 미셔블래요?"

바이 의사는 커피머신 쪽으로 가서 잔을 두 개 꺼냈다. 그녀는 특별히 '친구'라는 단어를 강조했고, 화제도 자연스럽게 바꿨다. 이 정도면 엔즈청이라 해도 두껍고 높은 그 성벽 안으로 도로 들어가진 않을 것이다.

바이 의사는 커피를 내린 다음 엔즈청에게 내밀었다. 엔즈청은 커피잔을 몇 초간 물끄러미 바라보더니 손을 내밀어 받아 들었다.

아주 좋아. 바이 의사는 마음속으로 미소를 지었다.

두 사람은 커피를 홀짝였다. 바이 의사는 일부러 엔즈청을 쳐다보지 않고 시선을 다른 데 뒀다. 엔즈청에게 숨 돌릴 여유 공간을 주고 싶었다. 커피를 다 마신 뒤 바이 의사는 다시 신변잡기 등의 일상적 화제를 꺼냈다. 전과 다른 점이라면 옌즈청이 가끔 고개를 끄덕였다는 것이다.

"아, 시간이 다 됐네요."

바이 의사가 벽시계를 보면서 말했다.

"다음 주에도 같은 시간, 월요일 4시부터 4시 50분까지 괜찮아요?"

옌즈청이 살짝 고개를 끄덕였다.

"다음 주에도 같이 커피 마셔요."

바이 의사가 웃으며 말했다.

옌즈청이 진료실을 나갔다. 바이 의사는 말로 표현 못 할 만족 감을 느꼈다.

"이대로라면 1년 동안 저 사람 증상을 어느 정도는 줄일 수 있겠어."

바이팡화 의사는 옌즈청 환자의 치료에 자신이 생겼다. 돌이킬 수 없는 일이 벌어지기 전에 옌즈청의 인생을 정상 궤도로 돌려놓고 싶다. 다시 한 번 사회 속에서 어울리며 살아가게 하고 싶다.

하지만 옌즈청은 그렇게 생각하지 않았다.

─난 이미 돌이킬 수 없는 짓을 저질렀어.

사람을 때려 코를 부러뜨렸다면, 시간이 지나면 원래대로 회복될 것이다.

하지만 죽은 사람은 되살아나지 못한다.

3장

청룡도장은 템플가와 박호이가가 만나는 지점 근처에 있다. 포
틀랜드가를 일반 시민과 범죄자가 뒤섞인 곳이라고 말한다면, 템
플가도 그에 못지않다. 길 양쪽에 죽 늘어선 낡은 건물에는 하나
같이 매춘부의 아파트나 마작 영업장, 퇴폐 영업을 하는 이발소,
싸구려 술집, 안마시술소 등이 빼곡하다. 그러나 템플가에는 이런
특수한 산업 외에도 평범한 시민을 위한 오락거리도 많았다. 사람
들로 붐비는 야시장, 전통적인 광둥요리, 이름난 홍콩식 냉차涼茶,
각양각색의 저렴한 상품들이 널려 있다. 매일 밤 수많은 관광객의
발길이 이곳으로 향한다. 템플가라는 이름은 이 거리에 100년이
넘는 역사를 가진 사원 천후묘天后廟가 있어서 붙여졌다. 이 이름은
19세기 카오룽 지도에서도 발견된다. 1920년부터 서민들을 위한

오락과 쇼핑 중심으로 발전해 '평민 나이트클럽'이라는 별명도 생겼다. 템플가를 조직폭력배가 모여들고 범죄사건이 벌어지는 지역이라고 생각하기 쉽지만, 그것은 오가는 사람이 많고 서민적인 분위기인 탓이다. 근처의 다른 거리에 비해 건달이나 범죄조직의 말단 조직원이 많을지도 모른다. 윤락업소가 몇 곳 더 있을지도 모른다. 하지만 대개는 소시민들이 이곳에서 조그만 즐거움을 찾는다.

나와 아친은 리징루가 일러준 대로 청룡도장을 찾아갔다. 상상했던 것처럼 청룡도장이 있는 건물은 낡은 중국식 건물로 60년 이상 된 것 같았다. 엘리베이터도 없고 제대로 된 문도 없었다. 건물 입구에서 조그만 플라스틱 간판을 발견했는데, 녹색 바탕에 흰 글씨로 '청룡도장 정통 영춘권 2층'이라고 새겨져 있었다. 그 옆에는 '여성 헤어커트' '혈자리 추나' 등이 적힌 간판이 먼지가 뽀얗게 앉은 채 걸려 있다. 우리는 어두운 계단을 올랐다. 벽 페인트는 바싹 말라서 군데군데 벗어졌고, 천장에는 전선 뭉치가 얼기설기 얽혀서 건물 정문에서 2층까지 연결돼 있다.

"쉬 경장님, 어디 가세요?"

내가 2층 복도로 통하는 문을 밀어 열려고 하자 3층으로 가는 계단에 멈춰 선 아친이 물었다.

"도장은 2층에 있잖습니까."

내가 대답했다.

"3층 아니에요?"

"아까 간판에 2층이라고 쓰여 있었습니다."

나는 손가락으로 아래층을 가리켰다.

"3층이었어요."

"2층이 맞습니다. 아친, 잘못 본 거 아닙니까?"

"그렇지 않아요. 기자들은 이런 사소한 것을 놓치지 않는다고요."

"이렇게 합시다. 당신은 3층으로 가고, 나는 2층으로 가고."

나는 얄밉게 웃으면서 말했다.

"어차피 조금 있다 다시 내려와야 할 겁니다."

아친은 절대 지지 않겠다는 듯 허리에 손을 척 올리더니 3층 계단을 올라갔다. 나는 묵직한 문을 열고 2층 복도에 들어섰다. 그러나 2층 복도를 이쪽 끝에서 저쪽 끝까지 다 돌았는데도 무술도장처럼 보이는 곳을 찾지 못했다. 점술집, 나름 건전해 보이는 이발소, 퇴폐적인 서비스를 제공하는 안마시술소 두 곳, 나머지는 비어 있었다.

내가 잘못 봤나? 경찰을 업으로 하는 내가 이런 초보적인 실수를 할 줄이야. 나는 머리를 긁적이고 3층으로 올라갔다. 복도 문을 열자 청룡도장 간판이 바로 보였다. 도장 이름 아래에는 오른쪽을 가리키는 화살표가 그려져 있다.

"건드리지 마!"

오른쪽에서 아친의 고함소리가 들렸다. 무슨 문제가 생긴 듯했다. 급히 그쪽으로 뛰어갔다. 모퉁이를 돌자마자 머리를 노랗게 물들인 열일고여덟 살 소년이 껄렁대며 아친을 복도 구석에 몰아넣고 있는 게 보였다.

"이년이 뭘 빼고 그래? 딱 봐도 아래층 안마사 아니면 가라오케 노래 도우미잖아! 오빠는 있는 게 돈밖에 없거든? 이따 가게에 들러줄게, 지금 잠깐만 만져보자고!"

"무슨 짓이야!"

내가 고함을 치며 다가가자 그놈이 한발 물러섰다.

"어어? 남자가 있었어? 내가 대신 네 여자한테 손님 접대하는 법 좀 가르쳐줬거든."

느물대며 몇 마디 하던 그놈이 별안간 아친을 밀치고 내 가슴팍을 향해 주먹을 내질렀다. 나는 반사적으로 주먹을 피했지만 그때 이미 다른 쪽 주먹이 바로 앞까지 와 있었다. 나는 왼팔로 주먹을 막아낸 뒤, 그대로 놈의 두 손을 붙잡고 아래로 내리눌러 움직임을 봉쇄했다. 그런 다음 몸통을 밀어붙여 놈을 벽에 찍어눌렀다. 오른손은 벌써 놈의 목덜미를 움켜잡고 있었다. 그놈은 꼼짝달싹 못했다.

"제, 젠장."

제압당한 소년은 헐떡이면서 말했다.

"다, 당신, 밤에 죽 좀 먹었군?* 어느 파야?"

나는 오른손을 풀어주고 경찰 신분증을 꺼내 그놈의 눈앞에 들이댔다.

"내가 어느 파로 보여?"

---

* 밤에 죽을 먹다(吃過夜粥). 무술을 배웠다는 의미다. 홍콩에서는 퇴근 후 무술을 익히러 가는 사람들이 많았는데, 무술 수련이 끝나면 다 함께 야식으로 죽을 먹었다.

소년은 경찰 신분증을 보더니 얼굴이 하얗게 질렸다. 그때 그 옆에서 문이 열리고 빨간색 트레이닝복을 입은 이십대 남자가 고개를 내밀었다.

"뭐야. 응? 아광阿廣, 너 또 무슨 사고 쳤어? 형사님, 이 자식이 무슨 짓을 했습니까?"

그는 내 손에 들린 경찰 신분증과 제압당한 소년을 쳐다봤다.

"이사형! 전 아무 짓도 안 했어요! 이 아가씨한테 말 좀 걸었을 뿐인데 다짜고짜 날 때렸다고요!"

이사형이라고 불린 남자는 두 말 없이 아광이라는 소년의 머리를 후려쳤다.

"으악! 이사형! 왜 때려요?"

"이 자식아, 붙잡힌 자세만 봐도 네가 먼저 덤빈 건데 뭘! 너 또 일자충권一字衝拳, 영춘권 권법 중 하나 흉내 냈시? 기본 무술노 나 못 배운 놈이 나대긴!"

이사형은 아광을 야단쳤다. 그러더니 나를 향해 씩 웃으며 말했다.

"형사님, 이 자식이 뭘 잘못했습니까? 좀 봐주시면 안 될까요?"

"아친, 방금 이 사람이 무슨 짓 했어요?"

나는 아친을 돌아보며 물었다.

"나더러 얼마냐고 묻더군요. 그러더니 여기저기 만지고."

아친은 크게 화를 내지는 않았지만 표정만 봐도 여전히 불쾌해 보였다.

"이놈이 배워먹질 못해서……."

이사형이 퍽 하고 다시 아광의 머리를 후려쳤다.

"무례한 짓에 경찰 습격까지? 형사님, 이놈 좀 잡아가십쇼."

아광은 그제야 당황한 표정을 지었다. 겁먹은 닭 같은 눈빛을 보자니 나도 모르게 웃음이 터질 것 같았다. 약자에겐 강하고 강자에겐 약한 게 딱 뒷골목 양아치다.

"아친, 고소할 겁니까?"

내가 물었다.

"됐어요. 귀찮기만 할 텐데요."

아친이 대답했다.

"오늘 운 좋은 줄 알아."

내가 놔주자 아광은 이사형 뒤로 후다닥 달려가 열린 문 안으로 쏙 들어갔다.

"거기 서!"

이사형이 소리를 질렀다.

"형사님은 봐줘도 난 아니야, 임마! 구석에서 사평대마四平大馬, 흔히 '마보'라고도 하는 하체 훈련 자세 한 시간 실시!"

"이사형! 그냥 오해한 거라고요!"

아광이 용서를 비는 모양이다.

"사부님과 대사형이 안 계시는 동안에는 내 말을 따라야지! 하기 싫어? 오냐, 그럼 나랑 대련 한판 하자!"

이사형이 소매를 걷어붙였다. 그의 팔에는 시퍼런 문신이 가득했다. 이 사람도 그다지 좋은 부류는 아닐 것이다.

"제가 이사형을 어떻게 이겨요!"

"이놈 보게? 이길 수 있으면 날 두들겨 팰 거냐? 사평대마 두 시간!"

"악! 왜 한 시간이 늘어나요!"

"계속 말 안 들으면 세 시간으로 늘 거다."

아광은 이사형이 봐줄 것 같지 않자 어쩔 수 없이 도장 한구석에 가서 사평대마 자세를 잡았다. 얼굴에는 하기 싫다는 표정이 역력했다.

"형사님, 저놈은 입문한 지 겨우 3개월입니다. 저놈 큰누나한테 사람 만들어준다고 약속을 했거든요. 너그럽게 용서해주세요."

나는 고개를 끄덕이곤 물었다.

"여기가 청룡도장이 맞습니까?"

"예? 맞습니다. 저희 도장에 용무가 있으신 겁니까? 들어오세요."

이사형은 우리를 안쪽으로 안내했다. 넓은 수련실에는 편액이 잔뜩 걸려 있고, 목인장木人樁, 사람처럼 팔다리 부분이 붙은 무술 수련 도구 세 개가 놓여 있다. 청룡도장은 확실히 영춘권을 가르치는 곳인가 보다. 우리는 낡았지만 깨끗하고 반질반질한 자단목 의자에 앉았다. 마침 수련실 구석에서 사평대마 자세를 취한 아광을 마주 보는 자리였다.

"저는 펑馮씨입니다. 여기 청룡도장의 조교 중 한 명이고요. 다들 대력大力이라고 부르죠."

자신을 '대력'이라고 밝힌 이사형도 자리에 앉았다.

"사부님은 마카오에 가셨습니다. 사부님께 볼일이 있으신지요?"

"아뇨, 어떤 사람에 대해 묻고 싶은 게 있어서 왔습니다."

나는 에두르지 않고 곧장 물었다.

"혹시 이 도장에 '아엔'이라는 사람이 있습니까?"

"아엔?"

대력은 턱 아래를 긁적였다.

"없는데요."

"지금은 도장에 다니지 않을지도 모릅니다. 혹시 6년 전에는 그런 사람이 있었습니까?"

"죄송합니다. 저도 이 도장에 들어온 지 5년밖에 되지 않아서요. 제가 아는 한 지난 5년 동안에는 아엔이라는 사람이 없었어요. 시간이 일러서 사람이 별로 없는데, 저녁이 되면 수련생들이 올 겁니다. 그때 한번 물어볼게요. 혹시 아는 사람이 있을지도 모르죠."

"그렇습니까……"

나는 조금 실망했다.

"아엔이란 사람, 사부님이 늘 얘기하던 아청阿誠 형님 아니에요?"

저쪽에서 아광이 끼어들었다.

"아청 형님? 그렇지!"

대력이 손뼉을 쳤다.

"맞습니다. 아청 형님 성함이 옌즈청이에요. 형사님이 찾는 게 그 사람입니까?"

"옌즈청이란 사람, 어떤 사람입니까?"

뭔가 단서가 잡히자 기분이 좋아졌다.

"저도 잘은 모릅니다. 사부님과 대사형한테서 이름만 들었죠."

대력이 말을 이었다.

"듣기로는 예전에 저희 도장에서 무술을 배웠고, 어린 나이에 무술대회에서 우승도 했답니다. 지금은 영화판에서 스턴트맨이나 무술감독으로 일한다고 하더군요. 사부님이 옛날 일 말씀하실 때마다 그 사람 이름이 빠진 적이 없죠. 지금도 가끔 사부님과 연락한다고 들었습니다."

스턴트맨? 그렇다면 수도관을 타고 건물 외벽을 기어 올라가는 것쯤 식은 죽 먹기겠군.

"옌씨 성은 정말 보기 드문데. 저는 성이 아니라 이름이나 별명일 거라고 생각했어요."

아친이 나를 보며 말했다.

"그래요? 흔한 성은 아니지만 보기 드물다고 할 정도는 아닌 것 같은데."

나는 다시 고개를 돌려 대력을 쳐다봤다.

"그 사람이 6년 전에 여기서 무술을 배웠습니까?"

"음, 그렇겠죠. 연도 같은 건 잘 모르겠습니다. 다만 사부님이 늘 이렇게 말씀하셨죠. 아청이 얼마나 열심히 한 줄 아느냐? 매일 저쪽의 목인장을 두세 시간씩 두드렸다. 그렇게 해야 기본이 다져지는 것이다!"

대력이 손가락으로 수련실 한쪽에 있는 목인장을 가리켰다가 금세 손을 내렸다.

"아니지, 저쪽 목인장이 아니지. 저희 도장은 작년에 이사했거든요. 아청 형님이 수련할 때는 목인장 방향이 저쪽이 아니었겠군요."

"이사를 했습니까?"

"2층에서 3층으로 옮겼죠. 여기가 공간이 넓거든요. 저희 도장이 한산해 보이겠지만 수련생이 50명이 넘습니다."

대력이 웃으면서 대답했다.

그렇다면 나는 아까 1층에서 옛날 간판을 봤던가 보다.

"사부님은 아광처럼 혈기가 너무 넘쳐서 천둥벌거숭이처럼 날뛰는 놈들을 주로 제자로 받습니다. 사부님 밑에서 몇 년 수련하고 나면 나쁜 물이 빠지고 건실한 사람으로 다시 태어나죠. 다시 말해 영춘권의 진짜 가르침은 심정心正입니다. 소위 심정권정心正拳正이라고 하는데……."

"그 옌즈청이란 사람, 어디 사는지 아십니까?"

나는 대력의 말을 자르고 물었다.

"아마 사이완 아니면 성완일 겁니다. 몇 년 전에 사부님이 아청 형님을 만나러 간다면서, 바다를 건너야 한다고 했던 게 기억나네요."

또 웨스턴이라고? 둥청아파트 살인사건도, 린젠성의 교통사고도 웨스턴이었는데 신비 인물 옌즈청도 웨스턴과 관련이 있다. 단순히 우연일까?

"혹시 그 사람 연락처가 있습니까?"

내가 묻자 대력은 어깨를 으쓱하고 대답했다.

"사부님은 그 사람과 연락을 할 겁니다. 얼마 전에 사부님이 아주 기뻐하시면서 '아청이 드디어 빛을 보는구나, 영화에서 대사가 있는 역할을 맡았단다, 더 이상 얼굴도 안 보이는 대역이 아니야' 이렇게 말씀하셨거든요. 허씨賀氏영화사라고 기억합니다. 그 영화사에 가서 물어보시죠."

"혹시 당신 사부님이 린젠성이라는 이름을 언급한 적은 없습니까?"

대력은 깜짝 놀란 듯 나를 쳐다봤다.

"린젠성이라면 5, 6년 전 살인사건의 그 린젠성이요?"

"네."

"아, 아뇨. 제 친척이 홍콩섬 웨스턴에 삽니다. 살인사건이 있었던 이퍼트에서 골목 하나 옆이죠. 그래서 지도 그 사건을 기억하고 있어요. 사부님이 관련된 이름을 언급하셨다면 분명히 기억이 날 텐데 그런 적은 없었어요. 아청 형님과 린젠성이 무슨 관련이 있나요?"

"아뇨, 그냥 생각이 나서 물어본 겁니다."

나는 이렇게 말하면서도 몸에 문신을 새기고 뒷골목에서 좀 굴러본 듯한 이 남자를 속일 수 있을 거라고는 생각하지 않았다. 사실 구석에서 벌을 받느라 땀을 뻘뻘 흘리는 아광이라는 녀석조차 속이지 못할 것이다.

"그 사건은 이미 끝난 거 아닙니까?"

대력이 물었다.

"네, 이미 종결된 사건입니다."

나는 일어서면서 대답했다.

"그냥 물어본 겁니다. 사부님은 언제 홍콩에 돌아오십니까?"

"마카오에서 열리는 무술교류회에 참석 중인데, 사흘 뒤에나 돌아오실 겁니다. 혹시 급한 일이시면 제가 사부님께 연락을 해드리겠습니다."

"아, 아닙니다. 중요한 일도 아닌데 괜히 번거롭게 해드리기는 미안하군요."

이미 수사 종결된 6년 전 사건을 개인적으로 파헤치고 있다고 말할 수는 없지 않은가. 나와 아친은 인사를 하고 도장을 나올 수밖에 없었다. 만약 다른 곳에서 더 단서를 찾지 못한다면 나중에 다시 들르면 될 일이다. 개인적인 수사인데 전화번호를 남겨서는 안 된다.

"잠깐만요."

나와 아친이 막 청룡도장 문을 나서는데, 대력이 갑자기 우리를 불러 세웠다.

"지금 막 생각났는데, 사부님이 예전에 아청 형님 이야기를 하신 게 있어요. 혼자서도 잘 버텼다, 나쁜 길로 빠지지 않았다, 그러시면서요. 사부님은 아청 형님 얘기를 말썽 피우는 놈들 야단치실 때 주로 꺼내시죠."

그렇게 말하면서 대력은 엄지손가락을 아광 쪽으로 까딱거렸다.

"혼자서?"

"열한 살인가, 열두 살인가, 그때 가족이 다 죽었대요. 큰 교통사고가 나서 그랬다고 들었습니다."

그 순간 머릿속이 뒤흔들렸다. 교통사고로 사망…… 나는 다시 린젠성이 죽기 전에 저지른 악행이 떠올랐다.

청룡도장을 나오면서 나는 온몸의 힘이 빠지는 기분을 느꼈다. 죽어버린 무고한 사람들을 생각할 때마다 내 감정은 파도에 휩쓸리는 것 같다. 갑자기 이마가 아프기 시작했다. 아스피린 두 알을 또 삼켰다.

"봐요, 내가 3층이랬죠!"

아친이 녹색 바탕에 흰 글씨가 쓰여진 간판을 가리켰다. 정확히 3층이라고 쓰여 있다. 하지만 나는 다른 생각에 잠겨 아친의 말에 반응을 보이지 못했다.

"왜 그래요?"

아친이 물었다. 내가 딴 생각에 빠져 있는 것을 눈치챈 것 같았다.

"별거 아닙니다. 그냥 두통이 또 발작해서."

나는 아친의 다음 말을 기다리지 않고 얼른 덧붙였다.

"허씨영화사로 가봅시다."

"잠깐만요! 배고프지 않아요? 오후 2시라고요! 아직 점심도 안 먹었잖아요."

손목시계를 보니 2시 10분을 가리키고 있다. 아침에 뤄후이메이 집에서 커피 한 잔을 마신 것뿐이지만 나는 왠지 전혀 배고픔이 느껴지지 않았다. 물론 배가 고프지 않아도 뭔가 먹어둬야 한다. 만일 잠시 후에 범죄자라도 만나게 된다면 체력이 필요하다.

우리는 낡은 차찬텡에 들어가 점심을 먹었다. 몽콕에서는 차와 사람이 뒤엉켜 서로 길을 차지하려고 싸우는 모양새인데 야우마테이는 사람이 없어 한산하다. 골목 세 개를 지나왔을 뿐인데 천양지차다. 사람들은 쇠붙이고 몽콕은 거대한 자석인 것처럼 사람들이 몽콕으로 끌려간다.

우리가 들어간 식당에는 손님이 대여섯 명뿐이었다. 흰색 유니폼을 입은 종업원도 느긋한 표정을 짓고 있다. 바쁜 점심시간이 지나갔으니 지금은 좀 한가한 때일 것이다.

"쉬 경장님, 뭐 드시겠어요? 제가 살게요. 오늘 인터뷰에 대한 답례로요."

종업원이 아친의 말을 들은 것 같다. 나를 위아래로 훑어보는 시선이 느껴졌다.

우리는 소갈비덮밥과 훈툰馄饨, 얇은 밀가루피 안에 고기소를 넣은 것탕, 그리고 밀크티 두 잔을 시켰다. 아친이 산다고 했지만 포참시두鮑參翅肚, 전복, 해삼, 상어지느러미 등을 넣어 만드는 요리 같은 비싸고 맛있는 걸 먹을 기분은 아니었다. 식당부터가 템플가에 있는 저렴한 차찬텡이기도 하고 말이다.

"쉬 경장님, 아까는 고마웠어요."

아친이 갑자기 말을 꺼냈다.

"예? 뭐가 고맙다는 겁니까?"

"아까 절 구해줬잖아요."

아, 아광에게 희롱당한 일 얘긴가 보다.

"편집장님이 그러셨거든요."

아친이 생각에 잠긴 듯한 표정으로 말을 이었다.

"여기자 혼자서 인터뷰하러 갈 때는 조심해야 한다고요. 용감하다고 해서 문제가 해결되지는 않는다면서, 그런 건 만용이라고요. 저도 기자생활하면서 다양한 사람을 많이 만났어요. 조직폭력배 출신이나 건달들도 인터뷰한 적 있고요. 하지만 오늘 같은 일을 실제로 겪을 줄은 몰랐어요. 마음을 놓고 있다가 갑자기 그 자식이 손목을 턱 잡으니까 많이 놀랐거든요."

"그럼 다음에 호신술 몇 가지 가르쳐줄게요. 아까 같은 놈들 물리칠 수 있게."

"정말요? 약속한 기죠? 무르기 없기!"

아친이 화사하게 웃었다. 그녀의 눈에서 친근감이 넘쳐흘렀다. 나는 그제야 이 단발머리 여기자가 꽤 예쁘게 생겼다는 것을 알았다. 눈동자도 맑고 치아도 조그만 자개 조각을 가지런히 붙여둔 것처럼 예쁘게 늘어서 있다.

우리는 점심을 먹으면서 아친에 대한 이런저런 이야기를 나눴다. 외동딸이고, 중학교 때부터 기자가 될 결심을 했고, 결국 대학에서 신문방송학을 전공한 다음, 졸업 후 《포커스》에서 수습기자로 일을 시작했고, 어느덧 4년째가 된다고 했다. 기자로 일하면서 모든 게 순조로웠다고는 말할 수 없지만 큰 문제나 위험은 없었다고도 했다. 아친은 보도부에서 꽤 일을 잘하는 기자인 모양이었다. 그도 그럴 것이 겨우 4년차에 12쪽짜리 특집기사를 맡은 것이다. 아친 얘기로는 8년차도 이런 기회를 얻기 어렵다고 했다.

"내 얘긴 이쯤 하고! 경장님은요?"

아친이 밀크티를 한 모금 마시고는 물었다.

"왜 경찰이 됐어요?"

젓가락이 멈췄다.

왜 경찰이 됐더라?

나는…… 대답할 수 없었다.

과거 어느 땐가 이 세계에는 정의가 있고 타인을 위해 목숨을 바치는 것은 위대하며 죄악을 없애고 착한 사람들을 구하는 것이 당연하다고 생각한 적이 있었다. 하지만 어느 날 이런 모든 이유들이 사라져버렸다. 남은 것은 새하얀 세계.

한 점 부끄러움 없이 강직하고 올바른 사람조차도 비명횡사할 수 있다. 불행이 닥쳐올 때는 아무도 막을 수 없다. 세계는 잔혹하다.

갑자기 머릿속이 어지러웠다. 과거의 기억이 끊임없이 떠올랐다 사라지길 반복했다. 하지만 나는 그게 언제인지 무엇인지 전혀 알아볼 수 없었다. 내가 주인공을 맡은 영화를 관람하는 기분이라고나 할까. 하지만 그 영화는 촬영기법을 이해할 수 없는 괴상한 영화다. 장면과 장면이 연결되지 않고, 커다란 스크린에 의미 없는 지그소 퍼즐 같은 색채들만이 연속적으로 스쳐갈 뿐이다. 퍼즐, 곡

선과 평면으로 이루어진 거대한 혼란.

나는 6년 전의 일조차도 제대로 떠올릴 수 없었다.

생각하려 할수록, 기억의 조각을 붙잡으려 할수록, 점점 더 멀어질 뿐이다. 두통은 마치 날카로운 칼처럼 기억들을 조각조각 베어간다. 기억이 흩날리는 눈꽃처럼 변해간다.

"아, 잊어버렸습니다."

내가 대답했다.

"그 기억상실증 때문인가요?"

"아마도."

"그거……."

아친이 우물쭈물했다.

"쉬 경장님은 외상 후 스트레스 장애로 기억을 잃었다고 했죠? 혹시 저한테 예전에 있었던 일을 말하고 나면 좀 편안해지지 않을까요? 그러면 기억상실증도 좋아질지 몰라요. 어디서 들었는데, 자기 이야기를 털어놓는 게 심리치료에 아주 효과적이래요. 아무에게도 말하지 않을게요. 맹세해요. 한번 시험해보면 어때요?"

나는 미간을 찌푸렸다. 물론 눈앞의 이 여자에게 호감이 있지만, 잘 알지도 못하는 사람이 내 과거에 끼어드는 것은 싫다.

"미안하지만, 말하고 싶지 않습니다."

나의 냉담한 반응에 아친은 어쩔 줄 몰라 했다.

우리는 한참 동안 침묵을 지켰다.

"그럼 새로 기억난 건 없어요? 시간이 지나면 좋아질지도 모른다고 그랬잖아요."

아친은 분위기를 바꿔보려고 했던 모양이지만, 하필이면 더 우울한 화제를 골랐다.

"전혀. 난 여전히 2003년에 살고 있습니다. 둥청아파트 사건은 지난주였고."

"어떤 영화에서 본 건데, 여주인공이 교통사고를 당한 뒤로 아침마다 일어나면 사고가 있었던 그날 아침으로 기억이 돌아가 버려요. 가족들은 그녀에게 이 사실을 숨기기 위해 노력하죠. 매일 똑같은 생활을 하는 거예요."

아친이 억지로 미소를 지었다.

"당신도 그런 상황인 건 아니겠죠?"

나는 그런 가능성은 생각도 해본 적이 없다.

"말도 안 돼, 그런 일이 어떻게……."

갑자기 등줄기가 차가워지는 기분이다. 아친이 꺼낸 말은 내가 지금까지 생각해보지 않았던 부분을 건드렸다. 나는 수첩을 꺼내 펼쳤다. 보고 싶지 않았던 진실이 적나라하게 거기 있다.

"이상해…… 정말 이상해…… 정말로 6년 동안의 기억을 잃은 거라면 내 수첩에 적힌 내용이 왜 6년 전 사건인 걸까요?"

나는 떨리는 손으로 수첩에 적힌 '둥청아파트' '린젠성' '정위안 다' '뤼슈란' 등의 글자를 가리켰다. 수첩에는 맨 앞 몇 장에만 내 글씨로 사건과 관련된 주소, 인물 관련 자료, 조사 진척도 등이 적혀 있었고, 그 외에는 아무것도 쓰여 있지 않았다.

아친도 깜짝 놀랐다.

"설마 당신 말대로 내가 지금……."

나는 말을 잇지 못했다. 어쩌면 나는 6년 동안 매일 그 자리에 정체된 채 살았을지도 모른다. 경찰 일도 그만뒀을 것이다. 어젯밤 모종의 이유로 오늘 아침은 평소와 달리 집이나 요양원에서 눈을 뜨지 않았고, 그래서 지금 이런 괴이한 상황 속에…….

설마 나는 지난 6년 동안 매일 이미 끝나버린 사건을 뒤쫓았던 걸까?

"아녜요! 우선 그런 걱정은 하지 말자고요! 만약 진짜 그렇다고 해도 지금 걱정해봐야 아무 소용 없어요. 게다가 전 이 수첩에 대해 합리적인 설명을 제시할 수 있어요."

"예를 들면 어떤?"

"예를 들면…… 그렇죠, 이 수첩 언제 발견했어요?"

"오늘 아침에 머리가 몽롱하다고 생각했을 때였지요. 우연히 찾았습니다."

"수첩에 적힌 내용을 보기 전에 기억을 잃었다는 걸 발견했어요?"

"아뇨, 경찰서에 가서야 6년이 지났다는 걸 알았습니다. 수첩을 보기 전에는 어제 동료들과 말다툼을 하고, 그런 다음 술을 마신 것만 기억이……."

"그렇다면 이 수첩은 경장님이 매일 기억을 잃어버린다는 증거가 아니에요. 어쩌면 오늘 발생한 기억상실증의 시발점일지도 모르죠."

"시발점?"

"외상 후 스트레스 장애가 원인이라고 했잖아요."

아친이 전문가 같은 말투로 말했다.

"어쩌면 당신은 오늘 아침 눈을 떴을 때 자기가 어느 시간대에 있는지 몰랐을 거예요. 그런데 이 수첩에 적힌 내용을 보고서 둥청아파트 사건을 조사 중이라고 생각하게 된 거죠. 지금이 2003년이라고 생각한 거라고요."

"그럼 6년 전에 쓰던 수첩을 왜 갖고 있었단 말입니까?"

"그거야 간단하죠."

아친이 자신만만하게 웃었다.

"제가 그제 전화해서 둥청아파트 사건을 인터뷰하겠다고 하니까, 옛날에 쓰던 수첩을 꺼내서 인터뷰를 준비한 거예요. 합리적인 설명이죠?"

그렇다면 그녀의 연락을 받고 둥청아파트 사건의 기억을 떠올리게 돼서 꿈에서도 6년 전의 사건 현장을 본 것이 된다. 그래, 확실히 합리적인 설명이다. 나는 조금 안심했다.

"하지만 둥청아파트 사건만 수첩에 적혀 있는 건 이상하지 않습니까?"

내가 물었다.

"경장님한테 어떤 습관이 있는지 저야 모르죠! 어떤 이유가 있어서 수첩을 바꾼 거 아니에요?"

아친이 여전히 웃으면서 말했다.

나는 뭔가 합당한 이유를 찾으려고 노력했다. 어쩌면 6년 전에 동료들과 갈등을 빚어서 황 조장에게 2주 정직 처분을 받았는지도 모른다. 그래서 그 이후의 사건 수사 내용이 적혀 있지 않은 것이다. 신문기사에서 말한 대로라면 우리 팀이 계속해서 수사를 한 것 같지도 않고, 린젠성이 운 나쁘게 순찰 경관과 마주친 것뿐이다. 정직기간 중에 수첩을 잃어버렸다가 새것을 구입한 후에 다시 찾았을지도 모른다. 아니면 정직이 끝나고 돌아와 보니 사건이 종결돼 있어서 새로 시작하는 기분으로 아예 새 수첩을 사서 썼을지도 모른다.

또 다른 가능성은 없을까?

이 수첩은 그냥 새 수첩이고, 내가 옛날 수첩에서 사건 자료를 옮겨 쓴 것이 아닐까? 사건 자료를 누군가에게 전해주기 위해서?

아친에게 주려던 걸까? 하지만 기자에게 이런 상세한 수사 자료를 줄 이유가 없다.

됐다, 더 생각하지 말자.

"그도 그렇군요. 당신 연락을 받고 옛날 수첩을 꺼냈다면 딱 들어맞습니다."

나는 고개를 끄덕이며 말했다.

"다시 말해서 내가 지금 이 고생을 하는 건 다 당신 때문이네요."

"와, 어쩜 책임을 내 탓으로 돌릴 수가 있죠?"

우리는 마주 보면서 웃었다. 방금 전의 어색함은 사라졌다.

"사실 한 가지 가능성이 더 있답니다."

아친이 한쪽 눈썹을 슬쩍 올리며 말했다. 묘한 미소를 띠고 있었다.

"무슨 가능성?"

"쉬 경장님은 시간 터널을 통해 2003년에서 2009년의 오늘로 이동한 거예요."

"아니, 왜 갑자기 SF소설이 되는 겁니까?"

나는 실소하며 말을 이었다.

"아, 그런 드라마가 있었지요? 형사인 주인공이 교통사고로 혼수상태에 빠졌다가 정신을 차려보니 자기가 1973년으로 돌아가 있었던. 여전히 경찰서에서 일하면서⋯⋯."

"당신도 봤어요? 〈라이프 온 마스〉!* 정말 좋아하는 드라마예요!"

아친은 신이 났다.

"어느 날 텔레비전을 켰다가 우연히 봤습니다. 띄엄띄엄 몇 회 봤지요. 이야기가 재미있더군요."

"그렇죠! 재미있죠! 드라마 제목을 어디서 따왔는지 알아요?"

아친이 흥분해서 물었다.

나는 고개를 젓고 나서 말했다.

"주인공이 과거로 돌아가서 낯설지만 익숙한 도시에서 사는 걸

---

* *Life on Mars.* 2006년 영국 BBC에서 인기리에 방영한 SF추리 드라마.

화성인이 지구에 온 것처럼, 아니면 지구인이 화성에 간 것처럼 비유한 거 아닙니까?"

"아니에요! 데이비드 보위*의 노래 제목에서 따온 거라고요! 그 노래는 1971년 앨범에 수록돼 있는데, 1973년에 싱글로 재발매했죠. 드라마의 배경도 1973년이잖아요! 재미있지 않아요?"

아친이 말했다.

"그랬군요. 그 앨범을 샀습니까?"

"그럼요, 데이비드 보위 팬이에요! LP앨범까지 싹 소장하고 있죠."

"그럼 나도 그 드라마 주인공처럼 어쩌다 시간 터널에 빠져서 2009년으로 온 걸까요?"

"하하하, 전 당신이 2015년에서 온 거였으면 좋겠어요."

"왜요?"

"앞으로 주식시세가 이렇게 될지, 프리미어리그** 우승팀이 어느 지 저한테 알려줄 수 있잖아요. 알려준 대로 주식을 사고 돈을 걸면 순식간에 부자가 될 텐데!"

아친이 얼굴을 일그러뜨리며 욕심 사나운 표정을 지어 보였다.

"진짜 그랬으면 나를 믿기나 했을까! 드라마 속 여주인공처럼 나를 미쳤다고 했을 겁니다."

내가 대꾸했다.

---

* David Bowie. 영국의 유명한 가수이자 영화배우.
** 영국의 축구 리그. 홍콩 사람들은 축구 리그 경기를 좋아한다. 홍콩경마회에서는 경마 외에도 프리미어리그 경기 결과에 돈을 걸 수 있는 프로그램을 운영한다.

"에이, 두고 보다가 정보가 진짜다 싶을 때 돈을 걸면 되지요!"

"어쩌다 내가 미래인이 됐네요? 진짜 드라마나 소설 속에 사는 것도 아닌데 말입니다."

나는 참지 못하고 웃음을 터뜨리며 말을 이었다.

"당신 말대로 내가 시간 터널을 지나온 경찰이라면, 우리가 연기하는 이 드라마는 제목이 뭘까요?"

"세계를 팔아넘긴 사나이!"

아친은 생각도 하지 않고 바로 대답했다.

"세계를 팔아넘긴…… 뭐요?"

"데이비드 보위의 싱글앨범 'Life on Mars'의 B면에는 〈The Man Who Sold the World〉라는 곡이 실려 있거든요."

"아니 그게 무슨 상관이에요? 지금이 1973년도 아니고."

나는 어이가 없어서 웃어버렸다.

"하긴 그렇죠."

아친은 고개를 갸우뚱하며 웃고 말았다.

"하지만 그거 알아요? 〈The Man Who Sold the World〉의 가사는 무척 재미있어요. 인터넷에서 읽은 건데, 이 곡의 가사가 현대사회의 붕괴를 은유적으로 표현하고 있대요. 가사 속 주인공이 또 다른 자신을 만나는 상황을 추상적으로 그리고 있다는 거지요. 독일어 단어 중에 '도플갱어Doppelganger'가 있는데……."

아친이 막힘없이 데이비드 보위의 곡에 대한 감상을 늘어놓았지만, 나는 제대로 듣지 않았다. 사실 나는 아친이 말하는 것처럼 시간 터널을 넘어 6년 후에 도착한 것이기를 바라마지 않는다. 인간이 시간의 속박을 넘어 과거를 바꿀 수 있다는 증거일 테니까. 그 드라마 속 남자 주인공이 1973년으로 돌아가서 젊은 시절의 부모와 아직 아기였던 자신을 만났듯이…….

누구나 과거를 바꿀 수 있는 능력을 원할 것이다.

인류는 마치 습관처럼 후회 속에 사는 생물이 아닌가.

2003년 12월 15일

"즈청, 이번 주는 바빠요?"

"그럭저럭입니다."

옌즈청은 진료실의 파란색 소파에 앉아서 간단히 바이팡화 의사의 질문에 대답했다. 반년의 상담으로 바이팡화 의사는 옌즈청이 점점 두꺼운 갑옷을 벗어간다는 것을 느끼고 있다. 상담할 때도 협조적이었다. 하지만 바이팡화 의사는 친근하게 '즈청'이라고 부르게 되었어도 여전히 그의 심리적인 방어벽을 깨뜨리지 못했다는 것도 잘 알았다.

반년 동안 옌즈청과 여러 가지 화제로 이야기를 나눴고, 점차 그의 성격, 태도, 생각을 이해하게 됐다. 하지만 핵심적인 부분에서 옌즈청은 여전히 사람들을 거절하고 있다. 그의 과거를 묻거나 내면의 상처를 언급하기만 하면 상담 첫날처럼 입을 꽉 다물어 버리는 것이다.

바이팡화 의사는 기록을 통해 옌즈청의 유일한 가족인 아버지가 교통사고로 사망했다는 것을 알고 있다. 당시 옌즈청은 겨우 열두 살이었다. 아주 어렸을 때 어머니가 세상을 떠난 것만으로도 이미 그의 어린 시절에 그늘이 졌을지도 모르는데, 심지어 아버지는 그의 눈앞에서 돌아가셨다. 사고가 났을 때 옌즈청은 사고 현장에 있었다. 거리는 겨우 1미터, 시간은 겨우 몇 초, 삶과 죽음의 차이는 겨우 그 정도였다. 옌즈청과 아버지는 각각 다른 도로에 서 있었는데, 그것이 삶과 죽음을 갈라놨다.

가족의 참혹한 죽음을 목격하고 자기 자신도 거의 죽을 뻔한 경험은 전형적인 외상 후 스트레스 장애의 원인이 된다. 하지만 바이팡화 의사는 옌즈청이 왜 반년 전에야 처음 문제를 일으켰는지 이해되지 않았다. 심리적 외상을 입은 사람들은 3개월 이내에 증상이 나타난다. 늦게 발병하는 사례가 없는 것은 아니지만 매우 드물다. 그렇다면 옌즈청이 열두 살 때 외상 후 스트레스 장애가 나타났지만 지금까지 숨기면서 치료도 받지 않고 혼자서 싸워왔다는 것일까? 10년이 넘는 시간 동안 내면의 괴물이 점차 팽창해서 더는 통제할 수 없게 되자 폭력행위로 나타난 것일까?

전문가들은 외상 후 스트레스 반응에 네 가지 단계가 있다고 한다. 과민반응, 감정의 회피, 충격의 재경험, 그리고 회복이다. 과민반응은 심리적 외상을 경험한 뒤 가장 먼저 나타나는 단계다. 이 단계의 환자는 공포나 놀람 등을 느낄 때 격렬한 불쾌감이 생겨나며 큰 소리를 지르고 싶어 한다. 반면에 뜻밖의 일을 맞닥뜨리고도 냉정한 태도를 보이는 사람도 있지만, 그들은 과민반응 단계를 뛰어넘었다기보다는 심리적으로 감정을 억눌렀을 뿐이다. 그런 사람은 어느 정도 시간이 흐른 뒤 예를 들어 사고로 가족을 잃고 텅 빈 집에 돌아갔을 경우 갑자기 감정적으로 폭발하기도 한다.

다음은 감정적 회피다. 이 단계의 환자는 현실을 부정하려는 태도를 보인다. 예를 들어 강간을 당한 여성이 그런 일이 전혀 없었다는 듯이 행동하는 것, 어떤 특정 경험에 대해 생각하기를 극도로 꺼리면서 원래의 생활을 가능한 한 그대로 유지하려 하는 것 등이다. 외상 후 스트레스에서 완전히 회복된 사람과 다른 점은 사건에 대해 언급하는 것을 회피한다는 것이다. 엔즈청이 그런 것처럼 비관적인 각도에서 모든 사물을 바라보기도 한다.

그다음이 충격의 재경험이다. 심리적 외상의 기억이 머릿속에서 반복된다. 계속해서 회피하더라도 기억이 어느 순간 평온하던 마음에 침입한다. 사람들은 이런 기억의 영향으로 정서불안, 과도한 초조감, 폭력적인 성향, 우울증 등을 보이게 된다.

어떤 사람은 이 상태를 경계 상태라고 부르는데, 초원의 동물들처럼 언제 어느 때 사냥꾼의 공격을 받을지 모른다고 생각하며 경계를 늦추지 않는 것이다. 어떤 경우에는 우울하게 변하고 어떤 사람은 쉽게 분노하는 경향을 보이기도 한다. 폭력 경향은 사실 방어기제일 수 있다. 자신이 위험에 처했다고 잘못 생각해서 반격을 준비하는 것이다. 이런 외상 후 스트레스 장애는 퇴역군인에게서 많이 나타난다. 그들이 살인을 저지르게 되는 것은 전쟁터에서 공포를 느꼈던 기억이 의식에 침투하여 잘못된 살의를 다른 사람에게 퍼부은 결과다.

마지막으로 회복기다. 심리적 외상을 직시하고 완전히 스트레스 장애에서 회복된 상태다. 어떤 사람들은 네 단계 중 중간의 감정적 회피와 충격의 재경험을 뛰어넘어 곧바로 심리적 외상에서 회복되기도 한다. 외상 후 스트레스 장애로 고통받는 환자들은 대부분 두 번째 혹은 세 번째 시기에 머물러 있는 경우가 많다. 두 번째 시기와 세 번째 시기를 반복적으로 오가기도 한다. 과거의 기억이 떠올라 자신을 곤혹스럽게 한 다음에는 감정적 회피로 돌아가 다시 현실을 부정하기도 하는 것이다. 상담사의 일은 그런 환자를 도와 한 걸음씩 앞으로 걸어나가게 하는 것이다.

바이팡화 의사는 옌즈청이 다시 감정적 회피 상태로 돌아간 것이 아닐까 생각한다. 옌즈청은 반년 전 막 충격의 재경험 상태로 접어들어 폭력 성향을 보였던 걸지도 모른다. 하지만 뭔가 이상하다. 너무 빨리 감정적 회피 상태로 돌아간 데다, 지난 반년 동안 전혀 세 번째 단계의 증상을 보이지 않았기 때문이다.

바이팡화는 또 다른 추측도 해봤다. 옌즈청이 '인격 해리'의 증상을 보이는 게 아닐까 하는 것이다.

외상 후 스트레스 장애 환자들은 어떤 극단적인 상황에서 감정적으로 회피하려 할 뿐 아니라 심지어 의식에 틈을 만들고 자기 자신에게서 떨어져 멀리서 바라보는 듯한 태도를 취하기도 한다.

바이팡화의 다른 환자 중에 경미하게 이런 증상을 보이는 사람이 있다. 쉬유이 경장은 동료의 죽음을 목격하고 자기 자신도 생사의 경계선을 오가는 경험을 했다. 그는 사건을 이야기할 때마다 세부사항을 생략하거나 잊어버리는 경우가 많다. 일부러 숨기는 것이 아니라 그의 의식이 또다시 상처받는 것을 방지하기 위해 자동적으로 기억을 봉쇄하기 때문이다. 어떤 사람들은 외상 후 스트레스 장애에서 회복된 후에도 약간 이와 비슷한 증상을 보이기도 한다. 하지만 해리 증상이 반드시 나쁜 것만은 아니다. 사람들이 즐거운 공상으로 업무상의 스트레스를 달래는 것도 이와 비슷하다. 의식의 자아방어기제인 셈이다. 생활하는 데 있어서 또 다른 문제를 일으키지 않으면 괜찮다.

하지만 옌즈청의 해리 증상은 파괴성이 있다. 옌즈청은 '이상적인 나'를 만들고 그대로 생활하려 하는 듯하다.

옌즈청의 아버지도 스턴트맨이었다. 옌즈청은 고등학교를 졸업하자마자 아버지와 같은 직업을 선택했다. 학교 성적이 좋았고 대학 진학에 전혀 문제가 없었는데도 말이다. 그는 아버지의 뜻을 잇기 위해 살아가면서 본래의 자기 자신을 매장해버렸다.

바꿔 말해서 현재의 옌즈청은 자기 자신이 만들어낸 환상과도 같다. 바이팡화 의사는 분노를 주체하지 못하고 경찰을 두들겨 팬 것이 옌즈청의 진짜 성격이 아닐까 생각한다. 어쩌면 그 경찰관이 그의 아버지를 치어 죽인 운전자와 닮았거나 옷차림 같은 것에 그의 기억을 건드리는 어떤 점이 있었는지 모른다. 심지어 더 작은 요소, 예를 들어 냄새 같은 것 때문에 구타라는 방식으로 가족을 잃은 슬픔을 표출하게 된 것인지도 모른다.

어떤 조건에만 부합되면 곧바로 폭력적으로 돌변할 수 있다.

옌즈청은 시한폭탄이나 다름없다.

"즈청, 당신이 나온 영화를 봤어요."

바이 의사가 웃으면서 말했다. 그녀는 옌즈청이 위험하든 아니든 반드시 그를 치료하고 새로운 삶을 살 수 있도록 도울 생각이다.

"예?"

"주인공이 기관총에 맞을 때 검은색 옷을 입고 헬리콥터에서 뛰어내리는 거, 당신 맞죠?"

"관찰력이 대단하시네요."

옌즈청도 옅게 미소 지었다. 이런 얼굴은 자주 보기 어렵다. 하지만 옌즈청도 즐거운 화제가 나오면 보통 사람과 같은 반응을 보인다.

물론 바이 의사는 마음에서 우러나서 웃는 게 맞을까 계속 걱정이 된다.

"나 눈 좋거든요. 그 장면 마음에 들어요?"

바이 의사가 웃으면서 말했다.

"그럭저럭요."

"그 앞에 폭탄이 터지는 충격으로 나가떨어지는 장면에서 나온 사람은 당신보다 날렵하지 못한 거 같았어요."

"그 사람은 아정阿正인데, 이제 막 입문했습니다. 경험이 부족하지요."

"위험한 상황을 자주 겪는데 스트레스는 없어요?"

"익숙해졌습니다."

"실수를 할까 봐 무섭지는 않아요?"

옌즈청은 침묵했다.

"무섭다고 해도 이상할 건 없죠."

바이 의사가 말을 이었다.

"당신은 책임감 있는 연기자니까, 다치는 건 무섭지 않더라도 실수를 해서 다시 찍어야 하는 건 무서울 것 같아요. 가끔 그런 생각을 하거든요. 이렇게 대규모 폭발 장면을 준비했는데 주인공이 실수를 해버리면 어떡하나, 그런 거요."

"리허설을 몇 번씩 하고 나서 정식 촬영에 들어가는 데다 카메라도 여러 대 돌아갑니다. 뭔가 잘 되지 않더라도 나중에 편집할 때 보완할 수 있어요."

개인적이고 정서적인 부분을 건드리지 않을 경우 옌즈청도 꽤 길게 대답을 한다.

"그런 방법이 있군요."

바이 의사는 놀랍다는 표정을 지으며 말했다.

"그럼 다른 사람들이 실수한 적은 없어요?"

"한번은 도화선이 잘못돼서 늦게 폭발한 적이 있어요. 감독이 펄펄 뛰었죠."

엔즈청이 씩 웃으며 말했다.

"스턴트맨들이 다들 창밖으로 뛰어내린 다음 5초가 지나서야 폭탄이 터졌거든요. 결국 블루스크린 앞에서 다시 한 번 뛰어내리는 장면을 찍고, 나중에 CG로 두 장면을 합쳤습니다."

"폭탄을 준비한 사람이 아주 혼이 났겠네요."

"그랬지요. 하지만 마음에 담아두지는 않더군요. 금세 웃는 얼굴로 돌아다녔습니다."

"그 사람 성격이 밝은가 봐요. 스트레스를 어떻게 해결해야 하는지 잘 알고 있네요."

바이 의사가 웃으며 말했다.

"선생님, 빙빙 둘러 말씀하시지만 저한테 스트레스를 줄여야 한다고 얘기하려는 거지요?"

엔즈청이 갑자기 말을 꺼냈다.

"맞아요. 상처를 계속 마음에 담아두면 안 돼요. 아물지 않거든요. 미국 심리학자가 이런 말을 했어요. 가장 심각한 감정적 손상은 한 번도 논의되지 않은 상처. 오직 입 밖에 내어 말을 해야만 치료의 효과가 있다."

바이 의사는 엔즈청이 똑똑한 사람이라는 것을 잘 알고 있다. 그래서 문제를 피하지 않았다. 게다가 정말 드물게 엔즈청이 단도직입적으로 말을 꺼낸 기회이기도 했다.

"선생님, 이제 그런 수단은 쓰지 마십시오."

엔즈청은 원래의 포커페이스로 돌아갔다.

"제 이야기는 절대 하지 않을 겁니다. 왜냐하면 선생님을 믿지 않기 때문입니다."

"우리는 환자의 비밀을 발설하면 안 된다는 규정이 있어요. 어떤 것도 말하지 않을 거예요."

"오해하셨군요. 저는 선생님을 믿지 않는 게 아니라 선생님을 포함해 모든 사람을 믿지 않는 겁니다."

옌즈청의 눈빛이 이상할 정도로 번쩍였다.

"제가 오늘 여기 있는 건 법률에 의한 구속입니다. 저항하면 체포되고, 자유를 잃겠지요."

바이 의사는 그의 눈빛에 붙잡혔다.

"저는 법을 반드시 준수하는 사람이 아닙니다. 단지 현실에 굴복한 거지요."

옌즈청은 아무 일도 없었냐는 듯 대연했다.

—이게 옌즈청의 진짜 모습일까?

바이 의사는 옌즈청을 응시했다. 반년 동안 한 번도 본 적 없었던 모습에 당황했다.

—이게 상담의 진전일까? 아니면 퇴보일까? 아니면 반년 동안 내내 제자리걸음이었단 말인가?

알 수 없다. 바이 의사는 낙담했다. 반년 동안 저 혼자서만 상황이 나아지고 있다고 믿었던 것이다. 그녀는 옌즈청에게 아무런 도움도 주지 못했다. 그는 여전히 한 마디 말도 없이 비협조적으로 상담에 응하던 환자 그대로였다. 다만 사회에서 통하는 가면을 쓰고 매주 한 번씩 상담을 받았을 뿐이다.

엔즈청은 여전히 아무런 감정도 없고, 세상을 증오하는 환자
다…….

아니, 그렇지 않다.

갑자기 흰 국화 꽃다발이 떠올랐다.

그 순간만큼은 엔즈청도 냉정하기만 한 사람은 아니었다.

바이 의사는 엔즈청이 그 '친구'를 이야기하던 때를 떠올렸다.

"즈청, 이렇게 하죠. 당신의 과거를 말하라고 강요하지 않을게요."

바이 의사가 말했다.

"앞으로 반년 동안 전 당신에게 심리적 외상과 스트레스를 다
스리는 방법을 알려줄 거예요. 그 내용이 재미있으면 듣고, 듣기
싫으면 그냥 지루한 수업시간이라고 생각하세요."

엔즈청은 가타부타 말이 없었다.

바이 의사는 엔즈청이 나중에 감정을 통제하기 어려울 때, 그런
방법을 사용해서 마음을 가라앉히고 심리 장애의 증상을 완화시
키기를 바랐다. 소극적인 치료지만 바람 한 점 들어가지 못할 성
벽을 열기 위해 헛된 노력을 계속하는 것보다는 효과적일 것이다.

시간은 한정적이다. 엔즈청은 반년 후에 바이 의사 앞에서 사라
져 도시의 인파 속으로 스며들어갈 테니 말이다.

4장

"허씨영화사······ 지난주에도 여기 왔었는데."

허씨영화사에 거의 다 왔을 때쯤 아친이 혼잣말처럼 중얼거렸다.

"인터뷰 때문에? 연예부 기자도 아니잖습니까?"

내가 물었다.

"아뇨, 사진기자를 데려다준 것뿐이에요. 저기 차량통제소 안으로 들어가지도 않은걸요. 쾅다썬 감독이 둥청아파트 사건을 영화화한다고 했잖아요? 이 영화사에서 제작하는 거예요. 연예부의 사진기자가 영화 촬영 장면을 취재하러 간다기에 나도 근처에서 인터뷰 약속이 있어서 태워줬죠. 편집장님은 늘 교통비를 아낄 수 있으면 아끼라고 잔소리예요. 귀에 딱지 앉을 지경이죠."

허씨영화사는 청콴오 근교 50만 평방자_{약 1만 4천 평} 부지에 세워진 홍콩 최대의 영화사이자 촬영 스튜디오다. 홍콩 영화산업은 인도와 미국에 이어 세계 3위의 규모를 자랑한다. 1990년대 이후로 제작 편수가 줄어드는 추세지만 지금도 여전히 아시아에서 가장 활발한 영화산업 기지다. 거대한 건물 네 동이 위풍당당하게 서 있고 그 부근에 산발적으로 건물 몇 채가 늘어선 허씨영화사를 철제 난간이 빙 둘러싸고 있다. 난간 바깥 면에 둘러진 끝이 보이지 않을 만큼 기다란 현수막에는 '허씨영화사賀氏影城 Ho Studio'라는 글씨와 함께 커다란 로고 'HOS'가 쓰여 있다.

"이따 들어갈 때 저랑 같이 온 기자라고 얘기해요."

아친이 말했다.

"왜요?"

"영화사에는 기자들이 많이 드나들어요. 절 알아보는 사람도 있을 테니 제 신분은 숨길 수 없어요. 그런데 당신이 입구에서 경찰 신분증을 제시하고 사람을 찾는다고 하면 다른 기자들이 이상하게 생각할 거라고요. 경장님 상사한테 개인적으로 수사했다는 걸 들키게 될지도 몰라요."

아친이 이렇게 주도면밀할 줄이야. 다 맞는 말이다. 여기서 경찰 신분을 내세워 밀고 들어가면 당장 상사가 알게 될 거다. 동료들과 갈등을 빚는 것쯤 별거 아니라고 생각하지만, 피할 수 있으면 피하는 게 좋다. 편한 길을 두고 돌아가는 건 바보짓이다.

"좋습니다. 그럼 부탁하지요."

아친이 뒷좌석을 가리키며 말했다.

기억나지 않음, 형사

"뒤에 상자 보여요? 그 안에 카메라가 있어요. 사진기자인 척하세요."

나는 상자를 열고 마치 대포 같아 보이는 커다란 렌즈가 달린 디지털 카메라를 꺼냈다. 카메라 본체에도 단추가 가득한 것이, 한눈에도 전문가용으로 보였다.

"이거 당신 겁니까? 사진 촬영까지 하는 줄은 몰랐군요."

호기심에 질문을 던졌다.

"설마요!"

아친이 웃으며 대답했다.

"그건 예비용이에요. 제가 쓰는 건 조그만 디지털 카메라고, 사진이 중요한 취재일 때는 편집부에서 사진기자를 함께 보내주죠. 안 그러면 소 잡는 칼로 닭 잡는 격이에요."

나는 '대포'를 메고 검은색 야구모자를 썼다. 그럭저럭 사진기자처럼 보였다.

영화사 정문에 도착했다. 차량통제소에서 키가 훌쩍 크고 체격좋은 경비원이 손을 뻗어 멈추라는 신호를 보냈다. 또 다른 뚱뚱한 경비원은 그 뒤에서 진입 통제 난간을 조작하고 있었다. 아친은 기자 신분증을 경비원에게 건넸다.

"안녕하세요!"

아친이 미소를 지었다.

"전 《포커스》 기자고요, 이쪽은 촬영기사예요! 쟝 감독님 신작을 취재하러 왔어요."

껑다리 경비원이 아친의 얼굴과 신분증에 인쇄된 사진을 거듭해서 비교했다. 꽤 신중하고 조심스러운 태도였다. 그런 다음 클립보드를 집어 들고 아친의 이름과 소속을 기록했다.

"죄송하지만 신분을 확인할 수 있게 기록 좀 하겠습니다. 최근 스튜디오에서 이런저런 일이 있어서요."

"무슨 일이 있었어요?"

아친이 물었다.

"허가도 없이 스튜디오에 숨어 들어오는 사람들이 좀 있었습니다. 큰 문제는 없었지만 혹시 변태나 스토커가 들어올 수 있거든요. 여배우들도 다들 겁을 먹어서…… 아이쿠, 제가 얘기했다고 말하지 마세요."

불현듯 눈앞의 여자가 기자라는 사실이 떠오른 모양이다. 소문은 눈덩이와 비슷하다. 구를수록 커져서 수습할 수 없게 된다.

"걱정 마세요. 저는 '오렌지 뉴스'_{'사과'라는 뜻을 가진 홍콩 연예 가십지 이름을 비튼}것이 아니라고요."

아친이 신분증을 돌려받으면서 말했다.

"참, 옌즈청이라는 스턴트맨이 누군지 아세요? 무술 대역을 하는 사람인데."

경비원은 볼펜으로 머리를 긁적였다.

"잘 모르겠군요. 직원들은 주로 동문東門을 사용하거든요."

"그래요……."

"잠깐, 지금 얘기한 사람, 그 아옌인가 하는 사람 아닌가?"

뚱뚱한 경비원이 끼어들었다.

"아엔이라니 누구?"

껑다리 경비원이 돌아보며 물었다.

"어제 C동 3층 탈의실에서 철제 사물함에 주먹을 새겨났다는 사람! 홍※ 아저씨가 깜짝 놀랐다더군. 탈의실에서 꽝 하는 소리가 나서 폭탄이라도 터졌나 했대. 얼른 올라가 봤더니 아엔 그 사람이 혼자서 성질을 부리고 있더라나."

"홍 아저씨가 과장하는 거 아냐?"

"홍 아저씨 말론 그 사람이 자네보다 작지만 자네 정도는 한 주먹에 끝이래!"

"홍 아저씨는 맨날 나만 못 잡아먹어 안달이지."

"죄송한데요!"

아친이 두 경비인의 수다를 끊고 물었다.

"말씀하신 홍 아저씨란 분이 옌즈청을 잘 아시나 봐요?"

"홍 아저씨는 동문 경비원이에요. 여기 스튜디오에서 40년 일했죠. 단역 배우까지 다 알걸요."

껑다리 경비원이 대답했다.

"사람을 찾을 거라면 인사부 직원보다 홍 아저씨가 확실하죠."

"고맙습니다!"

진입 통제 난간이 올라가고, 아친은 정문을 지나 왼쪽 멀찍한 곳에 차를 세웠다. 그녀는 경비원이 준 주차권을 차 유리에 끼운 후 방문증을 목에 걸었다. 나도 빨간색 V자가 인쇄된 방문증을 옷깃에 꽂았다.

"좋아요, 이제 홍 아저씨란 분을 찾아가서 옌즈청을 아냐고 물어보자고요."

차 문을 잠근 뒤 아친이 말했다.

"나눠서 움직이는 게 어떻습니까?"

"어? 왜요?"

"나는 촬영장 쪽에 가서 물어볼게요. 스턴트맨이 있으면 그 사람은 옌즈청을 알 거 아닙니까."

"그렇지만…… 좋아요, 전 홍 아저씨를 찾아갈게요. 20분 뒤에 저 건물 입구에서 봐요."

아친이 가리킨 것은 'E동'이라고 크게 적힌 흰색 건물이었다.

나는 아친이 멀어진 것을 확인한 다음 촬영장과는 다른 방향으로 움직였다. 이제부터 하려는 일은 약간 불법적인 면이 있기 때문에 아친을 떨어뜨려 놓아야 했다.

옌즈청의 사물함을 뒤져볼 심산이었다.

뚱뚱한 경비원이 한 말만 갖고는 옌즈청이 주먹 자국을 낸 사물함이 그의 것이었다고 단정할 수 없다. 하지만 화를 내면서 뭔가를 부순다면 자기 물건을 부수는 게 상식적이다. 그러니 지금이라면 수십 개나 되는 사물함 중에서 옌즈청의 사물함을 쉽게 찾아낼 수 있다.

수색영장도 없이 개인물품을 뒤지는 건 경찰 수칙에 어긋나는 행동이다. 그래서 아친을 끌어들이고 싶지 않았고, 그런 행동을 하는 것을 다른 사람에게 보이고 싶지도 않았다.

사실 불법수색이 야기하는 가장 나쁜 결과는 징계가 아니라 확실한 증거를 찾았는데도 불법수색이라는 이유로 법정에서 증거로 채택되지 못하는 것이다. 동의 없이 사물함을 열고 그 안의 물건을 조사하는 건 백 퍼센트 불법이다. 하지만 그 사물함이 어떤 원인에서든지 저절로 열렸다고 우긴다면, 그래서 증거를 발견하게 됐다고 한다면 법률적 효력이 있는 증거가 될 수 있다. 불법과 합법을 가르는 기준은 미묘하다. 이런 수법이 칭찬받는 것은 아니지만, 이런 방법을 써서 범인을 잡은 사건이 내가 아는 것만도 셀 수 없이 많다.

나는 힘들이지 않고 C동을 찾아 계단을 통해 3층 탈의실로 올라갔다.

살짝 문을 미는데 생각지도 못하게 남자 두 명이 밖으로 나왔다. 그들은 큰 소리로 어떤 감독이 지금 시나리오를 쓰고 있네, 어떤 각본가의 작품이 형편없네 하며 떠들어댔다. 그들은 옆을 스쳐 지나가면서도 나에게는 전혀 신경 쓰지 않았다. 탈의실에는 기다란 나무 의자가 두 개 놓여 있고, 회색 사물함이 네 줄로 늘어서 있다. 사물함은 위아래 하나씩 두 칸이다.

타이밍이 좋다. 지금 탈의실에 나 외에는 아무도 없다.

왼쪽으로 고개를 돌리자 문이 움푹 파인 사물함이 바로 눈에 들어왔다. 철로 된 사물함이지만 성인이 세게 후려치면 쉽게 우그러뜨릴 수 있다. 하지만 이 사물함은 단순히 우그러든 게 아니라 정확히 주먹 모양으로 푹 꺼졌다. 이런 자국을 남기려면 굉장한 힘과 속도가 필요하다. 내 오른손 주먹을 사물함에 남은 흔적에 갖다 댔다. 주먹의 크기가 비슷하다. 옌즈청은 나와 체격이 비슷할 것이다. 만일 몸싸움을 벌인다면 내가 이길 수 있으리란 보장이 없다.

사물함에 걸린 자물쇠를 보자 행운의 여신이 날 향해 미소 짓는 느낌이었다. 비밀번호를 입력하는 자물쇠다. 열쇠를 꽂아서 여는 자물쇠였다면 힘을 써서 억지로 문을 여는 것 외에 다른 수가 없다. 하지만 비밀번호식 자물쇠라면 방법이 있다.

비밀번호를 알아낼 수 있는 방법은 많다. 만일 번호판을 누르는 방식의 자물쇠라면, 비밀번호에 포함된 숫자의 단추가 다른 숫자 단추보다 더 닳는다. 확대경 없이 맨눈으로도 알 수 있다. 다이얼 세 개를 돌려서 번호를 맞추는 방식일 경우, 자물쇠의 스위치 부분을 세게 누른 채 다이얼을 천천히 돌리다 보면 스위치의 철심이 다이얼에 걸리는 느낌이 다른 숫자가 있다. 이 방법의 오차는 앞뒤로 숫자 하나 정도다. 즉 다이얼마다 세 개의 숫자로 압축되는 것이다. 1천여 개에서 27개로 경우의 수가 줄어든다. 5분이면 자물쇠를 열 수 있다.

비밀번호식 자물쇠의 허점은 널리 알려져 있다. 그리고 이런 자물쇠는 보여주기일 뿐, 정말 귀중한 물건은 이런 허술한 곳에 놔두지 않는다는 것도 누구나 아는 사실이다. 정말로 도둑질을 할 생각이라면 쇠 지렛대 같은 것을 쓰는 게 비밀번호를 알아내는 것보다 훨씬 빠르고 쉽다.

내 눈앞에 있는 자물쇠는 다이얼 세 개로 숫자를 맞추는 방식이었다. 나는 20초 만에 옌즈청의 사물함을 열었다. 비밀번호가 2, 7, 8에 가까운 숫자 조합이라는 것을 알아낸 다음 생각할 것도 없이 2, 8, 8을 맞췄고, 바로 사물함이 열렸다.

사물함에는 셔츠 한 벌, 건전지 하나, 볼펜 두 자루, A4 사이즈의 서류봉투가 있었다. 서류봉투 겉면에 '환위實宇탐정사무소'라고 인쇄돼 있고, 3×5 사이즈 사진이 몇 장 들어 있다.

탁.

뒤에서 가벼운 발소리가 들렸다.

너무 부주의했다. 다른 사람이 탈의실에 들어올지 모른다는 데 신경을 쓰지 못했다. 달아나기엔 늦었고, 이제는 숨죽이고 있는 수밖에 없다.

나는 사물함의 물건을 정리하는 척했다. 회색 옷에 비니를 쓰고 갈색 가방을 등에 멘 사람이 탈의실에 들어왔다. 그는 나를 등지고 긴 나무 의자에 앉았다.

아마도 영화사 직원인 것 같다. 가방을 열고 물건을 정리하는 것 같더니 옷도 갈아입지 않고 그대로 탈의실을 나갔다.

다행히 나에게는 주의를 기울이지 않았다.

그 사람이 나간 후 조사를 계속했다. 서류봉투에 들어 있는 사진은 멀리서 망원렌즈로 몰래 찍은 것이었다. 사진 뒷면에 번호가 하나씩 적혀 있다. 봉투 안에는 사진만 있고 서류는 없는 것으로 보아 옌즈청이 서류를 가지고 간 것 같다. 사진은 모두 여섯 장이다. 처음 세 장은 거리 풍경이고, 네 번째와 다섯 번째는 린젠성의 아내 리징루가 일하는 포틀랜드가의 식당이다. 리징루가 사진에 찍히지는 않았다. 여섯 번째 사진을 본 순간, 나는 머리를 얻어맞은 느낌이었다.

사진 속에는 뤼후이메이와 정융안이 있었다.

최근에 찍은 사진인지 내가 오늘 본 모습과 별 차이가 없었다. 사진 속 뤼후이메이는 딸의 손을 잡고 어느 식당에서 나오는 모습이다. 그들은 누군가 자신들을 찍고 있다는 사실을 꿈에도 모를 것이다. 더 경악할 만한 사실은 사진에 찍힌 여러 사람 중에서 뤼후이메이의 얼굴에 빨간색 마커펜으로 동그라미를 친 것이다. 마치 목표물에 표시를 해둔 것처럼.

옌즈청은 왜 뤼후이메이의 사진을 갖고 있을까? 아니, 정확하게 말하자. 옌즈청은 왜 사람을 시켜서 뤼후이메이의 사진을 몰래 찍었을까? 그는 무엇을 조사하는 걸까? 빨간색 동그라미는 무슨 뜻일까? 리징루의 식당도 몰래 촬영했는데, 옌즈청은 도대체 뭘 하려는 걸까?

나는 사진을 들고 두서없이 이것저것 모든 가능성을 떠올렸다. 일단 리징루는 제쳐놓자. 옌즈청은 뤼후이메이와 무슨 관계지? 아니, 두 사람은 아무 관계도 없다. 그렇기 때문에 옌즈청은 사람을 써서 뤼후이메이를 조사한 거다. 문제는 옌즈청이 왜 뤼후이메이에 대해 알아내려고 하는지다.

―아옌이라고 하는 이름만 기억나요.

무서운 생각이 스쳐갔다.

나는 린젠성의 수첩을 꺼내 3월 일정을 펼쳤다. 비뚤비뚤하게 적힌 글씨를 찾는다. 너무 대담한 가설일지도 모른다. 하지만 합리적인 의심이다.

린젠성은 단지 공범에 불과하고 진짜 살인자는 옌즈청일지도 모른다.

지금은 살인 동기를 알 수 없지만, 옌즈청은 린젠성에 비해 살인범의 이미지에 더 들어맞는 인물이다. 생각해보자. 린젠성과 옌즈청은 사건 당일 만나기로 했다. 옌즈청은 린젠성과 함께 둥청아파트에 갔을 가능성이 크다. 다만 옌즈청은 3층으로 올라가지 않았다. 어쩌면 그가 차로 린젠성을 둥청아파트까지 태워줬을지도 모른다. 그렇다면 그는 차에서 기다리고 있었을 것이다. 그는 린젠성이 정위안다를 만나지 못한 것을 알고는 한밤중에 복수를 하러 가자고 제안한다…….

아니다. 뭔가 이상한 점이 있다.

옌즈청이 장갑을 끼고 살인을 저질렀다면, 왜 린젠성에게는 장갑을 끼라고 하지 않았단 말인가.

만일 린젠성이 아무것도 몰랐다면?

단서를 발견하는 것은 트럼프 카드를 뒤집는 것 같다. 엎어둔 카드를 뒤집으면 어떤 패인지 알게 되는 것처럼, 새로운 단서가 발견되면 각각 독립된 단서들이 서로 연결되는 것이다. 린젠성이 아무엇도 몰랐다면 모든 상황이 합리적으로 연결된다.

엔즈청은 한밤중에 침입해 정씨 부부에게 겁을 주자고 제안한다. 하지만 어떤 이유에서인지 린젠성이 반대하고, 두 사람은 헤어진다. 하지만 엔즈청은 혼자라도 친구의 수모를 갚으리라고 결심한다. 그리하여 밤중에 칼을 들고 정씨 부부의 집에 몰래 들어간다. 지금은 정씨 부부를 왜 죽였는지 합리적인 설명이 부족하다. 정위안다의 말이 거슬렸을 수도 있고, 방에서 벌어진 어떤 일 때문에 흉포한 성격이 폭발한 것일 수도 있다. 갑자기 발작이라도 일으켜 실성을 했을지도 모른다. 어쨌든 결과적으로 엔즈청은 정씨 부부를 잔인하게 살해한다. 살인 후 엔즈청은 들어온 것과 같은 방법으로 아파트를 떠난다. 그가 떠난 다음 린젠성이 아무것도 모르는 상태로 수도관을 타고 정씨 부부 집으로 들어간다. 어쩌면 처음 엔즈청의 제안을 거절한 것은 이런 일에 친구가 말려드는 게 싫어서였을지 모른다. 린젠성은 방에서 시체를 발견하고 달아난다. 당황해서 자기가 지문과 발자국을 남긴 것도 알지 못한 채.

린젠성은 사람을 죽인 적이 없다. 그의 범죄기록은 주먹으로 상대방을 두들겨 팬 정도다. 칼을 꺼내 사람을 죽이는 행동은 린젠성과 어울리지 않는다. 이렇게 잔인한 도살과 같은 살인 행각은 더욱더 린젠성에게 맞지 않는다. 그러나 그는 도주하는 과정에서 차로 많은 시민을 치어 죽였다. 사람들은 그 일 때문에 린젠성을 흉악하기 그지없는 살인범이라고 생각한다. 하지만 흉악한 살인범이라서 사람들을 치어 죽인 게 아니라 살인 용의자가 되자 겁을 먹고 정신없이 도주하다 사고를 냈다고 생각할 수도 있지 않은 가. 이 역시 합리적인 추측이다. 사실 린젠성이 살인을 했다는 직접적인 증거는 없다. 누군가 외벽을 타고 내려왔다는 목격자의 진술에서 '누구'란 린젠성일 수도 있고 옌즈청일 수도 있다.

옌즈청은 자기 대신 린젠성이 누명을 썼음을 알았겠지만 속수무책이다. 자신의 살인죄를 인정하는 것은 바보짓이 아닌가. 일단 옌즈청은 숨어 있는 린젠성을 찾아내 연락을 취했을 것이다. 혹은 린젠성이 먼저 그에게 연락해 도움을 청했을지 모른다. 어쨌든 2주 뒤 린젠성은 웨스턴, 즉 옌즈청이 사는 곳에 모습을 드러냈다가 운 나쁘게 순찰 경관의 검문에 걸렸고 비극이 일어났다. 린젠성이 2주 동안 어디에 있었을까? 아마도 줄곧 옌즈청의 집에 숨어 있었던 게 아닐까?

린젠성이 죽고 사건은 송결되었다. 진짜 범인이 누군지는 알지도 못하고 관심도 없다. 모든 사람들이 린젠성을 손가락질하고 그와 그의 아내에게 분노를 쏟아낸다.

옌즈청은 어떻게 생각했을까?

친한 친구가 죽었다. 그것도 자신이 저지른 죄를 뒤집어쓴 채. 견디기 힘든 고통이었을 것이다. 하지만 옌즈청은 아무에게도 말하지 못하고 진실을 가슴에 묻어야 했다. 6년 동안 옌즈청은 어떻게 살았을까? 몇 번이나 잠을 설쳤을 것이다. 사건의 진상을 밝히려고도 했을 것이다. 이런 괴로움은 사람의 내면을 왜곡시킨다. 벽틈에 갇혀 자라는 나무가 자랄수록 비뚤어져 점점 더 기형적으로 변해가는 것처럼. 옌즈청은 자신의 괴로움과 슬픔을 다른 사람 탓으로 돌리기 시작했을 것이다…….

옌즈청은 지금 뤼후이메이 모녀를 노리고 있다.

어쩌면 너무 비약시킨 결론일지 모른다. 하지만 옌즈청이 린젠성의 죽음을 정위안다 가족의 탓으로 돌리고 있다면 유가족에게 마수를 뻗친다는 게 그리 비상식적인 생각은 아니다. 지금까지 행동에 옮기지 않았던 것은 철저히 준비하기 위해서였거나 모종의 이유로 미뤄왔던 것이리라. 뤼후이메이 모녀가 둥청아파트를 떠나 이사를 한 것도 그의 계획을 방해하는 요소였을 것이다. 이렇게 생각하면 옌즈청이 탐정사무소에 조사를 의뢰한 이유도 성립된다.

뤼후이메이는 집에서 일하는 데다 평소 다른 사람들과 접촉이 거의 없기 때문에 증발하듯 사라지더라도 세상에 알려지지 않을 것이다. 샤오안은 초등학생이니 학교를 그만두는 이유만 그럴싸하게 만들어내면 된다. 1985년 마카오에서 벌어진 '팔선반점 일가족 살인사건'에서는 범인이 식당 주인 일가족 아홉 명을 모조리 살해한 뒤 종업원으로 위장해 1년 넘게 계속 영업하기도 했다. 아무도 의심하지 않으면, 그리고 시체가 발견되지 않으면 여자와 아이를 없애는 것이야 간단하기 그지없는 일이다.

옌즈청의 계획이 살해인지 감금상해인지는 알 수 없지만, 어쨌든 이미 뤼후이메이의 집을 알아냈다는 추측이 가능하다. 그가 언제 손을 쓸까?

"미치겠네! 내일도 새벽 3시에 촬영이라니, 이틀째 제대로 못 잤다고! 지금 집에 가면 다섯 시간도 못 자고 나와야 해……."

"라오천老陳, 우리 같은 단역들은 불평하면 안 돼. 싫으면 그만두는 수밖에 없어."

복도를 걸어오면서 떠드는 사람들 때문에 끊임없이 이어지던 생각이 멈췄다. 서너 명의 사람이 탈의실로 오고 있는 모양이다. 나는 마음이 급해져서 사물함을 닫으려 했다. 그때 사물함 문 안쪽에 붙은 달력을 발견했다. 빽빽하게 시간과 기호 같은 것이 쓰여 있다. 아마도 촬영 시간과 장소 등을 메모한 것이리라.

자세히 볼 시간이 없으니 얼른 달력을 떼어 재킷 주머니에 쑤셔 넣었다.

복도를 걸어오던 사람들이 탈의실에 들어오기 직전 나는 사물함을 닫고 자물쇠를 잠갔다. 탈의실에 들어온 사람들은 이십대 혹은 막 서른이 된 것 같은 남자 셋이었다. 그들은 다들 흰색 러닝 셔츠를 입고 있었고, 그중 두 사람은 흠뻑 젖은 상태였다. 비 오는 장면을 촬영한 건지, 액션 장면을 찍느라 땀을 흘린 건지 모를 일이다. 나는 주의를 끌지 않도록 조심하면서 고개를 숙인 채 천천히 그들 옆을 지나갔다. 세 사람 중 하나가 나를 쓱 쳐다본 것 같았는데, 나는 고개도 돌리지 않고 얼른 탈의실을 빠져나왔다.

"아, 죄송합니다."

탈의실 문 앞에서 인민복 차림의 중년 남자와 부딪칠 뻔했다. 그 남자는 가볍게 고개를 숙이며 몸을 틀어서 탈의실로 들어갔다.

"왜 이렇게 늦었어요?"

E동 입구에서 아친이 나를 보자마자 말했다.

"몇 가지 발견한 게 있습니다."

나는 사진에 대해 말하려고 했다.

"옌즈청이……."

"내 말부터 들어봐요."

아친이 말을 잘랐다.

"동문에 훙 아저씨란 분을 만나러 갔더니 하필 자리를 비웠더라고요. 한참 기다려서 겨우 만났는데, 아저씨가 옌즈청을 알고 있을 뿐 아니라 방금 지나가는 걸 봤다는 거예요."

"옌즈청이 여기 있단 말입니까?"

나는 깜짝 놀랐다. 그렇다면 우선 그를 붙잡아 놓는 게 급선무다. 그러면 뤼후이메이 모녀의 안위를 걱정할 필요도 없다.

"그렇다니까요! 그분 말씀이, 좀 전에 C동에서 옌즈청이 지나가는 걸 봤대요! 회색 옷을 입고 있었다고……."

회색 옷?

세상에! 아까 비니를 쓰고 있던 남자! 나를 등지고 앉았던 남자!

"그놈이야!"

나는 아친을 내버려두고 C동을 향해 달렸다.

아까 탈의실에서 본 남자가 옌즈청이란 말인가? 탈의실에 들어와서 가방만 정리하고 바로 나가버린 게 이상하긴 했다. 그때 내행동이 들키지 않는 것에만 집중하느라 상대방 행동은 신경 쓰지 못했다. 탈의실에 들어와 사물함도 열어보지 않고 가방만 정리하고 나가다니, 의심스럽지 않은가!

그런데 그 사람이 옌즈청이라면 내가 자기 사물함을 뒤지는 걸 보고 가만히 있었을 리가 없다.

나는 권총을 만지작거리다 깨달았다.

내가 총을 갖고 있다는 걸 알아챈 거다. 경찰인 것을 알자 내색하지 않고 조용히 나갔다. 그렇게나 상황 대처가 빠르고 머리가 좋단 말인가? 그렇게나 냉정할 수 있다고?

괜히 그놈의 경계심만 높여준 꼴이다.

지금 찾아내지 못하면 그놈은 신속히 계획을 실행에 옮길 것이다. 뤼후이메이와 정용안이 위험하다.

나는 C동 3층으로 달려갔다. 탈의실에는 아무도 없다. 복도를 따라 달렸다. 마음은 불붙은 듯 급한데 어디로 가야 할지 알 수가 없다.

"회색 옷을 입고 비니 쓴 남자 못 봤습니까?"

나는 지나가는 여자를 붙잡고 물었다.

"회색 옷? 비니? B동 촬영장 근처에서 그런 사람을 본 것 같긴 한데……."

그녀가 말을 마치는 것도 기다리지 않고 가리킨 방향으로 달렸다. C동과 B동은 다리로 연결되어 있다. 다리 위를 달려가다가 어디선가 시선을 느꼈다. 다리 아래서 누군가 이쪽을 쳐다본다는 느낌이 들었다. 오른쪽을 내려다봤다. 회색 옷을 입은 놈과 눈이 마주쳤다. 내가 다음 행동을 고민하는데 놈이 돌연 뛰기 시작했다.

"거기 서! 엔즈⋯⋯."

소리를 질러도 아무 소용이 없다는 것을 눈치챈 나는 곧장 다리 끝을 향해 뛰었다. 하지만 다리를 지나 1층에 내려가서 건물 밖으로 달려갔다가는 분명 놈을 놓치게 된다.

죽겠군, 머리도 아픈데 전속력으로 달리기까지 해야 하다니!

나는 다리 난간을 뛰어넘으면서 몸을 날려 옆에 있는 가로등에 매달렸다. 두 팔로 가로등을 꽉 붙들고서 아래로 죽 미끄러져 내려갔다. 가로등에 매달릴 때 메고 있던 카메라가 부딪혀 망가진 것 같았지만 신경 쓰지 않았다. 나는 멀리서 뛰어가는 회색 옷의 뒷모습에서 눈을 떼지 않았다.

땅에 내려서자마자 엔즈청이 달아난 방향으로 달렸다. 그놈과 나는 100미터 정도 떨어져 있다. 놈이 왼쪽으로 꺾어 달리는 것이 보였다. 놈을 놓칠까 걱정됐지만 최대한 빨리 달리는 수밖에 방법이 없었다.

우리는 B동을 끼고 이어지는 도로를 따라 달렸고, A동 앞 주차장까지 갔다. 엔즈청은 소방용 수도꼭지를 밟고 뛰어올라서 철책을 기어올랐다. 나도 급히 옆에 있는 돌담에 뛰어오른 다음 수도관 파이프를 타고 2층까지 올라갔다. 그대로 2층 차양 위를 달리면서 그놈을 뒤쫓았다. 저 자식 정말 잘 뛰는군, 괜히 스턴트맨이 아니야!

"거기 서!"

그렇게 외쳐봐야 아무 소용 없다는 걸 알면서도 외치지 않으면 추격할 힘을 잃을 것만 같았다. 옌즈청은 슬쩍 뒤돌아봤지만 속도를 늦추지 않고 계속 앞으로 달렸다.

우리는 다시 모퉁이를 돌았다. 그리고 나에게 행운이 찾아왔다. 영화 촬영 중인지 사람들이 잔뜩 모여 있었다. 막 카메라와 세트, 반사판 따위를 챙겨 철수하려던 것 같았다. 옌즈청이 갈팡질팡하는 게 확실히 느껴졌다. 어느 방향으로 도망갈지 고민하고 있다. 나는 크게 소리쳤다.

"저놈 붙잡아!"

촬영팀 중에 반응이 빠른 사람 몇 명이 옌즈청 앞을 가로막았다. 옌즈청이 그들을 뿌리치고 달아나려 했지만 그러느라 속도가 느려져서 내게 따라잡혔다. 나는 그놈을 땅바닥에 쓰러뜨렸다. 놈이 몸을 비틀어대며 저항하는 바람에 메고 있던 가방 속 물건들이 우수수 쏟아졌다. 반항할 거라는 건 이미 예상했기 때문에 쓰러뜨리자마자 팔을 뒤로 꺾고 팔꿈치를 압박해 움직이지 못하게 만들었다. 나는 눈까지 덮일 만큼 눌러쓴 놈의 비니를 벗겼다. 살인자의 얼굴을 똑똑히 보고 싶었다. 그러나 나는 멍하니 굳고 말았다.

너무 어리다.

겨우 열일곱이나 열여덟 살로 보였다. 옌즈청일 리가 없다. 옌즈청이 열한두 살에 살인을 저지른 게 아니라면 말이다. 나는 녀석을 붙잡은 채 아무 말도 하지 못했다. 주변 사람들은 내가 뭔가 설명을 해주길 기다리는 눈치였다.

그런데 녀석이 먼저 입을 열었다.

"제발, 제발 놔주세요! 다시는 안 그럴게요!"

"이것 좀 봐!"

고개를 돌리니 둘러선 사람 중 하나가 그놈의 가방을 뒤져 휴대용 비디오카메라와 전선, 초소형 렌즈 따위를 꺼내고 있었다.

"세상에! 여자 탈의실을 도촬했잖아!"

비디오카메라를 살펴보던 여자가 소리 질렀다.

"남자 탈의실까지! 변태!"

이런, 완전히 잘못 짚었다. 이놈은 옌즈청이 아니라 관음증 변태였던 거다. 아니면 몰래 배우들을 찍어서 잡지사에 파는 파파라치겠지. 아까 녀석이 탈의실에서 한 행동은 내 의심을 사지 않기 위해서였다. 탈의실에 아무도 없었다면 카메라나 도청기를 설치했겠지.

경비원이 소식을 듣고 달려왔다. 아친도 금세 나타났다. 나는 한쪽으로 물러나서 경비원들이 녀석을 데려가는 것을 보고 있었다. 어쨌든 나는 지금 사진기자 신분이고, 게다가 경찰서에 가서 조서 작성에 협력할 시간이 없다. 나는 아친과 함께 슬쩍 사람들 틈을 빠져나왔다.

그때 경비원 제복을 입은 작달막한 노인이 우리를 향해 걸어오는 게 보였다.

"기자 아가씨, 또 보네요. 아까 좀 더 이야기를 하고 싶었는데 말입니다."

노인은 아친에게 말을 걸었다. 아친이 그에게 고개를 숙여 인사했다.

분명히 홍 아저씨라는 경비원일 것이다. 저 사람이 잘못된 정보를 주는 바람에 내가……

잠깐!

탈의실 문 앞에서 지나친 인민복을 입은 중년 남자가 생각났다.

옌즈청은 분명 그보다 젊겠지만, 분장을 한 것이라면? 대역을 하려면 중년 혹은 노인으로 분장하는 경우도 있을 거다. 게다가 홍 아저씨 같은 연배의 노인 눈에는 인민복도 그냥 회색 옷이 아닐까? 나는 멍청한 사냥개처럼 잘못된 토끼의 뒤를 쫓아 달렸다. 기력만 낭비한 셈이다.

"이봐, 키 큰 젊은이! 아까 대단했다면서? 저 사람들 하는 말 들어보니 비효처럼 놈을 덮쳤다고 하던길! 그길 영화로 찍었어야 하는 건데! 그랬으면 바로 스타가 되는 거라고!"

홍 아저씨가 내 어깨를 두드리며 말했다. 이 노인은 친화력이 좋은 편인가 보다. 그러니 여기 사람 많은 영화사에서 모르는 사람이 없는 거겠지.

나는 웃는 얼굴을 만들어 보이면서도 속으로는 사라져버린 위험인물 옌즈청에 대해 계속 생각했다. 지금은 시간을 낭비할 때가 아니다. 홍 아저씨가 내 가슴에 꽂혀 있는 방문객 카드를 보고 한쪽 눈썹을 추켜올렸다. 그러더니 나를 위아래로 훑어보면서 뭔가 생각하는 듯한 표정을 지었다. 나는 급히 아친에게 눈짓을 했다.

혹시 내가 경찰인 것을 눈치챘다면 사정을 설명하느라 괜히 시간을 빼앗길지 모른다.

"홍 아저씨, 저희는 바쁜 일이 있어서 먼저 가볼게요."

아친이 홍 아저씨를 향해 손을 흔들었다. 나도 고개를 숙여 인사하면서 급히 그 자리를 떠났다.

차로 돌아온 나는 힘이 쭉 빠졌다. 그 죽일 놈의 두통이 다시 덮쳐왔다. 쇠망치로 이마를 쉬지 않고 두드리는 것 같다. 나는 거칠게 약병을 열고 아스피린을 서너 알 털어 넣었다.

"그러지 마요. 몸에 안 좋아요."

아친이 약병을 들고 있는 내 손을 누르면서 말했다.

"머리가 많이 아파요? 먼저 병원부터 가요."

"아뇨, 상황이 심각해졌습니다."

방금 약병을 꺼낼 때 옌즈청의 달력이 주머니에서 굴러 떨어졌다. 나는 달력을 집어 들면서 말했다.

"우리는 지금 당장 뤄……."

뤄후이메이의 집으로 가자고 말할 생각이었다. 하지만 그렇게 하지 못했다. 달력에 쓰인 글자가 뜨겁게 달궈진 쇠꼬챙이처럼 눈을 찔렀다. 나는 목이 졸리는 기분이었다.

어떻게? 어떻게 이런 일이 가능하지?

"지금 당장 뭘요?"

아친이 물었다.

"……센트럴의 란콰이퐁으로 갑시다."

나는 떨림을 겨우 억누르며 천천히 대답했다.

"란콰이퐁? 술집에서 찾을 사람이 있어요?"

"아, 그렇지요, 사람을…… 찾아야 합니다. 사소한 일이긴 한데 먼저 조사를 좀 했으면 싶네요."

"무슨 일인데요?"

"미안합니다, 지금은 말해줄 수 없습니다."

아친은 항의하고 싶은 눈치였다. 그러나 내 표정이 심각했는지 말없이 차를 출발시켰다.

아친에겐 말할 수 없다. 옌즈청의 달력에 3월 14일, 그러니까 어제 날짜 옆에 '밤 9시, 센트럴 Pub 1189'라고 쓰여 있었다고.

'쉬 경장님'이라고도 쓰여 있었다고.

재킷 주머니에 넣은 손바닥에 땀이 흥건하다. 그 손은 오늘 아침 발견한 그 컵받침을 움켜쥐고 있다. 'Pub 1189', 컵받침에 인쇄돼 있던 술집 이름. 나는 어젯밤 옌즈청을 만났나? 더 중요한 문제가 있다. 나는 원래 옌즈청과 아는 사이인가?

내 기억 속에는 그런 이름이 없다. 하지만 '옌'이라는 성씨가 낯설지 않은 것도 사실이다. 나는 지난 6년 사이에, 둥청아파트 사건 발생 후의 어느 날에, 옌즈청이라는 신비의 인물을 알게 된 것이다.

사건을 조사하기 위해 그와 접촉했던 걸까? 아니면 그가 날 먼저 찾아왔을까?

나는 그에게 살인 혐의가 있다는 걸 알았을까? 설마 내가 오늘 조사한 내용들이 지난 몇 년간 계속 조사해온 것들인가? 오늘 추리한 내용들은 사실 6년간의 추리 과정을 되짚어간 것이 아닐까?

아니면 나도 이 사건에 관련되어 있는 것일까?

란콰이퐁까지 가는 30분 동안 나는 바늘방석에 앉은 사람처럼, 혹은 사형 집행을 기다리는 죄수처럼 안절부절못했다.

"차에서 기다려요."

센트럴 란콰이퐁에 도착하자 아친에게 말했다.

"그러지 말고 같이……."

"차에서. 여기서 기다려요."

말투는 온화했지만 명령하듯 말했다. 아친은 의아해하면서도 더 말하지 않고 고개만 끄덕였다.

나는 'Pub 1189'라고 적힌 술집으로 들어갔다. 커다란 빌딩 지하에 있는 술집이다. 술집 문에는 온갖 색깔로 쓴 광고 문구가 붙어 있다. 시간대별 할인 혜택과 오늘 밤 해외 축구경기를 생중계로 볼 수 있다고 쓰여 있다.

아직 해가 저물지 않았기 때문에 일요일이라도 손님이 몇 사람 없다. 바 뒤에는 파란색 줄무늬 셔츠를 입은 바텐더가 서 있다.

"뭘 드릴까요?"

바텐더가 손에 들고 있던 잔을 내려놓으면서 물었다.

"한 가지 묻고 싶은 게 있습니다."

나는 경찰 신분증을 보여줬다.

바텐더는 별 반응 없이 내가 생각지도 못한 말을 했다.

"경찰이셨군요? 어제는 몰랐는데."

"내가 어제 여기 왔었습니까?"

내가 반문하자 바텐더는 당황하더니, 다 알면서 왜 그러느냐는 태도로 대답했다.

"그랬죠."

그는 이상하다는 듯 나를 쳐다봤다.

"친구분하고 같이 축구를 봤잖아요, 맥주도 잔뜩 마시고."

친구…… 나는 현기증을 느꼈다.

"내 친구가 어떻게 생겼습니까?"

그는 이제 정신병자 보듯 나를 쳐다봤다.

"너무 취해서 아무것도 기억이 안 납니다."

"아, 그런 거예요?"

바텐더는 이제야 알겠다는 듯 웃으며 말했다.

"역시 돈 문제죠?"

"돈 문제?"

"어제 둘이서 뭔가 거래를 하는 것 같았어요. 5만 홍콩달러니, 5만 6천 홍콩달러니 했잖아요. 저기 왼쪽 자리에 앉아 있었죠. 그 옆을 지나다가 우연히 들었어요."

바텐더가 호기심 어린 표정으로 물었다.

"형사님, 사기당한 거죠? 동업하자고 했는데 그 사람이 꿀꺽하고 도망쳤죠?"

나는 대답하지 않았다. 불안은 점점 현실로 변해간다.

컵받침에 적혀 있던 것은 은행 계좌다. 그것도 비밀 계좌다.

불법적인 수입이 있는 경찰은 염정공서의 조사를 피하기 위해 은행 계좌를 여러 개 개설한다. 홍콩 현지의 은행일 수도 있고 외국 은행일 수도 있다. 물론 마음먹고 조사를 하면 꼬투리를 잡아낼 수 있다. 하지만 주거래 계좌에 갑자기 내력이 불분명한 거액이 들어오는 것보다는 눈에 덜 띈다. 이런 불법적인 수입은 두 가지로 나뉜다. 첫째는 조금 약한 불법인데, 상사 몰래 자기 사업을 하는 것이다. 이것을 '비로秘撈'라고 한다. 둘째는 좀 더 심각한 불법으로, 내부정보를 팔거나 직권을 이용해서 범죄자들에게 뇌물을 받는 것이다.

내가 부패경찰이 되었으리라고는 상상조차 하지 못했다.

옌즈청이 진범임을 알아낸 뒤 그를 체포하는 대신 돈을 받아 챙겼을 가능성이 크다. 사건은 이미 종결됐고, 나는 끝난 사건을 수면 위로 끌어올려 파헤칠 능력도 이유도 없다. 이 도시에 사는 사람 모두가 린젠성이 죄를 지었고 죽음으로 대가를 치렀다고 생각한다. 옛일을 끄집어내는 사람은 분란을 일으킨다고 욕을 먹을 따름이다. 내 수첩에 둥청아파트 사건의 기록만 있었던 것은 옌즈청에게 그 자료를 팔아넘기려 했기 때문일 것이다.

아니, 낙관적으로 생각해보자. 나는 옌즈청에게 정보를 팔았을 뿐 그가 진범이라는 건 모를 수도 있다. 둥청아파트 사건은 6년 전의 사건이다. 몇 가지 정보를 흘린다고 해서 큰 문제는 되지 않는다. 세간에 알려진 것보다 아주 조금 상세한, 하지만 오래된 과거의 정보를 5만 홍콩달러와 맞바꾸는 것은 꽤 훌륭한 거래다.

옌즈청이 진범이라는 사실을 알았든 몰랐든, 그가 앞으로 하려던 일은 알지 못했을 게 분명하다.

나는 옌즈청이 뤼후이메이와 샤오안에게 손을 쓸 거라는 사실을 몰랐다.

옌즈청은 경찰이 둥청아파트 사건을 얼마나 알고 있는지 확인하기 위해 나한테서 정보를 샀을 것이다. 어쩌면 나를 통해 뤼후이메이의 현재 주소지나 정보를 알아내려고 했을지도 모른다. 옌즈청은 경찰이 자신을 전혀 의심하지 않으며 자신에 대한 자료도 갖고 있지 않다는 것을 확인한 뒤, 완성하지 못했던 '임무'에 착수하기로 했을 것이다.

나는 한기를 느꼈다.

"옌즈청…… 어젯밤 나와 같이 있었던 사람이 어떻게 생겼습니까? 머리가 깁니까, 짧습니까? 어떤 특징이 있었습니까?"

나는 바텐더를 붙잡고 질문을 쏟아냈다.

"형사님, 많이 취하긴 했나 봐요! 어제 나갈 땐 멀쩡해 보이던데."

바텐더는 느물대며 웃기만 했다. 내 속은 바짝바짝 타들어갔다.

"그 사람은 머리가 짧고…… 직접 보는 게 더 낫겠죠?"

"직접?"

"두 분 어제 사진을 찍었잖아요."

바텐더가 오른쪽 벽을 가리켰다. 벽에는 사진이 가득 붙어 있다.

"우리 사장은 손님들 즉석사진을 찍어주는 게 취미예요. 카메라를 들고서 손님들 사이를 돌아다니죠. 어젯밤에는 형사님이 직접 사장을 불러서 사진을 찍어달라고 한걸요. 사실 요즘 세상은 뭐든지 다 디지털인데 우리 사장은 꼭 구식 폴라로이드를 고집한다니까요."

나는 급히 사진이 붙은 벽으로 다가갔다. 수십 장의 사진 중 하나가 눈에 들어왔다.

내가 그 안에 있었다.

미소를 지으면서 왼손에 맥주병을 들고 있다. 지금 입고 있는 옷과 같은 옷이다.

옆에는 나와 체격이 비슷한데 약간 키가 작고 좀 더 마른 남자가 있다. 나이는 서른쯤 될 것 같다. 짧게 자른 머리에 각진 얼굴, 눈썹이 짙고 눈빛이 어딘가 사나운 남자.

폴라로이드 사진 아래 여백에는 글자도 적혀 있다.

아옌 & 쉬 형사, 20090314

나는 책임을 져야 한다.

만약 뤼후이메이가 살해당한다면 내 책임이 가장 크다.

내가 지금 해야 할 일은 단 한 가지다.

옌즈청을 막는 것.

2004년 5월 31일

오늘이 옌즈청의 마지막 치료다.

1년 내내 옌즈청의 마음을 열지 못했다. 옌즈청은 여전히 가면을 쓴 채 일주일에 한 번 바이팡화 의사의 진료실에서 그녀의 이야기를 듣는다.

바이 의사는 말로 다 못할 만큼 곤혹스럽다. 옌즈청은 온몸으로 고독과 냉정을 뿜어내기 때문에 사람들이 다가가지 못한다. 아주 살짝 부딪치는 것만으로도 예리한 유리 조각으로 부서져서 주변 사람들을 상처 입힐 것 같다. 그는 어떻게 해야 그렇지 않은 척 위장할 수 있는지도 잘 알고 있다. 바이 의사는 그의 위장이 점점 더 강해진다는 것을 알아차렸다. 가끔 미소도 띠고, 바이 의사조차 그가 진심으로 즐거워하는 게 아닐까 의심하게 된다.

하지만 바이 의사는 그것이 가짜라는 것을 잘 알고 있다.

옌즈청의 마음은 여전히 상처로 둘러싸인 검은 씨앗이다. 그는 상처받은 자아를 봉인하고 또 다른 자아를 만들어 사회에 적응시켰다. 바이 의사는 이 사회에 각종 심리질환을 앓는 사람이 가득하다는 것을 잘 알고 있다. 옌즈청은 아주 작은 일부분에 불과하다. 하지만 바이 의사는 어느 날 갑자기 옌즈청이 통제력을 상실할까 봐 여전히 두려워한다.

거리에서 부딪친 사람을 갑자기 구타했던 것처럼 말이다.

"즈청, 1년 동안 이어온 만남도 오늘까지네요."

바이 의사는 벽시계를 쳐다봤다. 오후 4시 45분. 지난 반년 동안 외상 후 스트레스 장애, 그리고 그에 관련된 심리질환을 완화시키는 다양한 방법을 설명했다. 하지만 바이 의사는 옌즈청이 제대로 이해했는지, 그중 몇 가지나 실제로 활용할지 가늠할 수 없다.

"필요하다면 약국에서 수면제와 신경안정제를 살 수 있도록 처방전을 써드릴게요."

바이 의사가 말했다.

"하지만 약물은 단지 도와주는 역할이라는 점을 강조하고 싶어요. 외상 후 스트레스 장애를 단순히 약물만으로 완치한 사례는 단 한 건도 없답니다."

"약은 필요 없습니다."

옌즈청이 대답했다.

"상담 치료를 계속하는 건 어때요? 의사로서 말하자면, 상담을

기억나지 않음, 형사

계속하는 것을 권하고 싶어요. 당신에게 좋은 영향을 줄 거예요."

"바이 선생님, 제가 여기에 다시 오지 않을 걸 아시잖습니까? 저는 저만의 생존 방식이 있습니다."

옌즈청이 미소를 지으며 말했다. 바이 의사의 눈에 옌즈청의 미소는 그가 즐거워하는 증거가 아니라 고통스러워하는 표현으로 보였다.

"이제 어떻게 할 생각이죠?"

"바이 선생님."

옌즈청이 바이 의사의 눈빛을 똑바로 받아냈다.

"제가 절대 말하지 않을 것도 아시잖습니까."

옌즈청은 일어나서 진료실 문으로 걸어갔다. 그가 돌아봤다.

"안녕히 계십시오."

바이광화 의사는 옌즈청의 뒷모습에서 고독의 실체를 본 것만 같았다.

옌즈청은 확실히 외상 후 스트레스 장애를 앓고 있다. 그 자신도 그것을 알고 있다.

그는 자신의 심리적 외상이 무엇에 기인하는지도 알고, 고통의 근원이 무엇인지도 안다. 그는 명석하고 이성적인 사람이지만 그것만으로는 그가 가진 문제를 해결할 수 없다.

그는 아버지가 끔찍한 사고로 돌아가셨던 날을 자주 떠올린다. 아버지가 임종 직전에 내지른 비명과 신음은 지금까지 그의 머릿속에서 울리고 있다. 가끔 그 무서운 기억을 잊어버린다. 아마도 바이 의사가 말했던 감정적 회피라는 것이 아닐까 추측한다. 하지만 그 기억은 언제나 다시 떠오르고, 그때마다 커다랗게 비명을 지르고 싶다. 심장이 끄집어내지는 것처럼, 듣기만 해도 모골이 송연할 만큼 소리를 지르고 싶다.

옌즈청은 자주 악몽을 꾼다. 아버지가 돌아가신 후부터 그는 편안하게 잔 적이 없었다. 매일 눈을 감을 때마다 그날 교통사고 현장으로 되돌아간다. 아버지와 이모가 불에 타는 모습을 본다. 사춘기에 접어든 어린 소년에게 이런 경험은 너무도 고통스러운 것이었다. 반대로, 오히려 어렸기 때문인지 옌즈청은 점차 이런 절망의 몽마夢魔에도 적응했다.

그는 냉정한 성격의 자아를 만들어 상처에 대항하기 시작했다. 지금도 여전히 그날의 사고를 꿈에서 보지만 더 이상 끔찍한 비명을 지르지 않는다. 그저 아버지가 죽어가는 모습을 조용히 지켜본다. 자신이 상처 입지 않기 위해서 타인의 고통에 무감각해졌고 동정심을 잃어버렸다.

그래서 그는 전혀 망설이지 않고 타인을 다치게 할 수 있는 능력을 얻었다.

린젠성의 죽음은 그의 오래된 병증을 더욱 심각하게 만들었다. 옌즈청은 린젠성이 살인마라는 오명을 쓴 채 사회에서 버림받고 비참하게 죽은 것을 자기 탓이라고 생각했다. 그는 '린젠성은 살인하지 않았다'고 큰소리로 외치고 싶었다.

하지만 그는 자기 한 사람의 힘에 한계가 있다는 것도 잘 알았

기억나지 않음, 형사

다. 사회라고 하는 거대한 기계 앞에서 그는 작디작은 나사 하나일 뿐이었다.

무력감, 죄책감, 고독감. 옌즈청은 점점 더 극단적으로 변했다.

진료실을 나온 옌즈청은 치료 과정을 마치는 수속을 밟고 후속 치료를 위한 서류 몇 개를 작성했다. 자신이 후속 치료를 받지 않으리라는 걸 잘 알면서도 말이다.

"쉬 경장님, 안녕하세요?"

옌즈청이 서류를 작성하는 사이, 접수처의 간호사가 그의 옆에 있는 남자에게 말을 걸었다. 옌즈청은 그 남자를 알고 있다. 시간 맞춰 진료실 문 밖에 도착하면 가끔 마주치던 남자다. 아마 옌즈청 바로 앞 시간에 상담을 하는 환자일 것이다.

"아, 네. 바이 선생님이 오늘 5시에 시간이 비어서 천만다행이죠? 그렇지 않으면 날짜를 바꿔야 했을 텐데 말예요."

쉬유이가 간호사에게 말했다.

"다음에는 예약시간을 좀 더 일찍 변경해주세요. 당일 아침에는 변경한다고 전화하셔도…… 바이 선생님 시간이 늘 비는 게 아니니까요."

간호사가 한숨을 쉬며 말했다.

"하하, 죄송합니다. 요즘 정말 바빴거든요. 귀찮은 사건들이 겹쳐서 죽다 살았어요. 굿이라도 하든지 해야지, 원. 긴급 검거작전인지 뭔지 오늘 아침에야 알려줘서 저도 어쩔 수가 없었어요."

쉬유이는 살짝 허리를 숙이면서 미안함을 표시했다.

"바이 선생님은 지금 통화 중이세요. 조금만 기다려주세요."

간호사가 쉬유이에게 말했다.

옌즈청은 차가운 눈으로 이 상황을 지켜봤다. 그는 몰래 접수처 탁자에 놓인 환자 차트를 훔쳐봤다. 맨 위에 쉬유이의 주소가 적혀 있다. 자신과 마찬가지로 웨스턴에 살고 있는 사람이었다. 생각해보면 당연한 일이다. 여기가 웨스턴 정신의학센터니까 말이다. 옌즈청은 다음 칸에서 눈이 번쩍 뜨일 만한 내용을 발견했다.

'직장 주소, 웨스턴 경찰서 형사과. 이 작자 형사였군?'

옌즈청의 머리가 끊임없이 돌아갔다.

─쉬유이란 사람, 써먹을 수 있겠는걸.

갑자기 호흡이 가빠지고 이상한 느낌이 덮쳐온다. 마음속 깊은 곳에서 강렬한 죄책감이 차오르면서 기억이 다시 시작된다.

'아무 문제 없어! 없다고!'

옌즈청은 마음속으로 고함쳤다.

이건 절대 헛되이 흘려보낼 수 없는 천재일우의 기회였다.

옌즈청은 스트레스 증상을 참으면서 작성을 마친 서류를 간호사에게 건넸다. 그런 다음 쉬유이 옆에 앉았다.

"저, 쉬유이 경장님이십니까?"

옌즈청은 조마조마한 기분을 억누르며 쉬유이에게 말을 걸었다. 지금 그는 사람들과 사귈 때 쓰는 가면을 쓰고 있다.

"절 아세요?"

쉬유이가 의아해했다.

기억나지 않음, 형사

"벨처스가 근처에 살지 않으십니까? 이웃분들한테 얘기 많이 들었습니다. 저도 그 근처에 살고 있어서요."

옌즈청이 방금 훔쳐본 쉬유이의 이름과 주소를 대며 거짓말을 했다. 그의 집이 쉬유이의 집과 아주 가깝다는 것은 사실이었다.

"어? 맞아요. 이웃분들이 누구신데요?"

"왕씨 성을 가진 어르신인데, 경장님이 뭘 도와주신 적이 있다는 말씀을 들었습니다."

옌즈청은 이렇게도 저렇게도 말이 되는 이야기를 꾸며댔다.

"왕씨 성? 아! 전의 진탕빌딩 파손사건인가?"

"아마 그거 같습니다. 저도 정확히는 기억이 안 나네요."

옌즈청이 오른손을 내밀며 말했다.

"저는 옌즈청이라고 합니다."

쉬유이가 그의 손을 잡으며 말했다.

"반갑습니다! '엄숙하다'라는 뜻의 엄嚴자를 쓰는 옌씨인가요?"

"아니요, '염라대왕'의 염閻자를 쓰는 옌씨엄씨(嚴)자와 염(閻)자는 중국어 발음이 '옌'으로 동일함입니다."

"보기 드문 성이군요!"

쉬유이가 웃으며 말을 이었다.

"그런데 어디서 들어본 것 같기도 하네요."

"전 여기서 쉬 경장님을 여러 번 봤습니다. 그동안 계속 인사하고 싶었는데, 진료 끝난 분을 붙잡기가 뭐해서 말을 못 걸었어요."

"아, 그랬지! 당신이 제 다음에 상담을 하는 분이군요."

쉬유이가 드디어 자기 앞의 남자가 누군지 알아본 것 같았다.

옌즈청의 오늘 목표는 이미 달성했다. 쉬유이에게 자신의 인상을 남기는 것. 그래서 몇 마디 인사말을 주고받은 후 먼저 일어섰다.

월척을 낚으려면 낚싯줄이 길어야지. 옌즈청은 그렇게 생각했다.

억지로 다가가면 오히려 상대방이 경계심을 품는다. 쉬유이의 주소와 직장, 직급을 알고 있으니 몇 번 '우연'을 만들어내는 것이야 손바닥 뒤집기처럼 쉽다.

2주 후 옌즈청은 쉬유이의 집 근처에서 그가 건물에서 막 나오는 모습을 보았다. 이 기회를 잡기 위해 옌즈청은 일주일 동안 쉬유이를 관찰했고, 오늘은 두 시간째 기다리고 있던 참이었다.

"쉬 경장님, 이렇게 뵙네요."

"어, 옌 선생님이군요!"

"지금 퇴근하는 길입니다. 여기서 뵐 줄 몰랐네요."

옌즈청이 웃으며 말했다.

"참, 그 후로는 진료실에서 뵙질 못했는데, 시간을 바꿨어요?"

쉬유이가 물었다.

"전 치료가 다 끝났습니다."

옌즈청은 거짓말을 했다. 쉬유이가 나중에 바이 의사에게 자기 얘기를 꺼낼지 말지 알 수 없지만, 의사는 자신이 거짓말한 이유를 확실히 알게 될 때까지는 쉬유이에게 거짓말이라고 말해주지 않을 것이다. 오히려 자신이 좀 더 사교적으로 변했다고 추측하며 몰래

기억나지 않음, 형사

기뻐할 게 뻔하다.

"이야, 부럽네요! 저는 치료받은 지 1년 반이 다 되어가는데 바이 선생님이 아직도 시간 맞춰 진료실로 부르거든요."

쉬유이가 어깨를 으쓱하며 말을 이었다.

"하지만 뭐, 제 주머니에서 돈이 나가는 것도 아닌데, 상관없죠."

"지금 화두^{华都}식당에 저녁 먹으러 가던 길인데 같이 가시겠습니까?"

옌즈청이 말했다.

"어, 저도 화두식당에 가려고 했어요!"

쉬유이가 웃었다. 그는 옌즈청이 자신의 습관을 다 꿰고 있으며, 어느 식당에 가서 식사를 하는지도 손바닥 보듯 훤히 안다는 것을 몰랐다.

"화두식당은 소갈비 키레기 최고지요. 웨스턴에선 비교할 식당이 없을걸요."

"그럼요! 그쪽으로 가면서 이야기할까요? 말할수록 배가 고파지네요, 하하."

쉬유이가 앞으로 가자고 손짓을 하며 말했다.

"옌 선생님은 무슨 일을 하시죠?"

"스턴트맨입니다. 그래봐야 아직은 대역을 하는 거지만."

두 사람은 함께 길모퉁이의 식당으로 걸어갔다.

쉬유이는 잘 통하는 동네 친구를 사귀게 되었다고 기뻐했다. 그는 자신이 계획된 목표물이라는 것을 전혀 몰랐다.

옌즈청은 지난 1년 동안 끊임없이 머릿속 계획을 실행시킬 방법을 궁리하던 터였다. 쉬유이는 하늘이 그에게 내린 선물이나 다름없었다.

5장

"뭐라고요?"

아친은 경악했다.

"옌즈청이 뤼후이메이와 샤오안을 죽일지도 모릅니다."

한 음절 한 음절 천천히 말해줬다.

아친의 차로 돌아온 나는 옌즈청과 아는 사이였다는 사실은 숨기고 사물함에서 가져온 사진을 보여주며 그동안 추리한 내용을 설명했다.

아친의 얼굴이 파랗게 질렸다. 하지만 그녀의 눈빛은 흥분되어 보였다. 내 추리가 맞다면 세상이 발칵 뒤집힐 특종이기 때문이다. 숨은 진실을 밝혀내 세상에 알리는 것이야말로 모든 기자들이 꿈에서도 바라는 일이리라.

"센트럴엔 왜 온 거예요? 당장 뤼후이메이 씨 댁으로 가야죠!"

아친은 급하게 차 열쇠를 돌렸다. 미니는 다섯 번 만에 겨우 시동이 걸렸다. 주인에게 반항하는 것처럼 급할 때 더 말썽이다.

"옌즈청의 행적을 조사하러 온 겁니다. 몇 가지 확인할 것도 좀 있고."

어쨌든 거짓말은 아니다.

"옌즈청이 어떻게 생겼는지 아세요?"

"짧은 머리에 눈썹이 짙고 얼굴은 각진 편입니다. 가무잡잡한 피부에 키는 180센티미터 정도, 조금 말랐습니다."

폴라로이드 사진을 받아오긴 했지만 아친에게 보여줄 수는 없다. 어젯밤 살인 용의자와 어깨동무를 하고 사진을 찍은 이유를 뭘로 설명할 것인가?

"먼저 뤼후이메이 씨에게 전화해서 조심하라고 하는 게 좋겠어요! 전 휴대폰을 가지고 오지 않아서, 쉬 경장님이⋯⋯."

아친이 말을 꺼냈다.

나는 주머니를 더듬어 휴대폰을 꺼냈지만 화면이 시커멨다.

"내 건 배터리가 다 됐습니다. 그런데 뤼후이메이 씨 전화번호는 기억해요?"

아친이 멍한 얼굴로 나를 쳐다봤다. 오늘 아침 일을 까맣게 잊었던 모양이다.

아친은 위험을 무릅쓰고 속도를 높였다. 미친 듯 액셀러레이터를 밟으며 유엔롱을 향해 달렸다. 나는 형사과에 이 사실을 보고

하고 지원을 요청할까 잠시 생각했다. 하지만 실질적인 증거도 없이 그렇게 하는 건 무모하기 짝이 없는 일이다. 우선 뤼후이메이에게 알리고, 그녀가 직접 경찰에 신변보호를 요청하는 것이 사리에 맞다. 옌즈청이 살인을 계획하고 있다는 증거가 없으면 지원 요청은 고려할 만한 선택지가 아니다.

하늘이 어두워지기 시작할 때쯤 뤼후이메이의 집 앞 오솔길에 도착했다. 주말 저녁 여자와 함께 드라이브를 하는 건 즐거운 일이어야 하는데, 지금 내 마음속에는 옌즈청, 뤼후이메이, 샤오안으로 가득 차 있다. 정위안다 부부의 시체를 봤던 그날처럼 피범벅의 시체 두 구를 목격하게 되는 것은 아니겠지……

아친은 아침과 같은 위치에 차를 세웠다. 우리는 거의 뛰다시피 오솔길을 걸어 올라갔다.

대문 앞에서 바라본 집에는 별다른 문제가 없어 보였다.

아니, 너무 조용하다.

"셰퍼드들은?"

내가 물었다. 아친은 입만 벙긋거리며 말을 잇지 못했다. 불길한 징조다.

우리가 한발 늦은 걸까?

"이제 어떻게?"

"컹! 컹컹!"

아친의 말이 끝나기 전, 다행스럽게도 우리 뒤쪽에서 개 짖는 소리가 들렸다.

"루 기자님, 쉬 경장님! 어쩐 일로 다시 오셨어요?"

뤼후이메이가 셰퍼드 두 마리를 끌고 정융안과 함께 오솔길을 올라오고 있다.

"아무 일 없으셨습니까? 의심스러운 사람은 없던가요?"

뤼후이메이의 질문에 대답할 겨를도 없이 누군가 몰래 따라오지는 않는지부터 살폈다.

"무슨 일이에요, 쉬 경장님? 심각한 일인가요? 저흰 그냥 개를 산책시키고 오는 길인데요."

"들어가서 얘기합시다."

나는 집을 가리켰다.

다 함께 집에 들어온 다음, 아친에게 샤오안과 함께 셰퍼드 두 마리를 데리고 현관에 서 있으라고 눈짓했다. 나는 뤼후이메이와 함께 집 안을 둘러보면서 이상한 점이 있는지, 창문이 열렸던 흔적은 있는지 살폈다. 1층부터 2층까지 모든 방이 이상 없다는 결론이 나왔다.

"샤오안, 방에 올라가 있으렴. 엄마는 손님들하고 얘기할 게 좀 있어."

사태의 심각성을 느낀 듯 뤼후이메이가 굳은 표정으로 말했다. 샤오안은 고개를 끄덕였다. 아이는 조금 불안해 보였지만 얌전히 2층으로 올라갔다.

"쉬 경장님, 이제 무슨 일인지 설명해주시겠어요?"

뤼후이메이가 침착하게 물었다. 우리는 소파에 앉았다. 세 사람 모두 오늘 아침과 똑같은 자리였다.

"동생 부부를 죽인 진짜 범인이 따로 있습니다. 믿을 만한 근거가 있어요."

나는 몸을 살짝 숙여 깍지 낀 두 손을 허벅지 위에 얹고 진지하게 말했다.

뤼후이메이의 표정이 삽시간에 일그러졌다. 피가 모조리 빠져나간 듯 창백한 얼굴이었다.

"그 살인자가 지금 여사님과 따님을 노리고 있습니다."

이어진 내 말에 뤼후이메이는 믿을 수 없다는 듯 두 손으로 머리를 감쌌다. 그녀는 깊게 숨을 들이쉬었고, 점차 얼굴에 혈색이 돌아왔다.

"린젠성이 범인 아닌가요? 6년 전에 이미 죽었잖아요."

나는 후 어르신이 린젠싱을 쫓아낸 일을 통해 알아낸 것, 리싱루를 만난 것, 청룽도장과 허씨영화사에서 알게 된 것 등을 간략히 들려줬다. 어떻게 추리했고 어떤 결론이 나왔는지 하나하나 설명했다. 물론 내가 기억을 잃었다는 것은 언급하지 않았다. 내가 기억을 잃었든 않든 객관적인 상황증거는 바뀌지 않는다. 뤼후이메이는 조용히 듣고만 있었다. 가끔 의아해하는 표정도 지었지만 냉정을 유지했다.

"이건 옌즈청의 사물함에서 찾아낸 사진입니다."

사진을 탁자 위에 올려놨다.

"몰래 사진 찍는 거 모르셨나요?"

뤼후이메이는 깜짝 놀라며 고개를 저었다.

"언제 찍힌 사진인지 아시겠습니까?"

"제 생각엔 한 달 전인 것 같아요. 한 달 전 샤오안을 데리고 이 식당에 갔었죠."

한 달이면 옌즈청이 살인 계획을 세우기에 충분한 시간이다. 누군가 자기 사진을 몰래 찍고, 사진 속 자신에게 빨간 동그라미까지 그려놓았다면 신경이 날카로워질 것이다. 그런데 뤼후이메이는 몹시 침착했다.

"뤼 여사님, 가능한 빨리 경찰에 도움을 요청하세요. 저도 경찰이긴 하지만 예전에 둥청아파트 사건을 담당했을 뿐, 여기는 제 관할지역이 아닌 데다 상사에게 보고도 없이 이 일에 끼어든 게 알려지면 저희 부서 입장이 난처해지거든요. 하지만 아친, 아니 루친이 기자가 취재 중 알아낸 사실을 알려줘서 뤼 여사님이 직접 경찰에 신고한 것으로 처리하면 쉽게 해결되지요. 사건 수사가 재개되고 진범이 잡히지 않은 상태라면 뤼 여사님은 경찰의 보호를 받을 수 있습니다."

"우선 알고 싶은 게 있어요."

뤼후이메이가 말했다.

"옌즈청이라는 사람에 대한 상세한 자료가 있나요? 쉬 경장님의 추리는 정말 합리적이지만 저로서는 옌즈청에 대한 정보를 확인한 다음에야 결정할 수 있을 것 같아요."

이런 상황에 뭘 꾸물거리느냐고 뤼후이메이를 원망하고 싶었지만, 달리 생각해보면 그녀의 요구도 당연하다. 내 추리에 허점이 없고 모든 추측이 사실이라고 해도 우리는 옌즈청에 대해 아는 것이 거의 없다. 그는 어둠 속에 숨어 있고 우리는 밝은 곳에 드러나 있으니 옌즈청이 움직이기 시작하면 우리는 금세 궁지에 몰릴 것이다. 나 외에는 뤼후이메이도 아친도 옌즈청의 얼굴을 모른다. 그가 피자나 택배 상자를 가지고 온다면 어떻게 되겠는가.

나는 옌즈청의 사진을 갖고 있지만 이걸 공개하면 일이 복잡해진다. 부패경찰이 되어 감옥에 가거나 내부 징계를 받는 것보다 뤼후이메이가 나를 의심할 게 걱정이다. 그녀가 내 추리를 믿지 않게 되면 옌즈청은 그 틈을 파고들 것이다. 그러면 모든 게 끝장이다.

뤼후이메이는 자신을 노리는 사람이 어떻게 생겼는지 알 필요가 있다. 가장 간단한 방법은 경찰에 내가 알아낸 사실을 알린 다음 옌즈청의 자료를 요청하는 것이다. 하지만 상부에서 내 의견을 묵살하고 둥청아파트 사건의 수사를 재개하지 않거나 수사 재개를 결정하는 데 며칠씩 소요되면 뤼후이메이 모녀가 위험해진다.

"쉬 경장님, 그건 제가 어떻게 해볼게요."

내가 한참 말이 없자 아친이 나섰다. 내 상황이 난감하다고 생각한 것 같다.

"경장님은 경찰 쪽 도움을 받기 어렵지만 전 편집부의 도움을 받을 수 있거든요! 청룽도장에서 옌즈청이 창 감독 영화에서 대사 있는 배역을 맡았다고 했어요. 엑스트라가 아닌 출연배우들은 홍보사나 영화사에 신상정보가 있을 거예요. 연예부 동료에게 알아봐달라고 부탁할게요. 뤼 여사님, 인터넷 좀 쓸 수 있을까요?"

"어제 공유기가 고장 나서 인터넷이 안 되는데…… 팩스가 있어요. 그걸로 될까요?"

"네, 팩스도 괜찮아요."

"저쪽이에요. 번호는 팩스기 위에 붙여놨어요."

뤼후이메이가 거실 한쪽의 탁자를 가리켰다.

아친은 나를 슬쩍 보더니 내가 반대하지 않는다는 걸 확인하고 팩스와 전화기가 놓인 탁자로 걸어갔다.

"여보세요? 다페이★飛야? 나 아친인데, 부탁 좀 할게! 응, 오늘 휴대폰을 놓고 나왔지 뭐야. 어떤 사람을 조사할 일이 있는데……."

아친은 동료와 전화통화를 했다.

"쉬 경장님, 궁금한 게 있어요."

그사이 뤼후이메이가 나에게 말했다.

"옌즈청이 진짜 범인이라고 하셨죠. 하지만 두 사람이 같이 범행했을 가능성도 있잖아요. 린젠성은 범인이 아니라고 확신하는 이유가 있나요?"

"린젠성이 썼던 수첩을 보면 그 이유를 알게 될 겁니다."

나는 린젠성의 수첩을 꺼냈다.

"여기 3월 일정을 보세요."

뤼후이메이는 고개를 숙이고 자세히 들여다봤다. 마침 아친도 전화를 끊고 소파에 돌아와 앉았다.

"알아보고 팩스로 보내준대요. 개인기록을 다 찾을 순 없더라도 사진 정도는 나올 거예요."

아친이 말했다.

"여기 뭔가 특별한 게 있나요?"

뤼후이메이는 수첩에서 모순점을 찾지 못한 것 같았다.

"여기와 여기, 뭔가 다르지 않습니까?"

나는 3월 11일 이전과 이후에 적힌 두 군데의 '공사장'이라는 글씨를 가리켰다.

"하나는 또박또박 썼는데 다른 건 비뚤비뚤하군요?"

"맞습니다."

"이게 린젠성이 범인이 아니라는 것과 무슨 관계가 있죠?"

"한 사람이 쓴 글씨인데 갑자기 달라진 이유가 뭘까요?"

"흔들리는 차 안에서 쓴 게 아닐까요?"

아친이 말했다.

"틀렸습니다. 엄지손가락을 다쳤기 때문입니다."

"그걸 어떻게 알아요?"

"우선 이것부터 이야기해봅시다."

나는 볼펜과 내 수첩을 꺼내 '공사장'이라는 단어를 썼다.

"일반적으로 글씨를 쓸 때는 엄지손가락과 집게손가락, 가운뎃손가락으로 펜을 잡습니다."

이번에는 가운뎃손가락을 볼펜에서 떼고 '공사장'을 썼다.

"가운뎃손가락을 다쳐서 엄지손가락과 집게손가락만으로 펜을 쥐면 좀 불편하기는 하지만 그럭저럭 안정적으로 글씨를 쓸 수 있습니다. 필체도 크게 달라지지 않지요."

이번에는 가운뎃손가락을 볼펜에 대고 집게손가락을 폈다.

"집게손가락을 다쳤을 경우에도 비슷합니다. 하지만 엄지손가락을 다쳤다면."

집게손가락을 볼펜에 대고 엄지손가락을 떼자 볼펜이 조타수를 잃은 배처럼 이리저리 흔들렸다.

"엄지손가락이 없으면 펜을 안정적으로 쥐기 힘듭니다. 린젠성은 건축현장에서 일했으니 엄지손가락을 다치는 일도 종종 있었을 겁니다."

"글자 몇 개만 가지고 엄지손가락을 다쳤을 거라고 보는 건 좀 억지스럽지 않나요?"

아친이 말했다.

나는 3월 16일을 가리켰다.

"린젠성은 이날 옌즈청과 당구를 치기로 약속했다가 취소했습니다. 그것도 내 추리를 뒷받침하는 증거 중 하나입니다. '광밍당구장'이라는 글자가 깔끔한데, 손가락을 다치기 전에 썼기 때문입니다. 그 후에 손가락을 다쳤다면 당구도 칠 수 없을 테니 약속을 취소한 거겠지요."

나는 잠시 쉬었다가 말을 이었다.

"이 사건의 중요한 증거 중에 린젠성이 남긴 피 묻은 손자국이 있습니다. 네 손가락이 다 분명하게 찍혔는데 엄지손가락만 없어요. 엄지 쪽에 힘을 덜 줬거나 아예 엄지손가락을 들고 있었다는 건데, 우연의 일치일 수도 있지만 엄지손가락을 다쳐서 네 손가락만 있는 손자국이 됐다는 추측이 가능합니다."

"엄지손가락을 다쳤어도 사람을 죽일 수 있어요."

뤼후이메이가 말했다.

"불가능합니다. 엄지손가락에 힘을 주지 못하는 상황이라면, 수도관 파이프를 잡고 올라갈 수는 있지만 사람을 죽일 수는 없습니다."

나는 주변을 둘러보며 시범을 보일 만한 물건이 없나 살폈다. 텔레비전 옆 장식장에 아름답게 세공된 은제 비수가 보였다. 칼날은 손 하나 길이 정도 되고 칼집에는 용이, 손잡이에는 기린이나 사자처럼 보이는 동물 한 쌍이 새겨져 있다. 중동이나 중앙아시아에서 만든 물건 같다.

"이것 좀 써도 되겠습니까?"

뤼후이메이에게 물었다.

"그럼요. 티베트에서 산 기념품일 뿐이에요."

엄지손가락이 칼날을 향하도록 손잡이를 움켜쥐고 칼을 뽑았다. 흔한 방식이었다.

"이렇게 쥐는 방식에서 엄지손가락은 그저 보조적인 역할입니다. 칼등에 얹어도 되고 칼날과 손잡이 사이에 끼워도 됩니다. 하지만 둥청아파트 사건에서 범인은 칼을 이렇게 쥐지 않았습니다."

칼을 쥔 채 아래에서 위로 찌르는 자세를 취했다.

"이렇게 칼을 쥔 상태에서는 복부만 찌를 수 있습니다. 만약 피해자가 바닥에 쓰러진 상태라면 더욱 공격하기 어렵습니다."

새끼손가락이 칼날 쪽이 되도록 바꿔 쥐었다.

"복부보다 위쪽을 찌르려면 이렇게 쥐어야 합니다. 위에서 아래로 공격하는 자세가 가능하기 때문에 목이나 가슴 부위를 찌를 수 있습니다. 하지만 이렇게 칼을 쥘 때는 자연스럽게 엄지손가락이 손잡이 끝부분을 누르게 됩니다."

두 사람에게 칼을 쥔 손의 엄지손가락 위치를 보여줬다.

"엄지손가락으로 손잡이를 누르지 않고 주먹을 쥐는 것처럼 집게손가락이나 가운뎃손가락 옆에 붙일 수도 있습니다. 하지만 그렇게 하면 찌르는 힘이 약해집니다. 엄지손가락 힘이 다른 손가락보다 훨씬 세기 때문입니다. 검시보고서를 보면 흉기의 칼날이 예리하지 않았는데도 상처의 깊이는 전부 10센티미터가 넘습니다. 엄지손가락을 다쳐서 네 손가락만으로 칼을 쥐어야 하는 사람이 할 수 있는 일은 아닙니다."

"다치지 않은 손으로 찔렀을지도 모르잖아요?"

아친이 물었다.

"물론 그런 가능성도 있습니다. 하지만 살인이나 격투를 하는 상황에서 익숙하지 않은 손에 칼을 쥐었다가 자칫 떨어뜨리거나 상대에게 빼앗길 수도 있는데 그런 위험을 무릅쓸까요?"

"그래도 손가락을 다쳐서 어쩔 수 없이 그랬을지도 몰라요."

"맞습니다. 어쩔 수 없이 그랬을지도……."

나는 웃으면서 말을 이었다.

"그런데 린젠성이 꼭 그날 밤 범행을 할 이유가 있습니까? 이미 손가락을 다친 상황에서 잘 쓰지 않는 손에 칼을 쥐고 살인을 한다? 왜 손가락이 다 낫기를 기다리지 않았을까요? 그는 아내가 바람 피운 걸 알게 된 뒤 하루가 지나서야 정위안다를 찾아갔습니다. 하루를 참을 수 있었다면 살인처럼 엄청난 일을 감행하기전에 며칠 더 참지 못했겠습니까?"

아친과 뤼후이메이는 아무 말도 못 하고 나를 쳐다보기만 했다.

나는 칼을 다시 칼집에 꽂아 장식장에 올려놓았다.

"여기에 다른 증거까지 더하면 린젠성이 범인이 아니라는 결론이 나옵니다. 잘못된 시간에 잘못된 장소를 찾아간 운 나쁜 사람인 셈이지요."

결정적인 증거는 아니나. 그래도 오늘 내가 찾아낸 의문섬을 린젠성의 변호사가 알았다면 기뻐 날뛰었을 것이다. 린젠성은 변호사의 변호를 받을 수조차 없었지만 말이다.

"그렇다면 둥청아파트 사건을 재수사하는 건 필연적이네요."

아친이 말했다.

"검찰이 받아들이지 않는다면 제가 특집기사를 써서라도 반드시 진실을 밝힐 거예요."

"그러려면…… 그놈이 우리 입을 막아버리기 전에 해야겠지요. 죽으면 말을 못 할 테니 말입니다."

나는 냉정한 어조로 말했다.

아친이 입을 뻐끔거렸다. 진상을 알고 있는 우리는 뤼후이메이와 마찬가지로 옌즈청의 목표물이 될 수 있음을 깨달은 듯했다. 뤼후이메이는 입을 다물고 조용히 소파에 앉아 있을 뿐이다. 아까보다 얼굴빛이 더 안 좋다. 진범이 따로 있다는 건 6년 전의 악몽이 다시 시작되는 일과 같을 것이다.

"뤼 여사님, 경찰에 신고를 하시겠습니까?"

내가 물었다.

"……네. 하지만 루 기자님의 동료가 보내줄 팩스를 기다려야 하지 않나요? 저는 옌즈청이 어떤 사람인지 알고 싶어요. 그렇지 않으면 경찰에 뭐라고 얘기해야 할지도 모르겠는걸요."

뤼후이메이의 말에 나는 고개를 끄덕였다.

우리는 계속 소파에 앉아 있었다. 세 사람 사이에 침묵이 전염병처럼 돌아다녔다. 창밖이 어두워지는 만큼 마음도 어두워진다.

"해가 다 졌군요."

뤼후이메이가 전등을 켰다.

"음악을 좀 틀까요? 너무 조용하네요."

오디오의 전원 버튼을 누르자 스피커에서 처음 듣는 영어 노래가 흘러나왔다.

"어? 데이비드 보위 노래네요?"

아친이 정신이 번쩍 든 듯 말했다.

"루 기자님도 데이비드 보위를 좋아하세요?"

"팬이에요! 뤼 여사님도요?"

아친은 뤼후이메이의 옆으로 걸어가서 음반을 구경했다.

"우아, 〈사라의 미로여행〉* 오리지널 사운드트랙도 갖고 계시네요!"

"전 그냥 조금."

뤼후이메이가 어물어물 대답했다. 아친의 열정적인 태도에 약간 어찌할 바를 모르는 것 같았다.

나는 그들의 대화에는 신경 쓰지 않았는데, 가끔 아친이 〈지기 스타더스트〉** 혹은 〈전장의 크리스마스〉*** 등을 언급하는 소리가 귀에 들어왔다. 뤼후이메이는 그다지 대화에 집중하는 것 같지 않았다. 그도 그럴 것이, 생명을 위협받는 상황에서 알게 된 지 반나절밖에 안 된 사람과 노래 얘기나 하고 있을 정신이 있겠는가.

나는 소파에 앉은 채 음악이 귀를 거쳐 뇌에 도착하도록 마냥 내버려두었다. 날카로웠다가 부드러웠다가, 높았다가 낮았다가 하는 데이비드 보위의 노랫소리가 내 몸에 배어들었다. 대부분 처음 듣는 곡이고 가사도 알아듣지 못하지만, 지금 나는 현실에서 벗어난 듯한 감각을 느낀다. 그의 노랫소리가 나를 이상한 나라로 데려가는 것 같다.

전화벨 소리가 다급한 듯 울렸다. 깜짝 놀란 나는 환상에서 현

---

* *Labyrinth*. 1986년 개봉한 짐 헨슨 감독의 SF영화. 데이비드 보위가 주연을 맡았다.

** *Ziggy Stardust*. 데이비드 보위가 1972년 발표한 곡.

*** *Merry Christmas, Mr Lawrence*. 일본 감독 오시마 나기사의 영화. 데이비드 보위, 사카모토 류이치, 기타노 다케시가 주연을 맡았다.

실로 돌아왔다.

"제 전화일 거예요."

아친이 그렇게 말하며 전화를 받았다.

"여보세요? 네, 맞습니다. 앗, 편집장님이세요? 저 놀고 있는 거 아녜요! 오늘 하루 종일 취재하러 여기저기…… 네? 그거 말씀하시는 게 아니에요? 뭐라고요? ……아뇨, 그럴 리가…… 말도 안 돼요! ……네, 휴대폰을 가지고 있지 않아서요, 하지만…… 네? ……패, 팩스가……."

아친은 팩스기에서 종이를 집어 들었다. 아마도 부탁했던 자료일 것이다. 그녀는 갑자기 종이를 구겨버리더니 전화기에 대고 소리 질렀다.

"다페이 자식이 실수했어요! 제가 찾으라고 한 사람은 '렌즈밍'이 아니고 '옌즈청'이라고요! 염라대왕의 염자를 쓰는 옌이요! 이런 일도 하나 제대로 못하다니! 전 지금 유엔룽 뤼후이메이 여사님 댁이에요, 아침에 약속했던 쉬 경장님하고 같이요! 다페이더러 당장 제대로 찾으라고 해주세요! 빨리 찾지 않으면 큰일 나요! 잘못하면 사람이 죽어요! 죽는다고요!"

아친은 수화기를 쾅 내려놨다. 상사에게 저렇게 거칠게 말할 줄은 몰랐다.

"계속 기다려보죠."

아친이 소파로 돌아와 앉았다. 스피커에서는 계속 노래가 흘러나왔다. 갑자기 'You're face to face with the man who sold the world'라는 가사가 들렸다. 아친이 점심 먹을 때 말한 노래가 떠올라 그녀에게 물었다.

"아친, 이 노래가 데이비드 보위의 그 곡이지요?"

그런데 아친은 대답도 없이 소파에 앉은 채 멍하니 나를 쳐다보기만 했다.

"아친?"

내가 다시 불렀다.

"아? 네, 네. 그 곡이에요."

아친은 정신이 딴 데 가 있는 듯했다. 아까 편집장에게 야단맞아서 그런가? 하지만 아친 역시 조금도 공손하지 않았는데.

데이비드 보위의 노래 외에는 아무 소리도 들리지 않았다. 우리는 다시 침묵에 빠져들었다. 한참 후 내가 뤼후이메이에게 물었다.

"화상실은…… 2층입니까?"

"네."

나는 계단을 올라갔다. 그런데 아친이 내 뒤를 따라왔다.

"할 말 있어요?"

내가 작은 소리로 속삭였다. 혹시 뤼후이메이에게 알리고 싶지 않은 일이 있는 건지도 모른다.

"아뇨."

아친이 고개를 저었다.

"샤오안을 좀 보고 싶어서요."

나는 고개를 끄덕이곤 다시 계단을 올라갔다. 올라가다 보니 2

층 난간 옆에 샤오안이 웅크리고 있었다. 아무래도 우리가 나눈 대화를 엿듣고 있었던 모양이다. 샤오안은 걱정스러운 얼굴로 난간을 꽉 붙잡고 있었다.

"나쁜 사람이 우리를 죽이러 와요?"

나는 얼른 샤오안에게 다가가려 했다. 하지만 아친이 한발 빨랐다. 그녀는 샤오안에게 달려가 손을 꼭 잡았다.

"겁내지 마, 샤오안! 언니가 있잖아! 엄마도 널 지켜주실 거야."

샤오안의 눈이 발갛게 변했다. 그러면서도 고개를 끄덕이려고 애썼다.

"나쁜 사람이 오면 우린 어떡해요?"

"경찰 아저씨가 지켜줄게."

나는 샤오안을 향해 웃어줬다.

"어쩌면 한동안 학교에 못 갈지도 몰라. 여행을 간다고 생각하렴!"

"전 여행을 간 적이 없어요."

샤오안이 고개를 저으며 말했다.

"엄마가 외국에 데리고 간 적 없어?"

나는 장식장에 가득했던 각국의 기념품을 떠올렸다.

"없어요. 카오룽에도 아주 가끔 가요. 바깥은 위험하니까 내가 다 커야 여행을 갈 수 있대요."

아이를 과보호하는 것 아닌가? 하지만 그런 사건을 겪었으니 뤼후이메이의 그런 반응도 이해 못 할 건 아니다.

"샤오안, 엄마한테 갈까?"

아친이 조심스럽게 샤오안을 끌어당겼다. 두 사람은 아래층으로 내려갔다.

나는 화장실에 갔다. 볼일을 보고 찬물에 세수도 했다. 거울 속 나를 보니 힘이 쭉 빠진다. 오늘은 정말 많은 일이 있었다. 거울 속 얼굴은 피로해 보였고 눈빛에 힘이 없었다. 수염이 거뭇거뭇하게 올라왔다. 거울 속의 내가 어딘지 낯설어 보인다. 피곤하다. 푹 쉬고 싶다. 두통은 여전히 간헐적으로 이어지고 있다. 아스피린을 꺼냈다가 아친의 말이 생각나 도로 주머니에 집어넣었다.

정신을 가다듬은 나는 문을 열려고 손잡이를 돌렸다. 그런데 돌아가지 않는다. 들어올 때 문을 잠그는 부분이 좀 낡아 보였지만, 그래도 잠깐 사이에 여기 갇히게 될 거라고는 생각도 못 했다.

"아친! 뤼 여사님! 사오안!"

나는 문에 대고 크게 소리를 질렀다.

"악!"

문 너머에서 희미하게 비명소리가 들렸다. 뤼후이메이의 목소리다. 비명은 거실에서 들려온 것 같았다.

"아친! 뤼 여사님!"

나는 다시 크게 소리를 질렀다. 정원 쪽에서 개 짖는 소리가 들렸다.

갑자기 최악의 상황이 떠올랐다. 옌즈청이 이미 집 안으로 들어왔고, 내가 화장실에 갇힌 틈에 아무 힘도 없는 여자 셋을 해치려는 거라면?

나는 온 힘을 다해 문을 걸어찼다. 하지만 안으로 열리는 문이라 바깥쪽으로는 아무리 걸어차도 열리지 않았다. 나는 창문을 열고 2층의 높이를 가늠해본 뒤 창틀에 매달렸다가 아래로 뛰어내렸다.

1층 창문을 통해 텅 빈 거실이 보였다. 머릿속이 엉망진창이 됐다. 나는 현관 쪽으로 달려가면서 대문이 열려 있는 것을 발견했다.

"아친! 뤼 여사님! 샤오안!"

예상대로 집 안에는 아무도 없었다. 나는 돌아서서 대문 쪽으로 달렸다. 갑자기 셰퍼드 두 마리와 마주쳤다. 셰퍼드들은 고개를 낮추고 이글거리는 눈으로 나를 노려보았다. 공격하려는 태세다.

"뭐야! 난 너희들 주인을 구하려는 거라고!"

말을 마치기도 전에 한 마리가 날카로운 이빨을 드러내며 나를 향해 뛰어올랐다.

여기서 놈에게 물렸다가는 모든 일이 끝장이다. 오른쪽으로 몸을 틀어 간발의 차이로 놈의 공격을 피했다. 그러나 첫 번째 공격이 실패하는 순간 두 번째 셰퍼드가 나를 향해 돌진했다. 이번에는 피할 데가 없었다.

"우우우!"

셰퍼드의 이빨보다 내 주먹이 0.01초 빨랐다. 나는 놈의 목줄기를 후려쳤고 이 한 방은 아주 효과적이었다. 한 놈이 비명소리 한 번에 땅바닥에 나자빠졌을 뿐 아니라 처음 공격했던 놈도 겁을 먹었는지 더는 덤비지 못했다.

그 틈에 잽싸게 바깥으로 나가 대문을 닫았다. 놈들이 쫓아오지 못하도록 말이다.

"아친! 뤼 여사님! 샤오안!"

나는 오솔길을 따라 미친 듯이 달렸다. 오솔길 끝에 아친의 폭스바겐 미니가 보였다. 차 문이 열려 있는데 안에는 아무도 없다. 무슨 일이 생긴 거지? 아친이 여기로 도망쳐 와서 차 문을 열었지만 뒤쫓아온 옌즈청에게 붙들렸나? 옌즈청은 혼자 왔을 게 분명하다. 그런데 뤼후이메이 모녀를 붙잡은 상태에서 도망친 아친을 뒤쫓아올 수 있나? 어떻게?

머릿속이 뒤죽박죽이다. 침착해야 한다. 그래야 그들을 구할 수 있다. 도로 옆에 아래쪽으로 내려가는 오솔길이 보여 그쪽으로 달려갔다. 저 멀리 사람이 있는 게 보였다. 그게 아친과 뤼후이메이 모녀인지 확신할 수 없었지만 도박을 하는 수밖에 없다. 내 운을 믿어보기로 하고 그쪽을 향해 전속력으로 달렸다.

달리면서 아친과 뤼후이메이의 이름을 불렀다. 그러자 멀리 보이던 사람들이 오솔길 옆 돌계단을 향해 움직이기 시작했다. 오늘 아침 아친의 차를 타고 가다 본 기억으로는 돌계단 끝은 가파른 비탈이었다. 옌즈청이 막다른 길로 나를 유인하는 걸지도 모른다. 하지만 만일 옌즈청이 아친과 뤼후이메이 모녀를 떠밀고 자신도 자살할 생각이라면……?

나는 비탈 앞에 도착했다. 아친과 뤼후이메이 모녀다. 이기는 패에 건 것이다. 뤼후이메이와 샤오안은 비탈 끄트머리에 서 있었다. 그런데 눈앞의 상황이 잘 이해되지 않는다.

"아친, 지금 뭘 하는 거지?"

아친은 뤼후이메이와 샤오안의 어깨에 손을 얹은 채 그들 뒤에 서 있었다. 그 모습은 마치 당장이라도 모녀를 비탈 아래로 밀어버릴 것 같았다.

10여 미터 떨어진 곳에 아친, 뤼후이메이, 샤오안 세 사람만 있다.

아친이 고개를 돌렸다. 가로등 불빛에 보이는 아친의 표정은 공포에 질려 있었다. 죽음을 눈앞에 둔 것 같은 공포였다.

우리 둘 사이에 침묵이 내려앉았다. 공기가 응결되는 것처럼 숨이 막힌다.

"아친, 안 돼!"

나는 아친에게 권총을 겨눴다. 지금까지 우리 사이가 아무리 좋았다 해도 망설일 수는 없다. 다만 아친이 뤼후이메이 모녀와 저승길을 동행하려고 결심했다면 총 열 자루가 겨누고 있다고 해도 아무 소용 없을 것이다.

"오지 마!"

아친이 돌아서서 나를 바라보며 고함을 질렀다.

"아친, 말로 합시다, 왜……."

나는 불현듯 이상한 점을 깨달았다. 아친은 지금 나를 마주 보고 있다. 뤼후이메이와 샤오안은 아친의 등 뒤에 있다. 모녀는 밧줄에 묶였거나 수갑을 찬 것도 아니다. 그저 전전긍긍하며 비탈길

끄트머리에 서 있는 것이다. 모녀가 지금 달아나려 한다면 아친은 막을 수 없을 텐데.

"날 속였어!"

아친이 다시 고함을 질렀다.

"이 악마!"

"뭐?"

나는 총을 쥔 손을 약간 아래로 내렸다. 하지만 경계는 늦추지 않았다.

"날 이용했어! 이 사람들에게 접근하기 위해서! 기억상실증이니 외상 후 스트레스 장애니 다 거짓말이야! 당신을 믿었는데…… 든 든하다고 느낀 적도 있었는데……."

아친의 눈에서 눈물이 한 줄기 흘러내렸다.

나는 도대체 이해할 수가 없으시 한 길음 앞으로 내딛으며 물 었다.

"대체 무슨 말을 하는 거야? 당신을 이용하다니? 정말 6년 동 안의 기억을 잊어버렸……."

"거짓말!"

아친은 나를 막으려는 듯이 두 팔을 벌렸다. 뒤쪽의 뤼후이메이 모녀를 보호하려는 것 같았다.

"당신 거짓말은 다 밝혀졌어! 리징루를 찾아갈 때 차에서 내리 면서 뭐라고 했는지 기억나?"

"내가 뭐라고 했는데 그래?"

"리징루의 식당이 랭엄 플레이스 부근이냐고 했지?"

"그게 왜?"

그녀가 뭘 말하고 싶은 건지 이해되질 않았다. 제발 진정하기만 바랄 뿐이다.

"랭엄 플레이스는 2004년에 완공됐어! 2003년 이후로는 기억이 없다면서 그 빌딩을 어떻게 알지?"

나는 소스라치게 놀랐다. 그 점은 생각해보지도 않았다. 분명 내 시간이 2003년에 머물러 있다고 느낀다. 동시에 랭엄 플레이스라는 랜드마크에 대한 인상도 확실히 있다. 어째서, 어째서 이런 모순이 생기는 거지?

"나, 난 이름을 기억하는 거야!"

내가 외쳤다.

"랭엄 플레이스는 2004년 어느 날 완공됐겠지만, 2003년 이전에 건축계획이 발표됐으니까 내가 알고 있어도 이상하지 않다고!"

"하지만 당신은 〈라이프 온 마스〉도 알고 있었잖아!"

"미치겠네, 그건 1973년에 나온 노래라며!"

"노랠 말하는 게 아냐! 드라마!"

아친이 악을 쓰며 말을 이었다.

"당신이 먼저 말을 꺼냈지, 그 영국 드라마를 봤다고 말야. 아까 노래 듣다가 갑자기 생각이 났어. 드라마는 2006년에 제작됐는데, 기억을 잃었다는 사람이 어떻게 알지?"

나는 넋이 나갔다. 아친의 지적에 아무 반박도 못 했다. 정말로

기억나지 않음, 형사

그 드라마를 봤다. 등장인물과 줄거리도 기억이 난다. 소파에 혼자 기대앉아 맥주를 마시며 텔레비전을 보던 순간이 머릿속에 남아 있다…….

"나, 나…… 나도 설명 못 하겠어. 그냥 기억하는 거야. 나도 어쩔 수 없다고!"

나는 권총을 내렸다.

"그래, 내가 당신을 속였다 치자. 그게 이렇게 난리칠 일인가?"

"웃기지 마! 난 벌써 당신의 진면목을 알아버렸거든! 당신이 뤼 여사님을 해치게 놔두지 않겠어!"

나는 어떻게 해야 할지 갈피를 잡지 못했다.

"아친, 제발! 내가 왜 뤼 여사님을 해치지?"

"사진을 봤어! 이제 그런 거짓말은 안 통해!"

나는 술십에서 썩은 사신이 떠올랐다. 얼른 주머니에 손을 넣어 보니 사진은 거기 있었다. 아친이 언제 그 사진을 본 거지?

"내 말 좀 들어봐! 당신을 속인 건 내가 잘못했어. 하지만 정말로 어젯밤 옌즈청을 만난 걸 잊어버렸다고!"

나는 불안에 휩싸여 소리쳤다.

"난 나쁜 경찰일지도 몰라. 그렇지만 지금은 올바른 일을 하고 싶어! 난 옌즈청을 막을 거야! 그다음엔 고소하든 뭘 하든 다 상관 안 해!"

아친은 원망으로 가득한 표정을 지으며 이를 사리물었다.

"아직도 그 소리군! 증거가 다 있는데 계속 착한 사람 흉내를 낸다 이거지!"

아친은 주머니에서 둥글게 뭉친 종이를 꺼내 나를 향해 집어던
졌다.

나는 종이를 집어서 펼쳤다. 아까 아친이 구겨버린 그 팩스다.
어두침침한 가로등 불빛에 비춰 종이 위의 글자를 읽었다. 옌즈청,
27세, 남성, 스턴트맨, 무술 담당, 대역.

내 시선이 위로 올라가 사진에 닿았다. 처음에는 그저 조금 의
아했다. 의아함은 곧 폭발해 공포와 불안으로 변했다. 팔다리가
뻣뻣해지고 주위가 꿈속처럼 비현실적으로 느껴진다.

흐릿한 팩스지만 나는 이 얼굴을 알아볼 수 있다.

그건 내 얼굴이었다.

"이, 이게 무슨 짓이야!"

나는 고함쳤다.

"누군가 내 사진으로 바꿔놓은 거군! 그래, 분명 옌즈청이 잘못
된 정보를 당신 출판사로 보내서……."

"이 사기극을 꾸미느라 아주 힘드셨겠어요, '쉬 경장님'?"

아친이 이를 악물고 말했다.

"아까 편집부에서 전화 왔을 때 편집장님이 그랬지. 쉬유이 경장
이 편집부로 전화해서 나를 찾았다고. 오늘 아침 웨스턴 경찰서
에서 기다렸는데 11시가 되도록 내가 오지 않자 로비 안내데스크

에 가서 물어봤대. 그랬더니 내가 경찰서에 와서 다른 형사와 함께 나갔다고 한 거야. 안내데스크의 여경은 쉬 경장이 누군지는 몰랐지만, 나와 함께 나간 형사가 자신을 쉬유이라고 했던 건 기억하고 있었거든!"

"어째서? 나는 분명히……."

"언제까지 그 연기를 계속할 거지? 모든 게 다 밝혀졌어. 이봐요, 옌즈청 씨. 더 이상 쉬유이 경장인 척하지 않아도 돼. 린젠성이 진범이 아니라는 당신 말은 사실이겠지. 그걸 미끼로 뤼 여사님을 살해할 기회를 만든 거야. 쉬유이 경장을 사칭해 나한테서 뤼 여사님 주소를 알아내고, 사건의 진상을 밝힌다며 날 함정에 빠뜨렸어. 린젠성의 수첩이나 청룡도장의 정보가 아니었어도 당신은 무슨 방법으로든 범인은 린젠성이 아니라 옌즈청이라는 걸 나한테 알렸을 거야. 뤼 여사님을 보호한다는 명목으로 다시 여기에 와서…… 몰래 손을 쓸 생각이었지? 다행히 내가 편집부에 연락해서 옌즈청의 사진을 알아냈으니 망정이지, 아니면 지금쯤 우린 고깃덩이가 됐을걸!"

"아냐, 아니야!"

나는 황급히 말했다.

"아친, 지금 속고 있어! 봐, 내 경찰 신분증에 쉬유이라고 쓰여 있잖아!"

"위조한 거겠지! 그거 말고 주민증을 꺼내봐!"

"왜 이렇게 의심이 많아?"

마음이 급해진 나는 화를 내며 지갑에서 주민증을 꺼냈다.

주민증을 꺼내 든 순간, 이름이 보였다.

옌즈청.

잘못 본 게 아니다. '옌즈청' 세 글자가 내 눈을 가득 채웠다.

사진도 내 얼굴이다. 내가 거울 속에서 본 얼굴이다.

내가…… 옌즈청이라고?

내가 6년 전에 정씨 부부를 살해한 옌즈청?

권총을 쥔 오른손이 덜덜 떨렸다.

"경찰이다! 총 내려놔!"

등 뒤에서 갑자기 거친 목소리가 들렸다. 돌아보니 찌르는 듯한 빛줄기가 내 얼굴에 쏟아졌다. 나는 손을 뻗어서 눈을 가렸다. 손가락 사이로 권총과 손전등을 든 사람이 둘 보였다.

"무기 내려놔!"

또 다른 목소리가 외쳤다.

내 머릿속은 뒤죽박죽이다. 몇 분 사이에 나는 형사에서 범인으로 바뀌고 말았다. 꿈이 아닐까?

그래, 오늘 아침에 꾼 꿈과 같은 상황이다. 범인, 피해자, 경찰 모든 게 다 나의 환상인 것이다. 내가 눈을 뜨면 모든 것이 연기처럼 사라질 거다. 너무 피곤해서 이런 이상한 꿈을 꾼 거다. 일어나면 무슨 꿈을 꿨는지 동료들에게 얘기해줘야지. 다들 나더러 상상력도 풍부하다며 웃어댈 거다.

동료들…… 형사과의 동료들인가? 아니면 스턴트맨 동료들인가?

데이비드 보위의 노랫소리가 머릿속에서 맴돈다.

─당신이 마주 보는 것은 바로 세계를 팔아넘긴 사나이.

내 오른손이 흔들린다. 하늘은 0.5초도 더 생각할 시간을 주지
않았다. 탕 하는 소리가 들리더니 오른쪽 가슴께가 타들어가는
듯 아팠다. 몸은 충격을 견디지 못하고 천천히 바닥으로 쓰러졌
다. 감각이 사라지기 전, 여전히 권총을 움켜쥔 손을 봤다. 방아쇠
와 총신이 연결되어 있다. 애초에 방아쇠를 당길 수 없게 되어 있
는 것이다.

의식이 점점 멀어진다…….

"수고해요."

꿈속의 여자 시체가 다시 한 번 내게 말을 걸었다.

Oh no, not me

I never lost control

You're face to face

With the man who sold the world

_David Bowie, *The Man Who Sold the World*

오, 아니야 그건 내가 아니야

나는 나 자신을 잃은 적이 없어

당신 앞에 있는 건

바로 세계를 팔아넘긴 사나이

_데이비드 보위, <세계를 팔아넘긴 사나이>

단락 5
2008년 10월 23일

"……아옌! 아옌!"

옌즈칭은 몽롱한 상태에서 자기를 부르는 소리를 들었다. 긴 꿈에서 깨어나 현실로 돌아온 느낌이다. 눈을 뜨자 끝없이 펼쳐진 하늘이 보인다.

오늘은 비가 오지 않겠군. 이런 무심한 생각이 옌즈칭의 머릿속을 스쳐갔다. 자기가 왜 누워 있는지 모른다. 그저 온몸의 뼈마디가 아프다는 것만 알겠다. 그는 이마를 문질렀다. 커다란 혹이 만져진다.

"아옌! 괜찮나?"

얼굴 하나가 옌즈칭의 시야에 들어왔다. 옌즈칭은 비키라고 소리를 지르고 싶었다. 하늘을 가리지 마! 하지만 그는 입을 열지 않왔다. 그 얼굴은 무척 걱정스러워 보였다.

"팀장님…… 무슨 일이에요?"

옌즈청이 느릿느릿 말했다. 그는 몸을 일으키려 했다.

"가만히 있어! 진찰부터 받자!"

스턴트팀 팀장은 손짓으로 의무실 직원을 부른 다음 다시 옌즈청을 내려다봤다.

"방금 창배搶背, 한 바퀴 돌아 떨어지면서 등을 땅에 대는 무술 동작 장면 실패했어."

옌즈청은 이때서야 좀 정신이 들었다. 아까 무슨 일이 있었는지도 생각났다. 그는 액션 장면을 찍고 있었다. 주인공과 악당이 격투를 벌이는 장면인데, 옌즈청은 악당의 대역이다. 유원지에서 진행되는 테러리스트들의 거래를 저지하기 위해 뛰어든 주인공과 롤러코스터 레일 위에서 싸우다가 주먹을 맞고 한 바퀴 굴러 등으로 착지하는 동작이었다.

"제가 창배를 실수했다고요?"

옌즈청은 믿을 수 없다는 듯 말했다. 창배는 절대 실수할 리 없는 기본 동작이다.

"자네가 실수한 게 아니라 레일 바닥이 부서졌어. 자넨 레일 위에서 떨어졌다고."

의무실 직원이 도착해 검사를 시작했다.

옌즈청은 점차 의식이 흐려지는 듯한 기분을 느꼈다. 레일 위로 도망간 그를 주인공이 따라잡아 뒤통수를 발로 찬다. 그의 몸은 앞으로 한 바퀴 회전했다가 레일 위에 쿵 하고 떨어진다. 레일은

기억나지 않음, 형사

높은 데다 폭이 2미터도 안 된다. 그런 곳에서 이런 동작을 하려면 무척 조심해야 한다. 그래서 조장은 경험이 많은 옌즈청에게 이 장면을 맡긴 것이다.

그런데 레일의 나무판이 낡아서 옌즈청이 떨어지는 충격을 견디지 못하고 부서졌다. 옌즈청은 5미터 높이에서 추락했고, 땅바닥에는 안전매트가 설치되어 있었지만 하필 레일을 떠받치는 쇠기둥에 머리를 부딪혔다. 머리로 땅을 들이받은 게 아니라 다행이지만 촬영장에 있던 사람들 모두 손에 땀을 쥐었던 순간이었다.

"괜찮습니다."

옌즈청이 의무실 직원의 손을 밀어내며 몸을 일으켰다. 좀 욱신거리는 것 외에는 별문제가 없는 듯했다. 작년에 골절로 반년이나 쉬게 만들었던 사고에 비하면 이런 건 애들 장난이다.

스텝들은 옌즈청이 문제없이 일어서는 것을 보고는 하나둘씩 박수를 쳤다. 관객은 더 위험하고 과장된 말초적 자극을 원하고, 액션 설계는 점점 더 극한에 도전한다. 스턴트맨의 위험이 커질 수밖에 없다.

"정말 괜찮아? 이 장면 다른 사람으로 바꿀까?"

팀장은 옌즈청이 일어나는 것을 보고 긴장을 풀었다.

"괜찮습니다. 제가 다시 하지요. 다른 사람이 누가 있습니까, 설마 아정에게 시키시게요?"

옌즈청이 옆에 놓인 물병을 집어 들고 한 모금 마셨다.

"그것보다는 나무판을 검사해야겠네요."

무술감독이기도 한 팀장은 옌즈청의 프로 정신에 감동받은 것 같았다. 액션 장면에 문제가 생기면 감독이 얼마나 질책을 할지 생각하고 싶지도 않다.

옌즈청은 몸에 묻은 먼지를 털며, 자기 앞에 와서 괜찮냐고 묻는 배우에게 미소를 지어 보였다. 그러고는 다시 레일 위로 올라가 대기했다.

세 시간 후 모든 촬영이 끝났다. 감독도 아주 만족스러워했다. 중간에 예상치 못한 사고가 있기는 했지만, 이 정도면 오늘 촬영은 꽤 순조롭게 진행된 셈이다.

"아옌 형! 의사한테 가보는 게 좋겠어요."

아정이 말했다. 아정은 이 일을 시작한 지 4년이 됐지만, 아직 실력이 많이 모자라 작은 역할밖에 맡지 못한다.

"괜찮아, 그럴 필요 없어."

옌즈청은 촬영할 때 입었던 옷을 벗으며 말했다.

"스턴트맨으로 일하면서 넘어질 때마다 병원에 갔다가는 한 달에 일고여덟 번은 가야 될걸."

아정이 고개를 끄덕였다.

"저 먼저 갈게요. 내일 봐요."

옷을 다 갈아입고 아정이 먼저 탈의실을 나섰다.

탈의실에 남은 옌즈청은 입을 꾹 다물고 침묵하는 본래의 자신으로 돌아갔다. 다른 사람이 옆에 없을 때는 사회생활용 가면을 쓰지 않아도 된다.

기억나지 않음, 형사

하지만 최근 몇 년간 어느 것이 진짜 자신인지 헷갈리기 시작했다. 함께 일하는 스턴트팀 사람들에게 그는 성실하고 진지해 일할 때 믿음직한 동료다. 말수가 적고 잘 웃지 않지만 대하기가 그리 어려운 사람도 아니다.

하지만 옌즈청은 그것이 가짜라는 것을 알고 있다. 일부러 만들어낸 자아, 사회에 적응하기 위한 자아다.

사람들을 속이기 위한 자아.

가면을 쓰고서 오랜 시간을 보내면 자기 자신조차 어느 것이 진짜 얼굴인지 잊게 된다.

팀 동료들이 생각하는 그 사람으로 살아가는 것도 나쁘지 않다고 가끔 생각한다. 하지만 끔찍한 기억들이 몇 번이고 되풀이하여 그의 앞에 나타난다. 어둠 속에 있는 자신이야말로 진실한 자아라는 사실을 또다시 일깨우는 것이다.

옌즈청은 촬영장을 나와 차를 몰고 완차이로 갔다.

술집에 들어서자마자 맥주병을 들고 있는 쉬유이를 발견했다.

"아옌! 여기, 여기!"

"죄송해요, 늦었지요."

옌즈청이 가볍게 미소 지으며 쉬유이 맞은편에 앉았다.

"네가 말한 거 갖고 왔다."

쉬유이는 맥주병을 내려놓고 서류봉투 하나를 건넸다.

고등법원 기록, 사인재판 기록, 민사소송 기록 등등.

전부 둥청아파트 사건과 관련된 것들이다.

"고맙습니다."

옌즈청이 봉투를 챙겨 넣었다.

"하나 더, 네가 관심 있을 만한 일이 또 있지."

쉬유이가 명함을 내밀었다. 어느 영화제작사의 이름이 적힌 명함이다.

"이게 뭡니까?"

"이번에 새로 영화를 준비 중인데, 곧 배우 오디션을 볼 거야."

"전 대역 스턴트맨이에요."

옌즈청이 입을 툭 내밀며 웃었다.

"영화 소재가 뭔지 알면 관심이 생길걸!"

쉬유이가 자신만만하게 웃으며 말했다.

"둥청아파트 사건이란 말이다."

옌즈청은 가슴이 선득해지는 느낌이었다. 그는 쉬유이의 눈을 똑바로 응시했다.

"아옌, 넌 외모도 괜찮고 체격도 좋아. 계속 스턴트맨을 하느니 배우 쪽을 시도해봐."

쉬유이는 말을 마치고 맥주를 한 모금 마셨다.

"이 명함은 어떻게 얻었습니까?"

"아는 사람이 이 영화사에서 일하거든. 내가 사건을 담당했던 형사였으니 시나리오 쓸 때 자문을 맡아달라더군."

쉬유이는 턱을 긁적였다.

"내가 소개하는 거니까 오디션에서 못 봐줄 지경만 아니면 배역을 맡을 수 있을 거야."

옌즈칭은 입을 다문 채 침묵만 지켰다. 이런 기회가 왔다는 것에 흥분하지도 않았고, 배우로 전향할지 말지 고민하는 것도 아니다. 그는 지금 다른 일을 생각하고 있다.

—그 일을 다시 꺼내겠다고? 이 사회에서 또 린젠성을 심판하겠다고?

"황 조장이 작년에 은퇴해서 다행이야. 새로 온 마 조장은 좀 융통성이 있거든. 안 그랬으면 내가 영화 시나리오 자문 같은 걸 할 수나 있겠냐. 어이, 아옌! 내 말 듣고 있는 거야?"

생각 속으로 침잠했던 옌즈칭은 현실로 돌아왔다.

"예, 예. 오디션은 언젭니까?"

"거봐, 관심 있을 거랬지!"

쉬유이가 한쪽 입꼬리만 쑥 올리면서 웃었다.

"다음 주 수요일이다. 내가 내일 전화해둘 테니까 넌 가서 편하게 오디션이나 봐."

옌즈칭은 구역질이 날 것 같았지만 드러내지 않았다.

린젠성이 죽고 나서까지 십자가에 못 박히는 일이 생길 줄은 몰랐다.

무슨 수를 써서라도 현장에서 직접 봐야 한다. 멍청한 인간들이 어떻게 린젠성에게 살인죄를 뒤집어씌우는지.

그는 또 생각했다, 빨리 계획을 실행에 옮겨야겠다고. 더는 미룰 수 없다고.

6장

정신이 들자 하얀 천장이 보였다. 천장에는 무늬가 반복적으로 배열되어 있다. 몹시 길고 괴이한 악몽을 꾼 것 같다. 내가 아닌 다른 사람이 되는 꿈이었는데, 살인범을 밝혀내고 보니 놀랍게도 내가 바로 그 사람이었다……

"깼군요."

간호사 모자를 쓰고 동그란 안경을 낀 여자 얼굴이 내 시야에 침입했다. 그 순간 내가 병원에 있다는 것을 알아차렸다. 팔에는 링거 주사 바늘을 꽂고 머리에는 붕대를 감았다. 오른쪽 어깨는 마비되었는지 아무런 감각도 없다.

"나……"

일어나 앉으려고 했지만 몸에 힘이 들어가지 않았다.

"움직이지 마세요."

간호사가 부드럽게 나를 붙잡았다.

"이제 막 수술을 마쳤는데 아직 마취에서 완전히 깬 게 아니에요. 마구 움직이면 상처가 벌어질지도 몰라요. 의사 선생님을 모셔올 테니 잠깐만 기다리세요."

고개를 옆으로 눕힌 채 간호사가 병실을 나가는 것을 바라봤다. 일인용 병실이고 깨끗하고 편안한 분위기다. 창문에 커튼이 쳐져 있지만 커튼 틈으로 바깥이 보였다. 아직 밤이다. 벽에 걸린 둥근 시계는 12시 20분을 가리키고 있다. 오후 12시 20분은 아니겠군.

끼익 하는 소리와 함께 병실 문이 열리고 네 사람이 들어왔다. 가장 먼저 들어온 사람은 머리가 하얗게 센 가운 차림의 남자로 의사인 모양이었다. 그다음은 오륙십대로 보이는 붉은 머리의 백인 여성, 그녀 다음으로 평상복 차림에 수염이 텁수룩하고 뚱뚱한 남자가 들어왔다.

그리고 뚱뚱한 남자 뒤에 들어온 사람을 보자 나는 소리를 지르고 말았다.

"옌즈청!"

짧은 머리, 짙은 눈썹, 각진 얼굴, 어젯밤 나와 어깨동무하고 사진을 찍은 남자.

"루陸 선생님, 수술이 잘 됐다고 했잖아요?"

옌즈청이 나이 든 의사를 쳐다보며 물었다.

"회복되려면 시간이 필요하지요."

의사는 펜처럼 생긴 작은 손전등을 꺼내 내 눈을 비췄다. 얼굴에 만족스러운 표정이 가득했다.

"좋아요, 일단 큰 문제는 없어 보이네요."

"어떻게 된 겁니까? 당신이 주치의입니까? 무슨 수술을 한 거지요? 아친과 뤄후이메이 씨는 괜찮습니까?"

나는 생각할 틈도 없이 질문을 우르르 쏟아냈다.

"더 중요한 문제를 빼먹었잖아."

옌즈청이 말했다.

"너 자신이 누군지부터 물어야지?"

내가 누구지?

"나는 쉬유이가 아닌가?"

"네가 쉬유이 경장이면 나는 누군데?"

옌즈청이 신분증을 꺼내 눈앞에 들이밀었다.

왼쪽 위에는 '홍콩경찰', 오른쪽 위에는 '위임증', 오른쪽 아래에는 파란색 배경의 사진이 있고 그 왼쪽으로 '쉬유이' '경장'이라고 쓰여 있다. 다만 사진 속 인물이 내가 아니라 노련해 보이는 짧은 머리의 남자다.

"당신……."

나는 아무 말도 할 수 없었다.

"내가 진짜 쉬유이야."

그는 신분증을 집어넣었다.

"그리고 너는, 옌즈청이지."

"아니, 나는 쉬유이야! 옌즈청이 아니라고! 몇 년 기억을 잃었지만 내가 누군지도 잊은 건 아니란 말이야!"

나는 포효했다.

"이분은 루 선생님이야. 어떻게 된 건지 설명해주실 거야."

자칭 쉬유이라는 남자가 흰 가운을 입은 노선생을 가리키며 말했다.

루 의사는 A3 정도 크기의 필름을 라이트박스에 끼우고 전원 버튼을 눌렀다. 그건 머리의 단면도 같았다. 루 의사는 필름에서 흰색으로 뭉친 부분을 가리켰다.

"옌즈청 씨, 당신의 대뇌 BA10에서 충격으로 인한 출혈이 발견됐습니다. 이건 MRI 촬영 필름인데, 어혈의 분포를 보여줍니다. 아, 미안합니다. 알아듣기 쉽게 설명을 할게요. MRI를 찍어보니 대뇌 브로드만 영역 10, 그러니까 전두전엽 피질의 전두극 부분 및 그 주변에 강한 충격을 받아 출혈이 있었고, 만성 경뇌막하혈종이 확인됐습니다. 혈종이 경뇌막 아래에만 있어서 다행이에요. 그 아래 층인 지주막에 출혈이 있었다면 수술이 훨씬 위험해지거든요. 당신의 뇌수술은 아주 성공적입니다. 두개골에 작은 구멍을 뚫어 혈종을 빼냈고 앞으로 사흘 혹은 닷새에 한 번씩 소독하는 일만 남았어요. 곧 완전히 회복될 겁니다. 당신은 젊어서 혈종이 재발할 가능성도 낮습니다."

"뇌수술?"

내가 알아들은 것은 이것뿐이었다.

짧은 머리의 남자가 끼어들었다.

"간단히 말해서 머리를 부딪혀서 뇌에 출혈이 생겼는데 뭉친 핏덩이가 신경을 눌러서 기억에 혼란이 생긴 거야. 자신을 쉬유이, 그러니까 나라고 생각하게 된 거지."

"마, 말도 안 돼!"

"일반적으로는 매우 드문 경우입니다. 그런데 이런 상황이 일어날 수 있는 원인이 하나도 아니고 여러 개 겹쳤더군요."

루 의사가 말을 받았다.

"우선 만성 경뇌막하혈종입니다. 당신은 몇 달 전 머리를 세게 부딪혔고 이런 작은 일로 병원에 가서 검사를 받아야 한다고는 생각하지 않았겠지만, 머리를 부딪히는 일은 심각한 결과를 불러 일으키기도 합니다. 예를 들면 뇌실 내의 출혈이……."

"내가 머리를 부딪혔다고?"

전혀 기억에 없다.

"스턴트팀 동료에게 물어보니 작년 10월에 촬영장에서 머리를 부딪혔다고 하던데, 그런데도 병원에 가지 않고 그대로 촬영을 계속했다고 말이야."

'쉬유이'가 끼어들었다.

"만성 경뇌막하혈종은 매우 천천히 형성됩니다. 일반적으로 다친 뒤 3주 후에야 증상을 느끼죠. 어떤 사람은 몇 달 혹은 1년이 지나서 발병하기도 합니다. 경뇌막하혈종은 두통, 구역질, 지적 기능 장애 및 신경 기능 손상 등을 유발합니다. 거기에 기억상실도 포함되지요."

루 의사는 두 손을 가운 주머니에 찔러 넣은 채 아무렇지도 않은 얼굴로 말을 이었다.

"당신의 상황은 경미한 편입니다. 1기 증상에 속하는데, 의식은 맑은 상태로 약한 두통과 신경계 실조를 보이는 정도지요. 4기였다면 이미 혼수상태에 빠졌을 겁니다."

루 의사는 라이트박스에 걸린 필름을 가리켰다.

"당신이 출혈을 일으킨 부위는 전두엽의 BA10 영역입니다. 혈종이 이 영역의 대뇌활동에 영향을 미치면서 신경계 증상이 나타난 거죠. 현대의학에서는 아직 BA10 영역에 대해 완벽히 이해하지 못합니다. 그저 이 영역이 일화기억, 다시 말해 과거의 경험에 대한 기억을 꺼내는 일을 담당한다는 것만 알고 있지요. 부분적으로 논리적 사고에도 관여를 하는 것으로 알려졌어요. 제 추측대로라면 혈종은 당신이 일화기억을 완벽하게 꺼내지 못하도록 만들었을 겁니다. 그래서 당신은 과거를 부분적으로 기억하게 된 겁니다. 아, 걱정하지 마세요. BA10 영역의 기능은 기억을 꺼내는 거지 저장하는 게 아니니까요. 며칠 또는 몇 시간 후면 자기가 누군지 다 기억이 날 겁니다."

"잠깐, 얼마간 기억을 잃기는 했지만 내가 쉬유이라는 건 정확하게 기억하고 있단 말입니다."

긴장한 채 말했다. 지금도 나는 어떤 음모에 빠진 것 같다. 지금 내 앞에 서 있는 네 사람이 만들어낸 사기극에.

"그건 당신이 정신과 질병을 앓고 있기 때문에 생긴 일이죠."

붉은 머리의 백인 여자가 입을 열었는데, 광둥어가 매우 유창해서 깜짝 놀랐다.

"누구십니까?"

"나는 바이팡화라고 해요. 정신과 의사죠."

바이 의사는 미소를 지으며, 그러나 불안한 눈빛으로 말했다.

"당신의 5년 전 주치의예요."

"내 주치의라고요? 나에게 외상 후 스트레스 장애를 완화시키는 방법을 알려준 그 의사 선생님입니까?"

"내가 가르친 대로 하고 있었군요. 내 얼굴을 기억하겠어요?"

바이 의사는 조금 기쁜 듯이 물었다.

나는 고개를 저었다.

"그런데 내가 당신에게 가르쳐준 내용은 기억하는군요. 갑자기 호흡이 곤란해지면……."

바이 의사의 말에 내가 이어서 말했다.

"눈을 감고 심호흡을 하면서 머리를 비운다. 심장박동이 잦아들면 천천히 눈을 뜬다."

바이 의사는 만족스럽게 웃었다. 나로서는 무엇 때문에 만족스러워하는지 알 수 없었지만 말이다.

"그렇다면 당신의 기억에 문제가 생긴 게 더 명확해지죠. 사람의 기억은 일화기억과 의미기억으로 나뉩니다. 일화기억은 과거에 경험한 사물, 만난 사람, 간 곳, 그때의 생각과 감정 등이고, 의미기억은 배운 것, 기능적인 지식이죠. 일화기억에 문제가 생긴 정비사는 자신이 정비기술을 배웠다는 건 잊어도 자동차 보닛을 열면 차를 어떻게 수리해야 하는지는 다 기억한답니다. 반대로 의미기억에 문제가 생긴 정비사는 자신이 자동차 정비를 배운 것은 기억하지만 자동차 부품을 봐도 그걸 어떻게 써야 하는지 전혀 기억 못 하죠."

"하지만 나는 내가 누군지 의심하지 않았는데……."

"만약 당신이 정말로 쉬유이라면, 단지 6년 동안의 기억만 사라진 거라면 어떻게 경찰이 됐는지는 기억나요? 경찰학교에서 있었던 일들은? 아니면 더 간단한 질문인데, 왜 경찰이 되고 싶었는지는 기억나요?"

대답하지 못했다. 아무리 떠올리려고 해도 생각나지 않았다.

"외상 후 스트레스 장애 환자 중 일부가 보이는 특징인데, 해리 증상이죠."

바이 의사가 말을 이었다.

"고통스러운 과거에 대항하기 위해 새로운 자아를 만들어내는 거예요. 한 발짝 떨어져 타인의 시선으로 자신의 상처를 바라보는 거죠. 외상 후 스트레스 장애 환자의 대뇌는 해마체가 쪼그라들어 있다고 해요. 해마체는 기억을 담당하는 부분인데, 당신의 증상은 아마 그것과 관련이 있을 거예요. 드물긴 하지만 외상 후 스트레스 장애가 있는 환자가 인격분열을 일으키는 사례도 있어요. 하지만 당신은 아니죠. 내 생각에 당신은 해리 증상을 그저 수단으로 사용한 것 같아요. 사회에 적응하기 위한 수단."

"여기서 문제는 경뇌막하혈종으로 인한 기억손상이 발생했다는 겁니다."

루 의사도 끼어들었다.

"대부분의 사람들은 기억손상이 나타나면 자신이 기억을 잃었다고 생각합니다. 하지만 당신은 평소에도 본래의 자아를 잊어버리는 습관이 있었어요. 그래서 기억손상으로 인한 기억의 공백을 인지하지 못한 겁니다. 인간의 대뇌는 매우 기묘한 기관이죠. 무지개를 보면 직전에 비가 왔을 거라고 연상합니다. 부서진 유리창과 돌멩이를 보면 누군가 돌을 던져 유리창을 깼다고 생각합니다. 대뇌는 한시도 쉬지 않고 비어 있는 부분을 채우면서 생각을 하는 겁니다."

"그래서 당신은 깨진 기억 조각을 비어 있는 부분에 채워 넣고 사신이 쉬유이라고 믿게 된 거죠."

바이 의사가 말했다.

나는 혼란을 느꼈다.

"잠깐! 자신을 허구의 누군가라고 여겼다면 그건 그럴 수도 있겠지만, 어떻게 완전히 다른 사람, 그것도 이 세상에 존재하는 다른 사람으로 착각할 수 있다는 겁니까? 게다가 나는 쉬유이로 살았던 시간을 확실히 기억합니다. 그래, 쉬유이의 경찰 신분증도 있습니다! 내 눈이야 삐었다 치고 다른 사람마저 환각을 볼 리는 없잖습니까?"

내 말에 쉬유이가 한숨을 내쉬었다. 그리고 옆에 있는 텁수룩한 수염의 뚱뚱한 남자를 툭툭 쳤다.

"당신이 나설 차례예요."

"아옌, 나를 알아보겠나?"

그 남자가 물었다. 나는 고개를 저었다.

"쟝다쏀일세."

쟝다쏀……? 아친이 말한 그 영화감독?

"아이고, 상황이 심각한걸. 정말 미안하네."

쟝다쏀은 침대 옆 의자에 앉았다.

"아옌, 자넨 옌즈청이고 스턴트맨이야. 나는 자네 생김새가 딱 적합하다고 생각해서 새 영화에서 작은 역할을 하나 맡겼는데, 그 역할이 바로 쉬유이였지."

나는 멍청히 그를 쳐다봤다. 무슨 소리를 하는 건지 잘 이해되지 않았다.

"쉬유이가 영화 속 인물이란 말입니까? 그럼 저 사람은 누굽니까?"

"내가 지금 찍는 영화는 둥청아파트 사건을 소재로 한 건데, 웨스턴 형사과에서 사건을 수사하면서 벌어지는 이야기를 다루고 있어. 범인이 교통사고를 내면서 비극적인 결말로 끝나는 거지. 현실감을 높이려고 실제 인물의 이름을 그대로 쓰기로 했거든. 주인공인 린젠성은 영화계의 황제 허자후이가 맡았고, 그를 체포하는 황보칭 독찰 역은 리춘쥔李淳軍이지. 그리고 자네는 형사과에 막 전입한 쉬유이 경장일세."

"나하고 너는 4년 전에 알게 됐어."

쉬유이도 입을 열었다.

"영화 일도 내가 소개한 거고. 넌 이 영화를 찍으면서 나한테 형사 업무나 둥청아파트 사건의 사소한 부분들을 묻곤 했지. 형사들이 사건을 수사하는 방법을 알려달라더군. 신분증 제시하는 법, 총을 뽑는 자세, 수첩에 수사 내용을 기록하는 방법 등등 말이야. 이렇게까지 완벽하게 준비할 필요가 있나 싶을 정도였어. 마치 진짜 형사라도 된 것 같았거든. 그냥 단역일 뿐인데. 그러고 보니 왜 촬영할 때 썼던 신분증하고 권총을 가지고 나간 거야? 연습하려고?"

벼락이라도 맞은 기분이었다. 그의 말을 듣고 몇 가지 떠오르는 일이 있었다.

"배우들 중에는 영화 촬영이 끝나도 역할에서 잘 빠져나오지 못하는 사람이 있지."

쟝다쏀 감독이 무거운 어조로 말했다.

"하지만 자네 같은 상황은 정말 드물어. 불행하게도 여러 원인이 자네한테 집중된 것 같군. 게다가 이 역할에 너무 심하게 빠져들었던 거겠지? 어떤 역할을 연기할 때의 자신과 실제 자기 자신을 오가는 것을 스위치를 누른다고 표현하는 배우도 있어. 지금 자네는 스위치가 켜진 상태인 거야. 그런데 의외의 사고로 스위치의 존재를 잊고 만 거지."

"루 기자님한테서 오늘 사건을 수사한 과정을 들었다."

쉬유이가 말했다.

"의사 선생님하고 짱 감독과 같이 얘기해보니 어떻게 된 일인지 감이 잡히더라. 넌 6년간의 기억을 잃었다고 생각했지만 사실은 그렇지 않았던 거야. 연기하던 역할의 기억과 현실 속 너의 기억이 뒤바뀐 거지."

그들의 이야기가 설득력이 있었기 때문인지, 아니면 루 의사의 말처럼 나의 대뇌 기능이 점차 회복되고 있어서인지, 나는 그들의 말을 받아들였다. 머릿속이 점점 더 맑아졌다.

그렇다면 아친이 했던 말도 설명이 된다. 내가 어떻게 랭엄 플레이스와 드라마 〈라이프 온 마스〉를 기억하고 있었는지 말이다. 6년간의 기억을 잃어버린 게 아니라 영화 속 배역이 머무는 허구의 2003년을 현실이라고 믿었기 때문에 그런 기묘한 편차가 생긴 것이다.

영화사에서 있었던 일도 그렇다. 홍 아저씨가 말한 회색 옷을 입은 사람은 바로 나 자신이었고, 그분은 나를 알고 있기 때문에 친근하게 말을 걸며 몸놀림을 칭찬했던 거다. 가장 우스운 일은 다른 사람의 눈을 피해가며 몰래 뒤진 사물함이 바로 내 사물함이었다는 거다. 탈의실에서 마주쳤던 사람들이 다들 나를 알고 있었을지도 모른다.

그렇다면 내가 바로 둥칭아파트 사건의 범인이란 말인가?

내가 정씨 부부를 살해하고 린젠성에게 누명을 씌워 억울하게 죽게 만든 악당인가?

나는 현기증을 느꼈다.

"나, 나는…… 쉬 경장님."

나는 겨우 입을 뗐다.

"아친이…… 내가 추리한 내용에 대해서는 뭐라고 말하던가요?"

"너 자신이 진범이라고 했던 추리 말이지?"

쉬유이가 표정을 굳히면서 진지하게 말했다.

"예……."

"네 추리는 아주 합리적이었어. 경찰에선 널 체포하기로 결정했지. 범인이 직접 범인을 밝혀내다니, 정말 듣도 보도 못한 일이군."

나는 악마였다.

나와 관계도 없는 부부를 죽였다. 심지어 그 여자는 임신한 상태였는데   .

"어이! 진짜로 믿었어?"

쉬유이가 갑자기 픽 웃으며 말했다.

"이 자식 진지하게 고민하는 꼴 좀 보게. 너야말로 자기가 범인이 아닌 걸 제일 잘 알 거 아냐."

"어?"

나는 당황하며 쉬유이를 쳐다봤다.

"넌 범인이 아니야."

쉬유이가 웃으면서 말했다.

"6년 전 사건이 발생한 직후에 경찰이 널 조사했어. 사건 당일

밤에 너는 영화 촬영장에서 대역으로 액션 장면을 찍고 있었어. 밤새도록 촬영이 계속됐고, 서른 명도 넘는 사람들이 네 알리바이를 증명할 수 있어. 그 상황에서도 살인을 할 수 있다면 배우 말고 킬러가 되는 게 좋을 거다. 무조건 성공할 거야."

"하지만 린젠성의 수첩에는 그날 나를 만나기로 했다고⋯⋯."

"아, 이 자식 의심도 많네!"

쉬유이가 서류 뭉치를 집어 들고 어느 페이지를 찾아 읽기 시작했다.

"옌즈청은 2003년 3월 17일 린젠성과 약속을 했지만 그날 영화 촬영이 지연되는 바람에 아침 10시 린젠성에게 전화해 약속을 취소했다고 진술했다."

쉬유이가 그 페이지를 내 눈앞에 들이밀었다.

"알겠냐! 그때 내 동료가 이미 널 조사했어. 나는 수사팀에 막 들어온 상황이라 시체를 쫓아다니며 검시보고서 쓰는 힘든 일만 맡았고, 증인 심문 같은 건 시켜주질 않았지. 조사 대상이 아주 많아서 나도 잊고 있었는데, 아까 루친이 기자 얘기를 듣고 기록을 뒤져보니 네 이름이 있더라고. 그런데 말이야, 너 원래 린젠성과 아는 사이였구나? 어쩐지 나한테 이 사건에 대해 계속 묻는다 했지."

"내, 내가 당신을 이용한 게 아닙니까?"

나는 자신을 쉬유이라고 생각했을 때 이미 옌즈청이 쉬유이를 매수해서 내부 기밀을 빼냈다고 결론 내린 적이 있다.

"이용? 무슨 이용?"

쉬유이가 반문했다.

"내부 자료를 빼낸다거나……."

"그런 적 없어."

쉬유이는 시원스럽게 대답했다.

"종결된 지 한참 된 사건이라 자료를 공개하는 데 법적인 문제가 없고, 내가 상부의 허가를 받고 영화 시나리오 자문까지 해줬는데 전부 합법적인 자료였어. 작년에 너한테 법원 판결문을 갖다준 적이 있긴 한데, 그건 누구나 열람할 수 있는 거야. 나는 그냥 너 대신 정리하고 출력해준 거였지."

"하지만 사건 수사기록이 적힌 수첩이 있었고……."

"아까 말했잖아, 나한테 수사기법을 배웠다고! 그 수첩은 네가 직접 쓴 거야. 왜 그렇게까지 진짜 형사처럼 흉내 내야 하는지 모르겠지만. 킹 감독님, 내 억양에 그런 낌새가 필요해요?"

"아니야. 오히려 격투를 두 장면 정도 추가했지. 아옌 실력이 아주 좋더라고. 안 쓰면 아깝잖아."

"뭐? 시나리오를 또 고쳤어요? 쉬유이와 린젠성이 격투하는 장면은 아니겠죠? 난 무술 같은 거 못한다고요."

"영화는 오락산업이잖아. 멋진 액션 장면이 있어야 관객들도 좋아하고 제작자도 좋아하고……."

"잠깐만요!"

나는 그들의 대화를 자르고 끼어들었다.

"수첩은 내가 썼다고 치고, 그럼 5만 홍콩달러는 뭐지요? 뇌물이 아닙니까?"

쉬유이는 눈만 끔벅이며 나를 쳐다보다가, 갑자기 뭔가 떠오른 듯 말했다.

"아, 내 계좌번호가 적힌 컵받침 얘기구나."

"바로 그거요! 우리 사이에 뭔가 거래가 있었던 거지요?"

"네가 나한테 5만 6천 888홍콩달러를 빚진 거야."

쉬유이가 느긋하게 대답했다.

"예? 내가 돈을 빌렸습니까?"

"그게 아니고! 얘기하다 보니 큰일이네. 네가 계속 기억을 못 하면 나는 돈을 못 받는 거 아냐!"

쉬유이가 실소했다.

"어젯밤에 리버풀이 맨체스터 유나이티드를 이기고, 풀럼이 볼턴을 이기고, 헐 시티와 뉴캐슬이 미들즈브러와 포츠머스를 이겼지."

나는 아마 이해할 수 없다는 표정을 지었을 것이다.

"영국 프로축구! 프리미어리그 말이야!"

쉬유이가 말을 이었다.

"네 경기 배당률이 4배, 3.5배, 3.3배, 3.1배였다고! 내가 네 경기를 다 맞혔거든! 400홍콩달러 걸어서 5만 홍콩달러를 땄으니 내 안목이 얼마나 정확하냐. 맨체스터 유나이티드가 리버풀한테 지는 것조차 맞혔다고."

"축구 도박 배당금이라고……?"

"어제 술집에서 너랑 같이 축구경기를 보다가 원래는 밖에 나가서 돈을 걸고 올 생각이었는데 네가 전화로 돈을 걸 수 있는 계좌가 있다면서 대신 걸어줬잖아."

쉬유이는 어깨를 으쓱했다.

"경기 끝나고 나서 바로 폰뱅킹으로 배당금을 돌려주려고 했는데 마침 네 휴대폰 배터리가 닳아버려서 말이야. 그래서 내 계좌번호를 적어갔지."

"정말로 뇌물이 아니었습니까?"

나는 여전히 의심을 품고 있었다.

"아이고 하느님, 너도 생각을 해봐라. 누가 겨우 5만 6천 888홍콩달러 같은 금액을 뇌물이랍시고 주겠냐? 세뱃돈 받는 것도 아니고. 내가 5만 홍콩달러만 보내라고, 나머지는 너 용돈 준다 치겠다 그랬는데도 부득불 그럴 수 없다고 우겼잖아. 뭐? 내 돈이 아니면 한 푼도 받을 수 없습니까?"

"부패경찰이 아니었군요."

쉬유이는 미간을 찌푸렸다.

"내가 얼마나 청렴결백한데! 몇 년 동안 규정대로만 행동하고 잘못된 쪽으로는 발도 들여놓지 않았어. 동료들이 배척해도 꾹 참고 살았다고. 선배님 한 분이 돌아가시기 전에 나한테 충고를 해주셨거든. 경찰은 참을 줄 알아야 한다, 너무 나서면 안 된다고 말이야. 그렇잖아도 다음 달에 진급시험 있는데, 떨어질 게 뻔하네."

"왜요?"

"왜긴 왜야, 너 때문이지! 오늘 이 난리가 났는데! 우리가 모르는 사이면 모를까, 네가 내 친구인 이상 당연히 문제가 생기지."

친구…… 이 단어가 내 마음을 떨리게 했다.

"어쩔 수 없지. 운명이려니 해야지."

쉬유이가 쓸쓸하게 웃으며 말했다.

"순경으로 강등되지나 않으면 좋겠다."

"내, 내가 정말로 범인이 아닙니까?"

나는 다시 의심스럽게 물었다.

"아니야. 어차피 진급할 가능성도 없어졌으니 한 가지만 더 말해줄게. 경찰 수사보고서 중에서 공개되지 않은 게 있어. 둥청아파트 옆에 은행이 있는데 거기 자동현금인출기가 있거든. 인출기의 사각지대에 감시카메라가 설치돼 있는데, 은행의 보안을 위해서 이 사실을 공개하지 않았어. 사건이 있던 날 밤 감시카메라 영상을 보면 둥청아파트 쪽 막다른 골목에 들어간 사람도 나온 사람도 린젠성 한 사람이었어. 그러니 벽을 타고 올라가서 범행을 할 수 있는 사람은 지문과 발자국을 남긴 린젠성뿐이지."

나는 놀라서 쉬유이를 쳐다보기만 했다.

"네 추리는 아주 재미있었어. 하지만 현실에 부합되지 않아."

나는 약간 실망했다. 하지만 스스로 형사라고 생각했기 때문에 사건을 수사하고 추리하려 들었던 건지도 모른다. 사실 나는 탐정도 뭐도 아니고, 그저 몸을 써서 돈을 버는 스턴트맨일 뿐이다…….

"그 사진……."

나는 문득 사물함 안에서 발견한 사진이 떠올랐다.

"나는 왜 탐정사무소에 뤼후이메이 모녀와 리징루를 조사해달라고 한 거지요?"

"그건 우리도 모르겠네. 어쩌면 연기를 위해서 사건 관계자에 대해 알고 싶었던 걸까?"

쫭 감독이 말했다.

"가끔 자네가 연기에 너무 몰입한다는 생각이 들 때가 있긴 했어. 며칠 전만 해도 각본가와 다퉜잖아. 극 내용에 허점이 있다, 범인은 린젠성일 리가 없다, 그러면서 말이야. 어쩌면 그때부터 자네 병이 시작됐던 걸지도 몰라. 자기를 쉬유이라고 믿고 옌즈청 혹은 다른 사람이 진범이라고 생각한 거지. 어제도 자네가 한바탕했거든. 마지막 장면을 보충 촬영하는데 린젠성이 범인이 아니라고 계속 주장하면서 '형사의 직감'이니 뭐니 떠들었지. 조용한 성격인 리춘쿤 형님이 못 참고 한마디했을 정도였다니까."

—신입은 입 다물어.

기억 속 몇몇 단락이 생각날 듯했다.

"아마 한참 동안 일을 못 하겠지? 어깨의 총상도 있고……."

쫭 감독이 고개를 저으며 한숨을 쉬었다.

"그래도 불행 중 다행이야."

쉬유이가 끼어들었다.

"운이 좋았어. 총알이 쇄골을 스쳤거든. 폐에 맞았으면 지금쯤 염라대왕을 만나고 있을 거다."

살아서, 정말로 좋은 걸까?

나는 점점 지난 일들을 기억해내기 시작했다. 나의 과거와 상처, 그리고 계획까지.

"내 추리가…… 정말로 전부 틀렸습니까?"

내가 물었다.

"BA10 영역은 지식과 기억을 바탕으로 추론하고 결정하는 대뇌 기능과 관련이 있습니다. 당신은 그 부분의 기능에 손상을 입었으니 자신은 합리적인 추론이라고 생각해도 사실은 착각일 가능성이 크지요."

루 의사가 말했다.

"어쨌든 일단락된 셈이지. 이번 사건은 일종의 해프닝이야. 부상이 제일 심한 사람은 너지만, 너도 누굴 원망할 수는 없겠구나."

쉬유이가 말했다.

"다른 사람도 부상을 당했나요?"

내가 의아해하며 물었다.

"루친이 기자가 도망치다가 좀 다쳤어. 네가 살인자고 뤼후이메이를 죽일 거라고 생각했을 때 말이야. 넘어져서 발을 삐었지. 그러면서 머리도 부딪혔고. 지금 이 병원에 있어. 하룻밤 입원해서 지켜보기로 했거든. 정융안도 놀라서 기절했는데, 의사가 하루 정도는 병원에 있는 게 좋겠다고 해서 내일 퇴원하기로 했고. 뤼후이메이 씨가 곁에 있어. 병실은 506, 507호야. 다들 어떻게 된 일인지 알고 있으니 걱정 마."

쉬유이가 엄지손가락으로 뒤쪽을 가리키며 말했다.

"그 루친이라는 기자 대단하던데. 팩스로 네 사진을 받고 나서 네가 바로 옆에 있는데도 편집장에게 SOS 신호를 보냈잖아. 널 화장실에 가두고 뤼후이메이 모녀를 데리고 도망치기도 했고. 차가 또 말썽이라 산비탈 쪽으로 달아났는데 네가 쫓아오자 일부러 시간도 끌었고. 편집장이 자기가 보낸 SOS 신호를 알아듣고 경찰에 신고했기만을 바라고 있었다고 하더라. 안 되면 산비탈 아래로 뛰어내리는 게 좋지 않을까 생각도 했대. 너의 추격을 피하기 위해서 말이지. 뛰어내리지 않아서 얼마나 다행인지."

"나도 소품 담당에게 확실히 얘기를 해둬야겠어. 앞으로는 경찰 신분증이나 권총을 진짜와 똑같이 만들지 말라고 말이야. 진짜 경찰조차 소품 신분증에 속아 넘어갈 줄은 몰랐어."

쫭 감독이 혼잣말처럼 말했다.

"그긴 우리 경찰서 신입이 밍청한 거고요! 이미 그 너석 상사에게 다 일러뒀어요. 시말서 정도는 써야 할걸요."

쉬유이가 웃으며 말을 받았다.

"아옌, 걱정 말게. 내가 영화사에서 보험금을 꼭 받아낼 테니까. 이것도 업무 중 상해에 속하는 거거든."

쫭 감독이 말했다.

나는 고개를 끄덕이면서 웃는 얼굴을 만들어 보였다.

이제 사회에 적응하기 위해 썼던 가면이 기억난다. 그리고 가면 아래의 진짜 나도.

하지만 이번에 보여준 웃는 얼굴은 약간 부자연스러웠을 것 같다. 어딘지 모르게 가면이 부서졌다는 느낌을 받았다. 나는 예전처럼 쉽게 위장을 할 수 없었다.

나는 마음속에서 무언가가 꿈틀거리는 기분을 느꼈다.

좌절감, 무력감. 우울한 감각이 천천히 차오른다.

나는 뤼슈란이 죽은 모습을 떠올렸다.

그 꿈은 그저 상상이었겠지. 내가 그 현장과 시체를 직접 봤을 리가 없으니까……

"쉬 경장님, 6년 전에 정씨 부부의 시체를 봤을 때 어떤 느낌이었습니까?"

내가 물었다.

"무슨 느낌이긴, 속이 메스꺼웠지. 나는 검시 과정도 다 봐야 했어. 검시의가 죽은 사람의 특징을 상세히 기록하고 자료와 대조하는 것을 옆에서 세 시간이나 지켜봤다고. 으, 악몽이었지."

쉬유이는 미간을 찌푸리며 말을 이었다.

"범인은 정말 잔인했어. 임신부의 배를 난자하다니. 그때 나는 형사과에서도 가장 먼저 현장을 봤는데, 뤼슈란은 침실 한가운데 쓰러져 있었고 아기를 지키려는 것처럼 배를 감싼 상태였어. 정위안다는 거실 중앙에서 죽었고. 시체 두 구에서 흘러나온 피가 바닥에……"

"정위안다가 거실에서 죽었다고요? 아내를 지키려고 하다가 침실에서 죽은 게 아닙니까?"

"아, 그건 영화 시나리오야."

쾅 감독이 말했다.

"각본가의 생각이었지. 그래야 관객들에게 범인의 잔인성이 더 잘 전달되고 이야기가 쫄깃해진다고."

정위안다가 아내 옆에 없었다?

익숙한 위화감이 다시 피어오른다.

"시체를 범인이 옮긴 건 아닐까요?"

내가 물었다.

"감식반 말로는 아니라던데. 하지만 솔직히 말해서 그날 사건 현장에서 증거 수집이 좀 불충분하기는 했어."

쉬유이가 대답했다.

"불충분했다고요?"

"피해자가 임신부였으니까."

쉬유이기 생각에 잠긴 듯한 표정을 지었다.

"어머니 쪽에 생명반응이 없어도 얼른 병원으로 옮겨야 해. 모체 가 사망한 후에도 태아가 생존하는 사례가 없지 않으니까. 이 사 건에서는 그런 기적이 일어나지 않았지만."

증거 수집이 불충분했다? 바꿔 말하면 결정적인 증거인 피 묻은 손자국을 발견했으니 현장을 세세히 뒤지면서 증거를 수집하지 않았다는 뜻이다.

"아직도 그 사건을 생각하는 거냐? 머리 비우고 요양이나 해. 6 년 전에 이미 끝난 일이야. 내일은 경찰에서 네 진술을 받으러 올 거다. 오늘 밤 푹 자둬."

쉬유이를 비롯해 네 사람이 모두 병실을 나갔다.

나는 천장을 노려보면서 오늘 있었던 일을 되새김질했다. 차에서 깨어난 일, 아친과 만난 일, 뤼후이메이의 집을 방문한 일, 린젠성보다 먼저 정씨 부부의 집에 침입한 사람이 있었을 거라는 잘못된 추리, 리징루를 만난 일, 린젠성의 수첩, 청룽도장에서 나 자신에 대한 단서를 찾던 일, 영화사에서 뤼후이메이의 사진을 발견한 일, 아친이 나를 범인이라고 생각했던 것과 산비탈에서의 총소리…….

오늘 일을 되짚어 보자 지난 일들도 점점 떠오르기 시작했다.

나는 옌즈청이고, 고독한 가짜다. 걸어다니는 송장처럼 쓸모없는 존재다.

6년 전의 3월 30일에 있었던 일도 생각났다.

―아옌! 나야! 내 말 좀 들어봐! 내가 죽인 게 아니야! 정말이야!

―내가 죽인 게 아니야! 다음 날 그놈이 출근할 때까지 기다렸다가 몇 대 때려주려고 했을 뿐이야! 관리인한테 쫓겨나는 바람에 골목에서 그놈 집을 감시하고 있었다고!

―수도관을 타고 올라가긴 했는데 사람을 죽이진 않았어! 아옌! 내 말 믿어줘! 이상한 비명소리 같은 게 들려서, 그래서 올라가본 거야! 방 안에 온통 피가……!

―내가 죽인 게 아니야! 하늘에 맹세해! 아옌, 나 좀 도와줘, 감옥을 몇 번이나 드나들었으니 짭새들은 나한테 죄를 뒤집어씌울 거야! 짭새들은 다 나쁜 놈들이야…….

— 네 집에 숨어 있어도 되겠어? 고맙다! 그래, 지금 그리로 갈게…….

나는 그날 린젠성을 만나지 못했다. 그는 우리 집으로 오다가 경찰을 만났다. 그런 다음…….

그는 내 눈앞에서 죽었다.

아버지가 그랬던 것처럼.

1994년 12월 30일

"아빠, 아까 정말 멋있었어요!"

"누가 아빠인지 알아보겠어?"

"밧줄 잡고 유리창 깨고 들어가서 그 특수경찰한테 총을 쏜 게 아빠죠!"

"얼굴을 가리고 있었는데도 알아봤네, 기특한 녀석!"

"두 사람은 아버지와 아들 사이라 마음이 통하나 봐요."

열두 살의 옌즈칭은 영화관을 나와 아버지, '이모'와 함께 희희낙락 걷고 있었다. 옌즈칭과 아버지, 그리고 이모는 같이 영화를 보고 나오는 길이었다. 옌즈칭의 아버지는 수입이 많지 않은 데다 일하는 시간도 유동적이어서 두 부자는 같이 시간을 보낼 기회가 많지 않았다. 옌즈칭의 어머니는 그가 네 살 때 병으로 돌아가셨고,

그 뒤로는 아버지가 어머니 역할까지 해야 했다. 옌즈청은 어려서부터 독립적으로 생활하는 데 익숙했다. 그는 아버지가 일 때문에 바쁘다는 것과 일하다 보면 집안일에 신경 쓰기가 힘들다는 걸 잘 이해했다. 그래서 아버지의 부담을 덜어드리려고 어른스러워졌다.

옌즈청에게 아버지는 위대한 사람이었다. 아버지는 정식으로 연기할 기회가 거의 없는 대역배우일 뿐이지만 학교 친구들에게 늘 아버지를 자랑했다. 텔레비전이나 영화에서 아버지가 나오면 친구들에게 "주인공이 무서워서 못 하는 위험한 액션을 우리 아버지가 해주는 거야" 하며 으쓱거렸다. 옌즈청은 아버지의 직업이 대단하다고 생각했다. 과학자나 우주비행사, 모험가보다 훨씬 대단하다고 말이다.

"우리 밥 먹으러 갈 거예요?"

옌즈청이 물었다.

"이모가 샤브샤브 재료를 준비해뒀단다. 집에 가서 타변로打邊炉, 광둥식 샤브샤브를 해먹자."

"우아!"

이모는 아버지의 여자친구다. 사귄 지 2년이 넘었다. 옌즈청은 두 사람의 관계가 어떤지 잘 알고 있었다. 어머니도 돌아가신 지 오래되었으니 아버지가 재혼한다고 해서 반대할 생각은 전혀 없었다. 게다가 이모는 무척 온화하고 좋은 사람이었다. 옌즈청은 이모와 한 가족이 되는 게 나쁘지 않다고 생각했다.

"이모, 아빠한테 언제 시집와요?"

기억나지 않음, 형사

인파로 가득한 거리에서 옌즈청이 갑자기 물었다.

아버지와 이모는 옌즈청이 이렇게 물어볼 줄은 생각도 못 했는지 당황하며 서로 얼굴만 쳐다봤다. 그러다가 웃으면서 말했다.

"즈청, 원래는 밥 먹으면서 말하려고 했는데 말이다."

아버지가 옌즈청의 어깨를 두드리면서 말했다.

"내년 2월에 결혼하기로 결정했단다."

"예?"

옌즈청은 장난을 치려고 한 말이 진짜가 되자 좀 놀랐다. 하지만 금세 미소를 지었다.

"좋아요, 두 분 다 나를 속였단 말이죠? 준비할 게 얼마나 많은데……."

"허, 이 녀석이 또 어른 흉내를 내네. 네가 준비할 게 뭐 있어!"

아버지는 만면에 웃음을 띤 채 한마디했다.

"결혼하려면 할 일이 얼마나 많은 줄 알아요? 청첩장도 준비해야 하고 결혼식장도……."

"그건 내가 하면 돼."

이모가 옌즈청에게 말했다.

"안 돼요! 이모는 신부잖아요. 신부는 신부답게 얌전히 있어야죠."

옌즈청의 말에 아버지와 이모는 재미있다는 듯 크게 웃었다. 옌즈청의 아버지는 하늘이 자기에게 이렇게 철든 아들을 주셔서 고맙다고 생각했다. 아내가 일찍 떠났지만, 아이는 건강하게 잘 자라주었다.

"사실, 즈청, 한 가지 더 말할 게 있단다."

이모가 갑자기 말을 꺼냈다.

"아핑阿萍, 벌써 말하려고?"

"즈청은 이해해줄 거예요."

이모가 고개를 돌려 옌즈청을 바라봤다.

"즈청, 이제 곧 동생이 생길 거야."

옌즈청은 깜짝 놀랐다. 아버지와 이모에게 아기가 생겼다니! 하지만 곧 마음이 편해졌다. 아버지도 이모도 적은 나이가 아니니 아이를 낳을 거라면 일찍 낳는 게 좋다.

"축, 축하드립니다."

옌즈청이 어른 말투를 흉내 내며 말했다.

"그러면 이모는 결혼 같은 사소한 일에는 신경 쓸 필요 없어요. 배가 불러올 텐데. 역시 제가 나서야겠네요."

"2월이면 겨우 4개월째야, 배가 부르려면 멀었어."

이모는 부끄러운 듯 얼굴을 붉혔다.

"저거 봐요!"

옌즈청이 앞에 보이는 가게의 쇼윈도를 가리켰다. 그리고 그쪽으로 달려가며 말했다.

"우리 이렇게 생긴 아기 침대도 사요! 그리고……."

그 순간, 옌즈청은 자기와 몇 발자국 떨어지지 않은 뒤쪽에서 아버지와 이모가 커다란 화물차에 치일 거라고는 꿈에도 생각하지 못했다.

기억나지 않음, 형사

제동이 걸린 차바퀴가 도로와 마찰을 일으키는 소리도 나지 않았다. 화물차는 갑작스럽게 인도를 침범했다. 아무런 전조도 없이 길 가던 사람들을 들이받았다. 화물차의 머리가 간식거리를 파는 작은 가게 안으로 반쯤 틀어박혔다. 화로와 석유 탱크가 화물차의 잔해 속에 뒤엉켜 있었다. 부러진 파이프에서 새파란 불꽃이 피어올랐다.

"즈……청……."

옌즈청은 멍하니 서 있다가 아버지의 상반신이 차 바퀴와 식당의 계산대 사이에 끼여 있는 것을 봤다. 정신을 차린 옌즈청은 아버지를 구해야 한다고 생각했다.

"아빠! 이모!"

옌즈청이 달려가려 했다. 그러나 뒤에서 뻗어나온 손이 그를 단단히 붙들었다.

"가면 안 돼!"

거친 남자 목소리가 뒤에서 들려왔다.

"놔요! 아빠를 구해야 해요!"

옌즈청은 히스테릭하게 소리를 질렀다.

"석유 탱크가 폭발할 거야! 가면 죽는다!"

"아빠!"

옌즈청은 그 남자의 손에서 벗어나려고 몸부림쳤다. 하지만 열두 살짜리 아이에게 그런 힘이 있을 리 없었다.

"즈……청……."

그 순간 석유 탱크가 폭발했고, 화물차는 거대한 화염 덩어리가 됐다.

아버지는 옌즈청의 눈앞에서 그렇게 불타버렸다.

이것은 특수효과도 아니고, 영화도 아니었다. 아무리 위험한 장면이라도 멋지게 해냈던 아버지지만 화염을 이겨내지는 못했다.

옌즈청은 거의 울지도 못했다. 그는 눈앞에 벌어진 상황에 겁을 먹었다.

아버지가 죽었고, 이모가 죽었고, 이모 배 속의 아기도 죽었다.

바로 앞에 다가왔던, 손만 뻗으면 잡힐 것 같았던 행복도 함께 사라졌다.

돌봐줄 친척이 전혀 없었던 옌즈청은 어린이 수용시설에 들어갔다. 아버지가 죽은 후 그는 한 번도 웃지 않았다.

전혀 울지도 않았다.

마치 감정을 빼앗긴 사람처럼 옌즈청은 빈 껍데기만 남았다.

열세 살도 채 되지 않은 어린아이에게 이런 사고는 정말 잔인한 일이다. 게다가 사회적인 지원이 부족해서 옌즈청은 정신적인 치료도 충분히 받지 못했다.

물론 그는 자신이 치료받아야 한다는 것도 몰랐다.

그날은 영화를 보러 가자고 그가 먼저 말을 꺼냈다. 옌즈청은 자기가 영화를 보러 가자고 하지 않았다면 아버지와 이모가 그 사고 현장을 지나갈 일이 없었을 거라고 생각했다.

그들을 죽인 건 화물차 운전기사가 아니라 바로 자기라고 생각했다.

내가 책임져야 해.

"옌즈청, 손님 오셨어."

어느 날 어린이 수용시설의 직원이 옌즈청의 방에 와서 말했다.

이 시설에 들어온 이후 보상금와 유산을 처리하기 위해 변호사가 찾아온 것을 제외하고는 아무도 그를 찾아온 사람이 없었다. 손님이 누군지 의아하게 생각하며 응접실로 내려갔을 때, 의자에 앉아 있던 사람은 바로 그 남자였다.

자기를 붙잡고 아버지를 구하지 못하게 했던 남자.

"안녕! 경찰한테서 네가 여기로 왔다는 걸 들었어. 그래서 보러 왔지."

"그때 날 왜 붙잡은 거예요?"

인사도 없이 옌즈청은 다짜고짜 이렇게 물었다.

"그러지 않으면 네가 죽으니까."

"왜 죽지 못하게 한 거예요?"

"왜라니? 조그만 녀석이 이상한 질문을 하네? 당연히 죽으면 안 되는 거지, 사람은 살아야 해!"

그 남자가 목소리를 높였다. 응접실에 있던 다른 사람들이 남자를 힐끗거렸다.

"그럼 지금 살아 있으니까 됐죠?"

옌즈청은 일어서서 가려고 했다.

"꼬마야! 이 형님은 네가 걱정돼서 온 건데 그런 태도를 보여서 되겠어?"

남자가 화를 냈다.

"네 아빠가 이런 꼴을 보시면 저세상에서도 눈을 못 감으실 거다!"

"아빠 얘기 하지 마!"

옌즈청이 고함쳤다.

두 사람은 그렇게 헤어졌다. 놀랍게도 남자는 한 달 뒤에 다시 찾아왔다.

"꼬마야, 아직 잘 살아 있네."

"볼일 끝났죠? 가세요."

남자는 매달 꼬박꼬박 옌즈청을 만나러 왔다. 옌즈청은 학교에서 전혀 말을 하지 않았고, 친구도 없었다. 시설에는 당연히 친구가 없었다. 그 거친 남자는 옌즈청이 유일하게 감정을 드러내는 대상이 됐다.

유일하게 소통하는 대상이기도 했다.

"매달 여기 와서 뭐 하려는 건데요? 심심해요?"

언젠가 옌즈청이 물었다.

"형님께서는 있는 게 시간이다, 임마. 널 보러 오는 데 허락이라도 받아야 되냐?"

옌즈청은 인정할 생각이 없었지만, 이 남자는 그가 외롭지 않다고 느끼게 했다.

칠흑 같은 어둠 속에서 만난 보잘것없고 희미한 촛불 같았다.

기억나지 않음, 형사

비록 보잘것없지만 촛불이 있어서 세계가 더 이상 새까맣지 않았다.

엔즈청은 점차 그 남자에게서 아버지의 그림자를 찾기 시작했다. 두 사람은 외모와 성격이 완전히 다른데도 말이다.

제대로 된 직업도 없고 말도 투박하고 거칠었지만, 이 남자는 포기하지 않고 자기 방식대로 엔즈청에게 관심을 보여줬다.

그 남자의 이름은 린젠성이었다.

7장

나는 린젠성이 살인하지 않았다고 믿는다.

별명이 '귀신'이있고 충동적이고 서칠고 막무가내었지만, 살인은 하지 않았다고 믿는다.

내가 죽는 것을 말렸던 남자가 잔혹하게 임신부를 살해하는 악마로 변한다는 것은 불가능하다.

젠성 형이 용의자로 수배된 것을 알았을 때 나는 죄책감을 느꼈다. 그는 나를 만나고 싶어 했다. 어쩌면 아내의 불륜에 대해 의논하려던 것일지도 모른다. 그와 술을 몇 잔 같이 마셔줬다면 정 씨 부부의 집에 그렇게 찾아가지도 않았을 테고, 수배범이 되지도 않았을 것이다.

그날 나는 내 일 때문에 말 한마디로 그를 냉정하게 거절해버렸다.

나는 그를 배신했다. 그에게 내가 가장 필요한 순간에 그를 배신했다.

내가 가장 죄책감을 느끼는 것은 3월 30일에 일어난 일이다.

골목에서 젠성 형을 계속 기다렸는데 나타나지 않았다. 길 저쪽이 소란스럽기에 사고 현장으로 달려갔다가 나는 이상한 모양으로 일그러진 차를 봤다. 그리고 차체에서 막 꺼내져 이송 중인 젠성 형을 봤다. 그는 피와 살점으로 범벅이 되어 알아보기도 힘들 지경이었다.

마치 그날의 아버지가 차바퀴에 깔린 것 같은 모습이었다.

나는 시끌시끌한 사람들 사이에서 알 수 없는 공포를 느꼈다. 맞은편 인도에는 사람들이 차를 피하며 떨어뜨린 물건들이 널려 있었다. 야채 바구니, 책가방, 핸드백, 서류가방……. 그리고 여기저기 불규칙한 모양의 핏자국들이 있었다.

그들의 죽음—젠성 형의 죽음도 포함하여—은 나의 잘못된 결정 때문이었다. 만약 내가 젠성 형을 우리 집에 숨겨주겠다고 하지 않았다면 이 사고는 일어나지 않았을 것이다.

지금까지도 나는 린젠성이 사람을 죽이지 않았다고 믿는다.

이 사회의 모든 사람이 그를 두 손이 피로 물든 살인마에 아무렇지 않게 사람을 죽이는 괴물이라고 여길지라도 나는 여전히 그가 살인하지 않았다고 굳게 믿는다.

"감옥을 몇 번이나 드나들었으니 짭새들은 나한테 죄를 뒤집어

씌울 거야!"

젠성 형은 죽기 전 통화할 때 이렇게 말했다.

젠성 형이 죽은 뒤 나는 줄곧 경찰에 연락하려고 했다. 그들에게 린젠성은 범인이 아니라고 말하려 했다. 하지만 그들이 나를 믿지 않을 것도 잘 알았다. 나는 그저 평범한 시민이고, 게다가 린젠성과 아는 사이니까.

그렇게 어찌할 바를 모를 때, 길에서 휴가 중인 경찰을 만났다.

"젠장, 이 자식아, 눈 똑바로 뜨고 다녀!" "내 말 안 들려? 어딜 꼬나봐!" "거기 안 서? 유치장에서 며칠 지내봐야 정신을 차리지!" "경찰이다! 널 당장 잡아가서 행동이 의심스럽다고 하면 그만이야!"

과연 경찰은 다 나쁜 놈이다. 정신을 차렸을 땐 내가 그놈 몸에 올라타서 얼굴이 피투성이가 되도록 두들겨 팬 뒤였다.

그때부디 젠성 형의 누명을 벗기는 일을 내 힘으로 해내아 한다고 생각했다.

경찰이 조사를 하지 않는다면 내가 해야 한다.

나는 혼자 진실을 찾아야 한다. 이 더러운 사회의 거짓을 밝히고 젠성 형을 멸시했던 놈들이 고개를 숙이며 자신들의 잘못을 인정하게 만들 것이다. 이것이 내가 몇 년이나 준비해온 계획이었다.

쉬유이와 친구가 되고, 정보를 수집하고, 사설탐정을 고용해 사건 관련자들을 조사하는 것 모두가 계획의 첫 단계였다.

두 번째 단계는 직접 조사하는 것이다. 경찰을 사칭해서라도 진실을 밝혀낼 테다.

나는 정위안다에게 원한을 품은 다른 사람이 있을 거라고 믿었다. 진범이 공교롭게도 젠성 형이 그 집에서 소란을 피운 날 살인을 한 바람에 형이 누명을 쓴 것이다. 뤼후이메이와 가까워질 수 있다면, 그래서 매부의 교우관계에 대해 물어본다면 진범의 윤곽이 드러날지 모른다.

둥청아파트 사건을 영화로 찍게 된 것은 나에게 큰 도움이 되었다. 나는 정정당당히 쉬유이에게 경찰의 사건 수사 방식을 배웠고, 소품으로 만든 신분증을 사용해서 경찰인 척 조사할 수 있게 됐다. 만일 들키더라도 영화 때문이었다고 하면 그만이었다.

그러나 계획의 두 번째 단계를 시작하기 직전에 기억상실이라는 예상치 못한 상황을 맞닥뜨렸다.

방금 병실에 왔던 사람들은 내가 머릿속으로 수백 번 쉬유이 경장을 사칭하는 연습을 했다는 걸 모른다. 내가 스스로 쉬유이라고 믿어버린 또 다른 원인이다. 아마 이것이 가장 결정적이었을 것이다.

하지만 지금은 어쨌든 다 상관없다. 나는 지금까지 젠성 형이 그 집에 들어가기 전 진범이 먼저 침입하여 부부를 죽였고, 젠성 형은 그저 희생양이 됐다고 생각했다. 영화 〈도망자〉*처럼 말이다. 하지만 쉬유이가 한 말에 따르면 은행 감시카메라는 젠성 형이 창문

---

* *The Fugitive*, 1960년대 미국 드라마로 1993년 영화화됐다. 의사인 주인공이 집에 돌아가 보니 아내가 죽어 있고, 자신은 범인으로 몰린다. 주인공은 경찰의 눈을 피해 진범을 추적하는 한편 의사로서 사람들을 구하며 동분서주한다.

을 통해 그 집에 들어간 유일한 사람이라는 것을 증명한다.

그렇다면 범인이 누구인 것일까?

시체의 상태를 보면 범인은 분명 커다란 원한을 품고 있다. 그래서 젠성 형이 혐의를 받게 된 것이다. 젠성 형보다 정위안다 부부를 미워할 사람이 누구일까?

혹시 정위안다의 또 다른 애인은 아닐까? 리징루는 정위안다에게 여자가 여럿 있었다고 했다. 하지만 애인이 사귀는 남자의 아내를 죽이는 건 말이 되지만 그 남자마저 죽이는 건 이상하다.

잠깐, 쉬 경장의 말에는 허점이 있다.

은행 감시카메라가 증명할 수 있는 것은 젠성 형이 그 골목에 들어간 유일한 사람이라는 것이다. 만약 범인이 옥상에서 밧줄로……

설마 둥청아파트 주민일까?

아니, 경찰은 아파트 주민들을 전부 조사했을 것이다. 누군가 정위안다 부부와 관련이 있었다면 그렇게 쉽게 린젠성에게 모든 혐의를 씌우지는 못했을 것이다.

젠성 형만 합리적인 살인 동기가 있다.

머리가 아프다.

이마를 문질렀더니 상처에서 날카로운 통증이 느껴졌다. 마취제 약효가 점점 사라지는 듯하다.

지금 시각은 새벽 1시 30분이다. 창밖에서 흐릿한 불빛이 비쳐들어온다. 잠이 오지 않는다. 침대에 누워서 계속 사건에 대해 생각할 뿐이다.

─BA10 영역은 지식과 기억을 바탕으로 추론하고 결정하는 대뇌 기능과 관련이 있습니다. 당신은 그 부분의 기능에 손상을 입었으니 자신은 합리적인 추론이라고 생각해도 사실은 착각일 가능성이 크지요.

루 의사의 말이 떠올랐다. 내가 합리적이라고 느끼는 생각이 전혀 논리적이지 않을 수 있다. 나는 정신적으로 엉망이 됐을 뿐 아니라 이성도 점점 잃어가는 것 같다.

죽일 놈의 외상 후 스트레스 장애, 죽일 놈의 경막하혈종, 죽일 놈의 해리.

문득 아친이 떠올랐다.

식당에서 정신적 외상을 입었던 일을 물어보던 모습, 산비탈에서 소리 지르며 울던 모습, 다급하게 경찰서로 뛰어 들어오던 모습, 뤼후이메이와 데이비드 보위에 대해 이야기하던 모습…….

그때…….

나는 벌떡 일어났다.

─세계를 팔아넘긴 사나이!

아친이 식당에서 나에게 했던 말이 떠올랐다.

동기……. 그래, 동기다. 모두가 소홀히 넘겨버린 동기.

─제가 슈란이었더라도 남편이 밖에서 불륜을 저질렀다면 그 여자 배가 불러올지도 모르는데 난리를 피우지 않을 수 없었을 거예요.

나는 이마에 감긴 붕대를 쓰다듬었다. 새로운 생각이 떠올랐다. 하지만 이 생각은 말이 안 된다. 그야말로 미친놈이나 떠올릴 법한 생각이다.

하지만 나는 이것이 합리적인 결론이라고 생각한다.

착각일까?

— 그놈이 우리 입을 막아버리기 전에 해야겠지요. 죽으면 말을 못 할 테니 말입니다.

갑자기 내가 뤼후이메이 집에서 했던 말이 생각났다. 차가운 기운이 등을 타고 흘렀다. 외상 후 스트레스 증상의 발작이 시작될 때처럼 불안과 혼란에 덜덜 떨었다.

그러나 이것은 발작이 아니다. 나는 공포를 느꼈다. 다시 또 돌이킬 수 없는 잘못을 저지를까 봐 두려웠다. 나는 팔에 꽂힌 주삿바늘을 뽑고 병실을 뛰쳐나갔다.

"잠깐만요! 지금 움직이면 안 돼요!"

복도 끝에 도착했을 때 계단 바로 앞에 위치한 간호사실에서 동그란 안경을 쓴 간호사를 만났다.

"가, 간호사님, 5층 환자가 생명이 위험합니다……."

더듬더듬 말했다.

"옌 선생님, 막 뇌수술을 하셔서 생각이 혼란스러운 거예요. 잠이 오지 않으시면 진정제 처방을 받아올게요."

간호사가 말했다.

"아, 아뇨!"

나는 소리를 질렀다.

"내 말 좀 들어보세요. 지금 가지 않으면 늦을지도……."

"무슨 일입니까?"

간호사실 안쪽 방에서 건장한 남자 간호사가 나왔다. 우호적인 표정이 아니었다.

역시나 나는 병실로 돌려보내졌다. 그들은 내가 환각을 본다고 생각하는 듯했다. 한밤중에 생명의 위협이 어쩌고저쩌고 떠들어대면 그야말로 미친놈처럼 보이겠지. 힘으로 남자 간호사를 제압하더라도 다른 간호사가 사람을 더 부르면 나는 진정제를 맞고 침대에 멍청히 누워 있게 될 것이다.

경찰에게 상황을 설명하더라도 그들 역시 내 머리가 아직 정상으로 돌아오지 않았다고 보고 아무 조치도 취하지 않을 것이다.

경찰은 믿을 수 없다. 나 자신만 믿어야 한다.

간호사실은 엘리베이터와 계단을 마주 보고 있다. 누구도 당직 간호사 몰래 지나갈 수 없다. 5층 역시 같은 구조로 되어 있을 것이다. 내가 지금 6층에 있으니 한 층 차이일 뿐인데도 갈 수가 없다.

나는 오른손에 힘을 줄 수 없고 다리도 힘이 풀린 상태다. 그래서 이 방법만큼은 쓰고 싶지 않았다. 내가 생각해도 정말 미친 것 같다.

나는 병실의 창문을 열고 바깥으로 나갔다.

"춥다."

얇은 환자복만 입고 있어서 3월의 밤공기가 차갑기 그지없다. 이렇게 계속 바람을 쐬면 폐렴에 걸릴지도 모른다. 사실 크게 걱정하지는 않았다. 폐렴에 걸릴 가능성보다 재채기를 하다가 실족해 추락사할 가능성이 더 크기 때문이다.

바로 아래층으로 기어 내려가는 바보짓은 하지 않았다. 나는 지금 체력이 부족해서 건물 한 층일 뿐이라도 내려가기가 쉽지 않다. 우선 창문을 넘어 바깥쪽 튀어나온 창턱에 섰다. 천천히 왼쪽으로 움직였다. 창문 바깥 턱은 몹시 좁아서 겨우 병실 세 개를 지나가는 데도 쉽지가 않았다. 목표지점까지는 아직 10미터가 남아 있다. 나는 벽에 딱 붙어 중심을 잃지 않으려 애쓰면서 1센티미터씩 조심조심 나아갔다.

손가락이 창문에 닿았을 때 힘껏 몸을 날려서 창틀 안으로 뛰어들었다. 여기는 계단 창문이다.

나는 계단을 이용해 아래층으로 내려갔다. 5층 복도로 들어가기 전에 우선 문에 달린 유리창으로 안쪽 상황을 살폈다. 역시 6층과 마찬가지로 간호사실이 있다. 구조가 6층과 달랐더라면 간호사를 마주치지 않고 지나갈 수 있었을 텐데, 아무래도 오늘치 행운은 다 써버린 것 같다.

나는 다시 한 번 창문을 넘어서 창밖의 좁은 턱을 따라 움직이기 시작했다. 눈앞에 90도로 구부러지는 지점이 보인다. 살짝 움직여보니 오른손의 감각이 조금 돌아온 것 같다. 대신 오른쪽 쇄골이 점점 더 아파온다.

나는 이를 악물고 턱과 턱 사이 빈 곳을 넘어 외벽의 돌출부를 붙잡았다. 두 발은 폭이 40센티미터도 안 되는 창턱을 겨우 딛고 있다.

창을 통해 병실을 훔쳐봤다. 천장에 있는 전등은 꺼져 있다. 나는 벽 모퉁이에 달린 조명등 빛에 의지해서 병실을 살펴야 했다.

은색 빛줄기가 내 시선을 붙잡았다.

뤼후이메이다.

그녀는 병실 구석에 있는 보관함을 열고 의료용품을 뒤지고 있었다. 샤오안은 편안히 잠들어 있다. 보아하니 다친 곳은 없고 그저 좀 놀란 것 같다.

창문 바깥 사각지대에 숨어 있어서 뤼후이메이는 나를 보지 못했을 것이다. 여기가 뤼후이메이 모녀의 병실이니 옆방이 아친의 병실일 것이다.

뤼후이메이를 본 순간 다음에 어떻게 해야 할지를 알았다.

나는 뤼후이메이가 눈치채지 못한 틈을 타서 다시 창턱을 따라 이동했다. 제발 창문이 열려 있기를. 손가락 끝에 창틀이 닿고 창문이 열려 있다는 것을 알았을 때, 긴장했던 숨을 한 번에 내쉬다가 5층에서 떨어질 뻔했다. 나는 조용히 어둑어둑한 병실에 들어갔다. 침대 위에서 아친이 깊이 잠들어 있는 것을 확인한 다음 머리맡의 작은 전등을 껐다. 병실이 새까만 어둠으로 덮였다. 창밖의 조명등 불빛이 흐릿하게 스며들 뿐이다. 나는 침대 커튼을 쳐서 병실 출입문 쪽을 가려놓았다. 병실에 들어오는 사람이 침대를 보지 못하도록 한 것이다. 그런 다음 침대 옆으로 다가가서 왼손으로 누워 있는 사람의 입을 막았다.

"윽! 우욱!"

아친이 깜짝 놀라 깨어났다. 공포와 당황의 빛이 얼굴에 떠올랐다. 그녀는 팔다리를 버둥거렸다. 하지만 내가 아무리 힘이 빠졌다고 해도 그녀를 제압하는 것 정도야 어렵지 않다.

나는 오른팔로 그녀의 팔과 몸통을 감고, 왼손은 여전히 풀지 않은 상태로 그녀를 침대에 눌렀다. 아친은 발버둥을 치며 마구 걷어찼다. 나는 내 오른쪽 다리를 그녀의 다리 위에 올려서 꽉 눌렀다. 거의 온몸으로 그녀를 덮어 누르는 모양새였다. 억눌린 비명이 훌쩍이는 소리로 바뀌고 눈물이 쉴 없이 흘러내렸다.

"소리 내지 마요."

내가 위협적인 어조로 명령했다.

"우……."

아친은 힘없이 끄덕였다.

끽 하는 소리가 병실 문 쪽에서 들렸다. 침대 커튼이 시야를 가리고 있어서 문이 얼마나 열렸는지는 알 수 없다. 조그만 발소리가 들렸다. 누군가 들어온 것이다.

아친이 다시 저항하기 시작했다. 병실에 들어온 누군가가 들을까 봐 나는 더 힘껏 아친의 입을 막았다. 내 뺨이 아친의 뺨에 닿을 정도였다. 이런 모습을 누군가에게 들키면 아무리 잘한 일이 있어도 좋은 소리를 못 들을 것이다.

커튼이 천천히 열리고 시커먼 그림자가 나타났다.

"어?"

그림자가 희미하게 놀란 듯한 소리를 냈다. 어둠 속에서도 침대 위의 상황이 이상하다는 것을 눈치챈 모양이다. 나는 아친을 놓아주고 손을 뻗어 침대 위의 큰 전등을 켰다.

뤼후이메이가 의료용 고무장갑을 끼고 칼을 든 채 멍하니 우리 앞에 서 있었다. 옅은 파란색 비닐로 된 보호복까지 입고 있다.

"당신……"

내가 입을 연 순간, 뤼후이메이가 칼을 찔러왔다. 도망칠 곳이 없다. 간발의 차로 나의 왼손이 그녀의 손목을 잡았다. 잡은 손목을 오른쪽으로 밀어서 그녀의 어깨 쪽으로 붙였다. 그런 다음 팔꿈치를 몸으로 압박하면서 손목을 꺾었다. 손아귀에서 힘이 풀려 칼이 바닥에 떨어졌다. 나는 칼을 멀리 걷어찼다.

정말 위험한 상황이었다. 몇 년 전에 배운 칼 뺏는 방법이 유용하게 쓰였다.

"무슨 일이에요?"

아친이 헐떡이며 물었다. 심하게 놀라 정신을 차리지 못하는 듯했다.

"소개하지요. 이 사람이 둥청아파트 사건의 진범입니다. 당신을 죽여 입을 막으려고 여기 온 거고요."

내가 아친에게 말했다.

"뤼후이메이 여사님이? 나를 죽이려 했다고요? 어째서요? 게다가 자기 여동생과 매부를 죽일 이유가 없잖아요?"

아친이 의아한 듯 물었다.

"뤼후이메이는 동생과 매부를 죽이지 않았습니다."

나는 진범을 똑바로 쳐다보며 말했다.

"방금은 죽였다고……."

"이 사람은 언니인 뤼후이메이가 아니라 동생인 뤼슈란입니다."

"뤼슈란? 뤼슈란은 죽었는데……."

"그러니까 죽은 임신부는 뤼슈란이 아니라 뤼후이메이였던 거지요."

뤼후이메이는 얼굴빛이 시커멓게 죽어서 한 마디도 하지 않고 침대 옆에 서 있다. 살인 계획은 실패하고, 피해자와 증인에게 현장에서 붙잡혔으니 누구라도 이런 상황에서 할 말이 없을 것이다.

"쉬…… 아니 옌즈청 씨, 살인자와 피해자가 바뀌었다고요? 어떻게 그게 가능해요?"

아친은 떨리는 목소리로 물었다. 그녀는 지금까지 린젠성이 범인이라고 굳게 믿었겠지만, 방금 뤼후이메이가 칼을 들고 자기를 죽이려 한 건 눈으로 직접 본 사실이다.

"먼저 둥청아파트 사건 당일의 상황부터 설명할게요."

나는 뤼후이메이가 갑자기 무슨 짓을 할지 몰라 그녀에게 시선을 떼지 않은 채 말했다.

"쉬 경장님은 그날 아파트 외벽을 기어 올라간 사람은 린젠성뿐이라고 말했습니다. 그래서 내가 추리한 대로 옌즈청, 그러니까 내가 진범이라는 건 틀린 게 됩니다. 경찰 입장에서 린젠성은 동기도 있고, 현장에 증거도 남겼고, 증인도 있었으니 혐의를 받는 게 당연하지요. 그런데 내 추리의 절반은 틀렸지만, 남은 절반은 틀리지 않았습니다."

나는 물을 한 모금 마셨다.

"옌즈청이 관련되지 않은 상황에서는 린젠성에게 칼을 쥘 힘이 있었는지, 왜 장갑을 준비하지 않았는지, 예전에는 주먹만 휘둘렀다는 성격적인 부분 등의 증거는 많이 약해집니다. 하지만 약해질 뿐이지 틀린 것은 아니지요. 정위안다가 아내와 침실에서 함께 죽은 것이 아니라 거실에서 죽었다는 것을 알고 나서 역시 린젠성은 범인이 아니라는 걸 알았습니다. 먼저 추리했던 내용에서 진범이 누구인지만 바뀐 거지요."

"왜 린젠성은 범인이 아니라는 거죠?"

뤼후이메이가 처음으로 입을 열었다.

"린젠성은 창문을 통해 집에 침입했습니다. 그렇다면 우선 여자를 죽인 다음 거실에 있는 정위안다를 죽였겠지요. 하지만 임신부인 여자는 곧바로 절명한 것이 아니라 하복부를 먼저 찔린 다음 가슴을 또 찔렸고 천천히 죽었습니다. 그녀는 비명을 지를 수 있었지요. 그랬다면 거실에 있던 정위안다가 방에 들어왔을 테고, 침실에서 함께 죽었을 겁니다."

"린젠성을 보고 도망가다가 거실에서 붙잡혀 살해된 것 아닐까요?"

아친이 물었다.

"일반적인 상황이라면 그런 가능성도 있겠지만, 자기 아이를 가진 여자가 죽임을 당하는데 도망갈 아이 아버지가 있을까요?"

나는 잠시 말을 멈췄다가 다시 입을 열었다.

"거실로 나와서 정위안다를 먼저 죽이고 다시 침실로 가서 여자를 죽였을 가능성도 있지요. 하지만 살인을 했다면, 게다가 잔혹하게도 두 사람에 세 목숨을 함께 살해할 정도라면 순서를 바꿀 필요 없이 보이는 대로 하나씩 죽이면 됐을 겁니다. 그러면 가장 간단한 해석은 범인이 창문이 아니라 아파트 현관문을 통해 집에 들어왔다는 게 됩니다. 정위안다는 아마도 부부싸움을 한 다음 아내에게서 소파에서 자라는 처분을 받은 거겠죠. 진범은 현관으로 들어와서 정위안다를 먼저 죽이고, 그런 다음 침실로 들어가 여자를 죽였습니다. 현관문은 억지로 연 흔적이 없으니 만약 정위안다가 문을 열어놓고 잔 게 아니라면 범인은 열쇠를 갖고 있었던 사람이 됩니다. 다음 날 아침에 사건 현장을 발견한 사람이 열쇠가 없었다고는 못 하겠지요."

뤼후이메이는 대답하지 않았다. 아마도 인정한다는 뜻이리라.

"그녀가 두 사람을 살해하고 떠난 뒤 린젠성이 집에 들어왔지요. 아니, 어쩌면 그때 그녀는 떠나지 않고 숨어서 린젠성을 지켜봤을지도 모릅니다. 린젠성은 여자 비명소리를 듣고 호기심에, 혹은 정위안다가 아내를 해치는 거라고 의심해서 창문을 통해 집으로 들어간 것일 테고요. 그는 시체를 보고 깜짝 놀랐고, 자기가 의심받을 거라 생각해서 급히 달아났습니다. 상습적으로 감옥을 들락거리는 사람인 데다 살인 동기까지 있으니 자기가 아무리 자초지종을 설명하더라도 경찰이 믿지 않을 거라 생각했을 겁니다."

"잠깐만요. 이건 범인이 그 아파트 주민이거나 아파트의 다른 곳에 숨어 있던 사람이라는 걸 알려줄 뿐이에요. 범인이 뤼후이메이…… 아니, 뤼슈란이라고 확신하는 이유가 뭐죠?"

아친은 질문을 하면서도 뤼후이메이나 나를 제대로 쳐다보지 못했다.

"우선 다음 날 아침 샤오안을 놔둔 채 혼자 정위안다의 집으로 간 게 이상합니다. 겨우 네 살 된 아이를 혼자 집에 놔둘 이모가 있을까요? 왜 전화를 걸지 않은 걸까요? 마치 아이가 시체를 보고 충격을 받을 것을 미리 알고 일부러 피한 것처럼 말입니다."

나는 뤼후이메이를 똑바로 쳐다보며 말을 이었다.

"게다가 살인 동기도 있습니다. 애인이 아내를 살해하는 것은 말이 되지만 남편까지 살해하는 것은 이상하다고 생각한 적이 있습니다. 반대로 질투에 사로잡힌 아내가 남편의 불륜을 알게 되었을 때 심지어 불륜의 대상이 자신의 언니였다면 두 사람을 한꺼번에 살해하는 건 그럴 법하지요."

"정말로 뤼슈란……?"

믿기지 않는지 아친은 계속 같은 질문을 했다.

"이 사람은 뤼슈란입니다."

내가 단호하게 말했다.

"그녀의 행동과 말에서도 같은 결론이 나옵니다. 둥청아파트 사건 후에 회사를 그만두고 유엔롱으로 이사해 숨어 살다시피 했는데, 마음의 상처를 치료하기 위해서가 아니라 뤼후이메이의 성격과 외모에 변화가 있다는 것을 들키지 않기 위해서였습니다. 잡지 인터뷰에서 사진을 찍지 않으려 했던 것도 같은 이유겠지요. 언니를 아는 사람이 잡지를 보고 6년간 숨겨온 비밀이 드러날 수도 있으니까요."

"하지만 정말로 가족의 비극을 겪어서 이사를 한 걸지도 모르잖아요?"

"샤오안은 엄마와 여행을 한 적이 없다고 했습니다."

"그게 왜요?"

"집을 꾸며둔 것을 보면 누구나 뤼후이메이가 여행을 좋아하는 사람이라는 걸 알 수 있어요. 예전에는 여행잡지사에서 일하기도 했지요. 하지만 지난 몇 년간 전혀 해외여행을 가지 않았습니다. 정말 뤼후이메이였다면 늘 여행을 다닐 수는 없어도 여름휴가 때는 조카딸을 데리고 외국에 나갔을 겁니다. 하지만 그렇게 하지 않았고, 그렇게 할 생각도 없었지요. 왜냐하면 그렇게 할 수 없었을 테니까. 홍콩은 출입국 심사에서 지문 검사를 합니다. 죽었다던 여자가 비행기를 타면 둥청아파트 사건의 진상 역시 드러나게 될 테지요."

뤼후이메이는 악독한 눈빛으로 나를 노려봤다. 하지만 한 마디도 반박하지 않았다.

"가장 큰 허점은 아친 당신이 밝혀냈어요."

내가 말했다.

"저요?"

"데이비드 보위에 대해 이야기를 나눌 때 이상한 점을 느끼지 못했습니까?"

"이상한 점이라뇨? 그냥 저하고 이야기를 할 기분이 아니었던 것 외에는⋯⋯ 어?"

"바로 그겁니다."

나는 냉정하게 말했다.

"그럴 기분이 아니었던 게 아니라 그럴 수 없었던 거지요. 뤼후 이메이는 데이비드 보위의 팬이었고 음반도 많이 갖고 있었지만 뤼슈란은 그 영국 가수에게 관심도 없고 얕은 지식밖에 없었습니다. 진짜 팬을 만나 이야기를 나눠보면 팬인지 아닌지 바로 드러나는 겁니다."

나는 잠시 멈췄다가 다시 말했다.

"이런 이유로 그녀는 아친 당신이 자신의 비밀에 위협이 된다고 생각했고, 죽여서 입을 막으려고 결심한 겁니다."

"입을 막아요?"

아친은 공황상태에 빠진 듯했다.

"내가 린젠성이 진범이 아니라고 했을 때, 그녀의 반응은 범인이 그녀와 딸을 노리고 있다고 했을 때보다 훨씬 컸습니다. 당신이 기사를 써서 사건을 재수사하도록 하겠다고 하자 표정이 더욱 어두워졌지요."

나는 쓸쓸하게 웃었다.

"사실 내 잘못도 있습니다. 당신이 기사를 쓰겠다고 했을 때, 내가 범인이 우리 입을 막기 전에 해야 한다, 죽으면 말을 못 한다고 말했기 때문에 그녀의 머릿속에 당신을 죽이려는 생각이 떠오른 거예요. 물론 그녀가 걱정한 것은 언론이 따라붙어 취재하는 것보다 예전의 악행이 드러나는 것이었겠지만."

"그렇지만 나를 죽인 다음 그걸 어떻게 감추죠?"

"간단합니다. 희생양이 지금 당신 눈앞에 있잖습니까?"

"경장님 말인가요?"

아친은 경악하며 소리쳤다.

"그녀가 가져온 칼을 보면 바로 알 겁니다."

아친은 바닥에 떨어진 칼을 쳐다봤다. 내가 쥐고 시범을 보였던 티베트산 비수라는 것을 알고는 희미하게 비명소리를 냈다.

"아까 창문으로 옆 병실을 들여다봤을 때 그녀가 장갑을 끼고 저 칼을 들고 있는 걸 봤습니다. 당신을 구하지 못하면 나 자신조차 큰 문제에 말려들게 된다는 것을 알았지요. 아마 집에서 도망칠 때 호신용으로 칼을 들고 나왔을 겁니다. 그때도 내가 진범이 아니라는 것을 알고 있었겠지만, 린젠성의 복수를 하러 온 사람일지도 모른다고 생각했겠지요. 자신의 범행을 다 알고 린젠성을 대신해 개인적으로 처벌하겠다고 할 수도 있는 거니까요. 칼집이 있으니 칼을 들고 다닐 때는 칼집 부분을 잡았을 테고, 대강의 상황을 알게 된 후 당신을 죽일 계획을 세울 때 손잡이에 내 지문이 남아 있으니 저 칼을 이용한 겁니다. 나는 머리를 다쳐서 자기를 다른 사람이라고 믿었던 정신병자고, 미친놈이 살인을 했다고 하면 더 조사할 것도 없을 테니까. 게다가 경찰은 무척 기뻐할 겁니다. 왜냐하면…… 이 티베트산 비수가 바로 정위안다와 뤼후이메이를 죽인 흉기니까요."

뤼후이메이의 표정을 보니 내 추측이 맞은 모양이다.

"하지만 언니와 동생이 뒤바뀐 게 잘 이해되지 않아요."

아친이 망연한 표정으로 물었다.

"죽은 여자는 임신을 하고 있었어요. 자매가 아무리 닮았다고 해도 착각을 할 리가 없어요!"

"그것도 간단히 해결됩니다. 원래 임신한 쪽은 뤼슈란이 아닌 뤼후이메이였고, 두 사람은 뤼후이메이가 임신한 뒤부터 쭉 바꿔서 생활했던 겁니다. 자세한 이야기는 직접 듣는 게 좋겠습니다."

뤼후이메이는 뻔뻔하게 우리를 쳐다봤다. 한참 만에 그녀가 입을 열었다.

"어느 날 언니가 임신했다고 말했죠. 아이 아빠가 누군지는 절대 말하지 않으려 했어요. 하지만 배가 불러오면 이웃 사람들이 수군댈까 봐 걱정을 하더군요. 그래서 저하고 서로 신분을 바꿔 생활하기로 한 거예요. 린젠성이 찾아와 소란을 피웠던 날, 저는 위안다에게 애인이 있다는 것을 알게 됐지요. 그리고 언니 역시 그의 애인 중 하나였다는 것도요. 언니의 아이는 내 남편의 아이였던 거예요. 저는 샤오안을 데리고 언니 집으로 올라갔어요. 생각할수록 화가 치솟았죠. 결국 저는 저 더러운 인간들을 죽여버리자고 생각했어요. 샤오안에게도 그편이 좋을 거라고 생각했죠. 아빠가 같은 사촌동생이 있어서 뭐가 좋겠어요……."

"당신은 이렇게 말한 적이 있습니다. '제가 슈란이었더라도 남편이 밖에서 불륜을 저질렀다면, 그 여자 배가 불러올지도 모르는데 난리를 피우지 않을 수 없었을 거예요'라고."

나는 말을 이었다.

"갑자기 왜 '그 여자 배가 불러올지도 모른다'고 말했는지 이상하게 생각했었습니다. 당신이 말했던 '그 여자'는 바로 당신 언니였던 거지요."

"그렇다면 임신 기간 동안 당신이 언니인 척했다는 거예요?"

아친이 물었다.

뤼후이메이는 내키지 않는 얼굴이었지만 고개를 끄덕였다.

"옌즈청 씨, 당신은 형사가 아니잖아요? 단지 배우일 뿐인데 왜 내 삶을 망가뜨리는 겁니까?"

그녀가 원망스러운 듯 물었다.

"내가 옌즈청이든 쉬유이든 사실은 사실입니다. 내가 누구고 어떤 신분의 사람인지는 중요하지 않습니다. 내가 누구냐에 따라 사실이 달라지는 건 아니기 때문입니다. 나는 당신의 삶을 망가뜨리는 게 아닙니다. 아는 사실에 따라 행동하고 추리할 뿐이죠. 그 질문을 해야 할 대상은 바로 당신 자신입니다. 왜 이런 일이 벌

어졌는지, 어째서 타인이 허위로 가득 찬 당신의 삶을 망가뜨리게
됐는지 말입니다."

우리는 간호사를 불렀고, 간호사가 데려온 당직 경찰이 뤼후이
메이를 체포했다. 경찰과 간호사는 막 뇌수술을 받은 나의 말을
믿기 어려운 눈치였지만, 아친의 증언이 더해지자 별문제 없이 진
행됐다. 나와 아친은 복도의 긴 의자에 앉아서 이 사건을 담당할
쉬 경장이 오기를 기다렸다. 그는 우리의 진술서를 작성할 것이다.

"범인이 뤼슈란이라니…… 나는 이런 상황은 생각도 못 했어요."

아친이 나지막이 속삭였다.

"아뇨, 범인은 뤼후이메이입니다."

나는 고개도 돌리지 않고 담담하게 말했다.

아친은 눈을 둥그렇게 뜨고 의아하다는 듯 물었다.

"아까 뤼후이메이인 척하는 뤼슈란이라고 했잖아요?"

"범인은 하늘에 맹세코 뤼후이메이입니다. 아까 그 사람도 뤼슈
란이 아니고, 뤼슈란은 6년 전에 죽었지요."

아친은 이해할 수 없다는 얼굴로 나를 쳐다봤다.

"하지만 아까의 추리에서는……."

"그 추리는 대부분 진실입니다. 몇몇 부분만 가짜지요."

"이해가 안 돼요."

아친은 점점 더 모르겠다는 얼굴이다.

"질문을 하나 하지요. 내가 누구입니까?"

"당신은…… 옌즈청이지요?"

아친은 살짝 망설이며 말했다. 마치 내 질문에 함정이 있을 거라고 생각하는 것 같았다.

"맞습니다. 하지만 나는 오늘…… 아니, 어제 줄곧 내가 쉬유이라고 생각했어요."

"의사 선생님과 쉬 경장님 말씀으론 머리를 다쳐서 아주 보기 드문 상황이……."

"보기 드물지는 않나 봅니다. 방금 비슷한 사례를 봤잖아요."

내 말에 아친이 이상한 표정으로 쳐다봤다.

"아까 그 사람은 뤼후이메이입니다. 하지만 그녀는 자기가 뤼슈란이라고 생각하고 있습니다."

나는 아친을 바라보며 말했다.

"네?"

"아까 얘기했던 단서들로 그 사람이 언니인 뤼후이메이가 아니라 동생 뤼슈란이며 진짜 살인범이라고 생각할 수 있습니다. 그녀의 행동은 의심스러운 데가 많았으니까요. 게다가 내가 창밖에서 그녀가 칼을 들고 있는 걸 봤을 때 내 생각이 맞다는 걸 확인한 셈이지요. 하지만 현실적으로 경찰이 시체의 신원을 잘못 파악한다는 건 있을 수 없는 일입니다. 검시의가 상세하게 검사하는데 죽은 사람이 뒤바뀌는 일은 불가능해요. 결론은 사건 당일 어떤 정신적 충격으로 뤼후이메이에게 숨겨져 있던 정신질환이 발작했고, 그로 인해 자신이 뤼슈란이며 진짜 뤼슈란은 남편과 불륜관계를 맺은 언니라고 믿게 됐다는 겁니다. 그리고 두 사람을 죽인 다음 뤼후이메이로 위장한 채 줄곧 살아왔겠지요."

아친은 멍하니 나를 쳐다보기만 했다. 내 설명이 너무 이상하게 들린 모양이었다.

"간단히 말해서 뤼후이메이는 이중인격이었는데 자기를 동생이라고 믿은 채 원래의 자신으로 위장하여 살았다는 거예요. 사실상 그녀는 다른 누구로도 위장한 게 아니지만, 그녀 자신의 머릿속에서는 지금 언니인 척하고 있는 겁니다."

"그걸 어떻게 알았어요?"

아친이 경악하며 물었다.

"어제 겪었던 일에서 자기 자신이 누구인지 안다는 것이 얼마나 무너지기 쉬운 사실인지 깨달았으니까요. 그래서 이런 미친 생각이 떠올랐지요. 사실 완전히 확신하지는 못했는데, 아까 뤼후이메이 본인이 사실로 증명해준 셈입니다."

"증명해줬다고요?"

"당신이 말한 것처럼 임신한 여자와 임신하지 않은 여자가 뒤바뀌는 건 애초에 불가능합니다. 그러니 처음부터 바뀌어 있었다고 하는 수밖에 없는데, 말이 안 되는 소리거든요. 어떻게 회사 동료들을 속입니까? 뤼후이메이는 그때 회사를 그만두기 전이었는데요. 그리고 신분을 바꾸었다고 해도 아내가 임신한 언니를 남편과 함께 살게 하고 자기는 어린 딸을 내버려둔 채 혼자서 언니 집에 산다는 것도 이상합니다. 내가 아까 추리할 때 정위안다가 아내와 싸운 끝에 거실에서 잤을 거라고 했는데 그들이 애초에 부부가 아니었다면 성립되지 않는 말이죠. 하지만 뤼후이메이는 그 부분에 대해 전혀 반박하지 않았습니다."

나는 잠시 말을 멈추고 천장의 형광등을 쳐다봤다.

"그것 말고도 객관적인 근거도 있습니다."

"객관적인 근거요?"

"뤼후이메이가 지금 하고 있는 일이 뭔지 생각해보세요."

"일? 집에서 하는 일이라고 했어요, 번역이라든가 그런……."

"뤼슈란은 학력이 높지 않았지만 뤼후이메이는 영국 유학도 다녀왔지요. 그런데 뤼슈란이 언니로 위장해서 살면서 번역 일을 할 수 있을까요?"

나는 천장에서 시선을 떼고 아친을 바라봤다.

"사람의 기억은 일화기억과 의미기억으로 나뉩니다. 뤼후이메이의 상황은 일화기억에 혼란이 생긴 겁니다. 자기를 동생이라고 생각하는 거죠. 하지만 외국어는 의미기억입니다. 그래서 그 지식을 그대로 갖고 있는 거지요."

"언니로 위장한 후 그때부터 배운 거라면요?"

아친이 반박했다.

"정말 그렇다면 그녀는 천재겠군요. 몇 년 사이에 독일어와 프랑스어를 그렇게 잘하게 되다니 말입니다."

나는 책상에 놓여 있던 독일어와 프랑스어 사전을 떠올렸다.

"정말 위장했더라도 산까이 지역에 숨어 살다시피 하는데 뤼후이메이가 원래 하던 일을 해서 돈을 벌 필요가 있을까요? 집에서 일할 거라면 다른 일을 해도 되잖아요."

"하지만……."

"사실 가장 중요한 증거는 그녀가 당신 카메라를 만질 때 나왔 어요."

"일본어요? 맞아, 보자마자 그 일본어 인터페이스를 이해했 죠……."

"아니, 그게 아닙니다. 나는 그 순간에도 물어보고 싶었거든요, CMYK나 300dpi가 뭐냐고 말입니다."

"네? CMYK는 인쇄할 때 쓰는 네 가지 분색을 가리키는 거예 요. 300dpi는 인쇄해상도인데 1인치당 점이 몇 개나 들어가는지를 의미하죠. 인쇄할 때는 dpi가 보통 300 이상이어야 해요. 가장 좋 은 것은 600이고……."

"출판사 사람들이 쓰는 업계 용어 같은 거겠지요? 당신이 그때 아무렇지도 않게 고개를 끄덕이면서 듣기에 그렇게 추측했죠."

내가 웃으며 말을 이었다.

"뤼슈란은 은행에서 일했는데 출판업계 사람들이나 아는 용어 를 어떻게 알겠습니까?"

"그것도 의미기억이군요?"

"직업에 관련된 것이니 아마 그럴 겁니다."

나는 바이 의사가 말해준 정비사의 예를 떠올리며 대답했다.

"그렇다면 뤼후이메이가 방금 두 사람이 뒤바뀌었다고 한 말은……."

"전부 허구입니다. 인간의 대뇌는 아주 기묘한 기관이라서 무지개를 보면 직전에 비가 왔다고 생각하고, 깨진 유리창과 돌을 보면 누군가 돌을 던져 유리창을 깼다고 생각합니다. 그렇게 시시때때로 대뇌에서 비어 있는 부분을 보충한다고 해요."

나는 루 의사가 해준 말을 들려줬다.

"뤼후이메이의 설명은 내가 추리한 사실에서 비어 있는 부분을 채워 넣은 것뿐입니다. 어쩌면 그녀는 전부터 이런 생각을 해왔고, 심지어 그걸 진짜 사실이라고 믿고 있을지도 모르지요."

내가 생각하는 진상은 이렇다. 남편에게 불륜 상대가 있다는 것을 안 동생이 히스테릭하게 반응하자 뤼후이메이의 숨겨진 인격이 나타났다. 평소 뤼후이메이는 동생이 행복한 가정을 꾸리는 것을 부러워했다. 다정한 남편, 귀여운 딸. 그런데 동생의 행복한 가정에 대한 환상이 무너지자 자아의 경계가 붕괴돼버린 것이다.

물론 그녀의 대뇌 해마체에 어떤 문제가 있었을 가능성도 있다. 망상장애나 정신분열증 등의 정신질환을 앓았을지도 모른다.

그 속의 진짜 이유를 더 알고 싶은 생각은 없다. 그녀가 진짜 뤼슈란이라고 해도 상관없다. 드라마 〈라이프 온 마스〉 속의 누군가처럼 과거로 돌아와 다른 사람의 신분으로 살고 있는 거라고 해도 상관없다…….

내게 가장 중요한 일은 젠성 형이 살인하지 않았다는 사실을 밝히는 것이다.

그리고 아친이 살해당하지 않는 것도.

나는 더 이상 후회해도 돌이킬 수 없는 일이 벌어지지 않기를 진심으로 바랐다.

병원 복도에 앉은 나는 전에는 느끼지 못했던 평온함을 느꼈다. 마치 목에 걸렸던 가시를 몇 년 만에 빼낸 것 같다. 여전히 젠성 형이 차 사고로 행인을 죽음으로 몰아넣은 것이 내 책임이라고 생각하지만, 이 순간 드디어 속죄할 자격이 생겼다고 느낀다.

— 미국 심리학자가 한 말이 있어요. 가장 심각한 감정적 손상은 한 번도 논의되지 않은 상처다.

5년 전 바이 의사가 한 말이 생각났다.

"아친."

"왜요?"

"……갑작스럽지만, 어제 당신이 나한테 물어봤잖습니까. 외상 후 스트레스 장애를 앓게 된 일에 대해서요. 지금도 듣고 싶어요?"

나는 망설이면서 물었다.

"음, 네."

아친은 잠시 생각하다가 살짝 고개를 끄덕였다.

"열두 살 때……."

*

쉬 경장이 병원에 온 것은 두 시간이 지난 뒤였다. 밝혀진 결말에 깜짝 놀랐지만, 종결된 지 6년이 지난 둥청아파트 사건을 다시 재수사할 필요가 있다는 데는 동의했다. 쉬 경장은 상사에게 이 사실을 보고했다. 사건에 새로운 상황이 발생했으므로 내가 경찰을 사칭하고 다닌 일에 대해 쉬 경장이 져야 할 책임도 대부분 사라졌다. 그에게 진 빚을 갚은 셈이라고 치자.

젠성 형이 도주하면서 일으킨 상해 사건에 대해서도 새로운 시각이 제시됐다. 미국에서 기계 결함으로 인한 자동차 사고가 여러 차례 발생했기 때문이다. 일본 자동차 회사가 몇몇 차종의 설계에 문제가 있었음을 인정했다. 액셀러레이터가 순조롭게 원래 위치로 돌아오지 않아 차가 계속 가속되는 문제가 있었던 것이다. 전 세계적으로 리콜이 진행되고 있다. 젠성 형이 탈취했던 택시가 바로 그 차종에 포함된다는 것이 밝혀졌다. 정말로 기계 결함 때문에 사고가 난 것인지는 확인할 수 없다. 택시는 이미 전소되었기 때문이다. 이 사건은 미결로 남겨졌다. 하지만 둥청아파트 사건에서 누명을 썼다는 것이 알려지면서 여론은 젠성 형에게 동정적이다. 나는 젠성 형이 자신의 도주를 위해 어린아이까지 치어버린 악당이라고는 생각할 수 없다.

쉬 경장이 나와 마찬가지로 외상 후 스트레스 장애를 앓고 있다고 생각했는데, 알고 보니 그는 이미 완치되었다고 한다. 그는 무장강도와 격투를 벌이다가 죽을 뻔한 적이 있고, 그때 함께 있던 경찰관 선배는 순직했다. 하지만 그는 1년여의 치료를 통해 지금은 완전히 회복했고, 자신의 상처를 진지하게 바라볼 수 있게 되었다. 나는 그동안 이 화제를 꺼내지 않으려고 애써왔다. 그가 내 과거도 물어볼까 걱정되었기 때문이다. 하지만 지금은 나도 그런 것에 아무렇지 않게 되었다.

나는 다시 바이 의사의 진료실로 돌아갔다. 그녀는 내가 자발적으로 치료를 받는 것에 매우 기뻐했고, 우리는 상담할 때 종종 커피를 함께 마신다. 그녀는 회복되기를 바라지 않는 환자는 아무리 뛰어난 상담사라도 도울 수 없다면서 반대로 도움의 손길을 받아들이려는 사람은 병이 절반은 나은 것이나 다름없다고 했다.

나는 젠성 형의 무덤에 찾아가는 횟수를 줄였다. 예전에는 매달 30일에 그의 무덤을 찾았다. 그에게는 죽어서도 친구가 없을 거라고 생각했기 때문이다. 세상에서 나만이 그를 기억하고, 나 역시 그처럼 고독하다고 느꼈다. 지금은 우리 두 사람 모두 속박에서 풀려났다고 생각한다. 물론 지금도 몇 달에 한 번씩 젠성 형의 무덤을 찾는다. 언젠가는 그곳에서 리징루를 만날 일도 있지 않을까.

그리고 그날 아침 주차장에서 경찰서까지 걷는 동안 왜 이상한 느낌이 들었는지도 알게 됐다. 나는 매일 촬영장에서 집으로 돌아갈 때 그 길을 지나갔다. 하지만 늘 차를 운전하면서 지났던 길이라 걸어서 가려니 익숙하면서도 낯선 느낌을 받았던 것이다. 기억 속 웨스턴 경찰서의 모습은, 그거야말로 진짜가 아니라 촬영장 세트를 기억하고 있었던 것이었다. 6년 전의 경찰서 모습과 꽤 비슷하다 한다. 창 감독은 자료를 많이 수집하고 또 참고하는 편인 것 같다.

가끔 영화 속 인물이 존재하는 세계와 우리가 존재하는 현실이 별로 다르지 않다는 생각이 든다. 내가 정신적 외상을 회피하기 위해 또 다른 자아를 만들어 실재하지 않는 현실을 살아갔던 것처럼 어느 정도는 배우들도 비슷하지 않을까 싶다.

나는 조만간 청룡도장의 량梁 사부님을 찾아뵙고 이 일들을 다 말씀드릴 생각이다. 요 몇 년간 같이 저녁은 먹었어도 도장에 찾아간 적은 없었다. 도장이 2층에서 3층으로 이사한 것도 몰랐으니 말이다. 나는 젠성 형의 소개로 도장에 가입했고 사부님께 영춘권을 배웠다. 젠성 형은 나보다 먼저 포기하고 도장을 그만뒀지만 말이다. 사부님이 린젠성이라는 이름을 언급하지 않은 것도 이해가 된다. 악명을 날리는 살인범이 자기 제자였다고 말하고 싶은 사람이 누가 있겠는가? 사부님 입장에서는 무술대회에서 우승을 하고 나름 번듯하게 직업을 갖고 살아가는 제자를 자주 언급하고 싶을 것이다. 그러고 보니 대력이라고 하는 그 사람 실력이 좋아 보이던데 한번 대련을 하고 싶다. 그 김에 아광이라는 머리 노란 녀석의 버릇도 좀 고쳐주고 말이다.

쉬 경장은 이틀 동안의 내 모험에 대해 이렇게 평가했다.

"우리 경찰들은 영화를 찍는 게 아니야! 너처럼 멋대로 휘젓고 다닐 리가 있어?"

*

"미안해, 늦었지?"

"흥, 밥 사고 영화 보여준다고 한 게 누군데 20분이나 늦어? 내

카메라 망가뜨린 거 갚는 거 같은 거라며! 아유, 정말."

검은색 원피스를 입은 아친은 아주 예뻤다. 그 일이 있은 후 나는 그녀와 여전히 연락을 하고 지낸다. 오늘은 코즈웨이베이 타임스퀘어에서 영화를 보기로 했다. 챵 감독의 영화—내가 출연했던 그 작품—가 개봉하는 날이다. 비록 나는 단역에 불과하지만, 그래도 영화표를 받았다.

"실제 사건의 결말이 달라져서 범인도 바뀌고, 그걸 모르는 사람이 없잖아. 챵 감독 영화는 어떻게 했대?"

아친이 나와 함께 걸으며 물었다.

"내키지 않는 상황이긴 했지. 할 수 없이 후반 작업과 편집 기술로 이야기를 좀 바꿨어. 그리고 대사를 전부 더빙해서 배역 이름도 다 바꿨지. 허구의 이야기로 상영한대. 하지만 사건 뒷이야기를 알고 싶어 하는 사람이 많아서 영화사 대표는 이 영화가 잘될 거라고 생각하는 것 같아."

내가 웃으면서 말했다.

"어, 그럼 아이阿— 당신 배역은 이름이 어떻게 바뀐 거야?"

아친은 내가 스스로 쉬유이라고 믿었던 것을 놀리듯이 나를 '아이'라고 부른다. 나는 그때마다 웃어야 할지 울어야 할지 알 수 없는 기분이다.

"응, 쉬유얼許友二."

"하하하, 그럼 앞으로는 '아얼阿二'이라고 불러야겠네!"

아친은 큰 소리로 웃으면서 내 팔짱을 꼈다.

기억나지 않음, 형사

"정융안이 어떻게 지내는지 알아?"

아친이 갑자기 물었다.

나는 고개를 저었다.

"지금 정위안다의 부모님, 그러니까 할아버지 할머니와 함께 지내고 있어. 며칠 전에 만났는데, 조금 힘들어 보이긴 했지만 그럭저럭 잘 지내는 것 같아."

"다음에 한번 만나러 가야겠어. 어린아이가 이런 일을 겪으면 정신적으로 상처가 크게 남을 수 있거든. 내가 잘 아는 정신과 의사가 있는데……."

우리는 이야기를 나누면서 걸었다.

영화의 첫 상영이 7시 반이었기 때문에 우리는 영화를 본 다음 저녁을 먹기로 했다. 원래 간단히 뭔가 먹으려고 했지만 내가 지각하는 바람에 시간이 부족했다.

"아청, 안녕하세요!"

극장 로비에서 긴 머리 여자와 그녀의 일행으로 보이는 남자가 나에게 인사했다.

"죄송합니다만, 누구신지……?"

나는 그녀가 누구인지 생각나지 않았다.

"아, 사고를 당해서 기억을 잃어버렸다는 얘기 들었어요."

그 여자가 웃으며 말했다.

"괜찮아요. 나는 샤오시小希예요. 이 영화에서 당신과 비슷하게 작은 역할을 맡았죠."

"네, 그러시군요."

나는 손을 내밀어 그녀와 악수를 하고 아친도 소개했다.

"나 먼저 가서 팝콘이랑 음료수 좀 사둘게. 영화 곧 시작하겠어. 이야기 나누다 와."

아친이 팝콘 판매대 쪽으로 가서 줄을 섰다.

아친이 가고 나서 샤오시는 미소를 지으며 물었다.

"여자친구예요?"

"아뇨, 절 구해준 사람입니다."

나는 웃으면서 대답했다.

"하하하, 그럼 전 이만. 더 붙잡으면 안 되겠네요."

샤오시는 같이 온 남자의 팔짱을 끼면서 나를 향해 고개를 숙였다.

"이따 뵙지요."

내가 말했다.

"수고해요."

그 순간, 나는 잠시 멍해졌다. 그녀가 맡은 역할이 무엇인지 알 것 같았다.

참 고 문 헌

Glenn R. Schiraldi, 馮翠霞(2002), The Post-Traumatic Stress Disorder Sourcebook, A Guide to Healing, Recovery, and Growth, 五南圖書出版.

BrainMaps.org – http://brainmaps.org

비현실의 현실

잔홍즈(詹宏志, 작가 · 출판 경영인)

흔히 볼 수 있는 추리소설의 전형적인 도입부가 『기억나지 않음, 형사』에도 있다. 1인칭 화자인 형사가 살인사건 현장에 가고, 아파트의 방 안에 시체 두 구가 누워 있다. 죽은 이는 젊은 부부이고 아내는 임신 중이었다. 배 속의 아기 역시 세상을 보지도 못하고 숨졌다.

형사로 일하자면 이런 피비린내 나는 장면을 피할 수 없다. 이런 장면을 무서워하거나 메스껍고 힘들다고 느껴서도 안 된다. 현장을 뒤져 아주 사소한 단서라도 찾아내야 하며 거기에는 피해자의 참혹한 시체를 살펴보는 것도 포함된다. 그런데 그 순간 소설의 분위기가 반전된다. 미인의 시체는 갑작스레 두 눈동자를 움직여 형사를 응시하며 고운 입술을 열어 다정하게 말한다. "수고해요."

하지만 우리는 지금 읽고 있는 것이 검고 긴 머리를 늘어뜨린 여자가 나오는 『링』 같은 공포소설이 아니라는 것을 잘 알고 있다.

오히려 공자님이 그랬듯 '불어괴력난신不語怪力亂神, 설명이 불가능한 존재나 괴이한 현상에 대해 언급하지 않는다는 뜻의『논어』구절'해야 할 추리소설이다. 곧 우리는 그 장면이 정신이 분명치 않은 형사의 환각이라는 사실을 알게 된다. 금세 소설의 배경은 현실의 홍콩으로 돌아와 퀸즈로 서쪽에서 드보예로 서쪽을 향해 햇빛이 비치는 길을 걷는다. 비록 형사는 정신과 의사를 만나야 할 심리적 외상이 있지만, 또렷하고 이성적인 서술 스타일은 우리가 읽고 있는 것이 의심할 여지 없는 '추리소설'임을 상기시킨다.

추리소설은 논리적인 흐름에 의해 진행되어야 한다. 이성을 믿는 사람만이 추리를 필요로 한다. 운명을 주재하는 신비한 힘이 따로 있고 인간의 지혜로는 아주 작은 의문만 해결할 수 있다면, 추리소설이나 천재 탐정의 존재를 유지시켜주는 논리의 추구가 아무 의미 없는 헛된 것이 되어버린다.

바로 이런 이유 때문에, 추리소설이 막 발달하기 시작했을 때 이미 창의성 넘치는 대작가들이 이성으로 관할할 수 없는 비현실적인 것을 배제하라는 규칙을 만들었을 것이다. 일례로 추리소설의 황금시대를 연 소설가이자 신부인 로널드 녹스Ronald Knox, 1888~1957는 인구에 회자되는 '녹스의 십계' 중 두 번째 규칙으로 탐정이 초자연적인 능력으로 사건을 해결해서는 안 된다는 조항을 넣었다.

그러나 우리는 어떤 규칙이든 깨진다는 것을 체험을 통해 알고 있다. 중요한 것은 규칙이 아름답게 깨졌는가, 그리고 깨진 후에 새로운 발전이 있었는가 하는 점이다.

추리소설의 예만 봐도 작가들은 얌전히 규칙에 따르는 종류의 인간이 아니다. 그들은 가능한 모든 방법을 사용해 정해진 경계를 모호하게 만들고 또 새롭게 정의하고 싶어 한다. 그들은 '일부러' 규칙에 도전한다. 초자연적 힘으로 사건을 해결해서는 안 된다는 것을 잘 알면서도 추리작가들은 이렇게 생각하는 것이다. 이성 혹은 과학으로 초자연적 현상을 해석할 수만 있다면 소설에다 못 쓸 게 뭐람?

그래서 소설가는 정신 이상 상태의 주인공을 그려낸다. 예를 들어 다중인격자의 주관적 서술로 진행되는 추리소설은 어떤 모습일까? 마거릿 밀러의 대표작 『내 안의 야수』(1955)가 바로 그런 사례다. 어떤 소설가는 더욱 급진적으로 추리소설의 마지노선을 탐구한다. 우리가 흔히 생각하는 초자연적 힘을 소설 속에 써넣고 최후에는 이성적이고 합리적인 결말을 만들어낸 것이다. 교고쿠 나쓰히코의 『우부메의 여름』(1994)을 비롯한 '백귀야행' 시리즈는 요괴소설과 추리소설이 융합될 수 없다는 기존의 관점을 전복시켰다.

『내 안의 야수』는 심신 장애를, 『우부메의 여름』은 민속학, 인류학 및 정신분석학을 활용하고 있다. 이들 작품은 경계에 대한 모색이자 추리소설의 새로운 판도를 개척하려는 노력이며 공헌이다.

『기억나지 않음, 형사』는 바로 이런 종류의 추리소설이다. 작가는 외상 후 스트레스 장애를 겪고 있는 상황과 사실적 서술의 추리 부분을 교묘한 솜씨로 결합하여 명쾌한 흐름과 기이한 반전을 갖춘 확실하고 신뢰성 있는 소설로 완성했다. 현실 같지 않지만 완벽히 현실인 소설, 쉽지 않은 도전이자 성취다.

제2회 시마다 소지 추리소설상 심사평

시마다 소지

중국 본격추리소설은 확실히 일본 본격추리소설이 잃어버리기 쉬운 요소를 메울 잠재력을 갖췄다. 내가 이 작품에서 가장 감탄한 부분은 작가 찬호께이의 '21세기 본격추리'에 대한 이해였다. 그는 투고할 때 덧붙인 글에서 21세기 본격추리 창작의 조건에 대해 이렇게 언급했다.

첫째, 미스터리는 환상성을 갖춰야 한다. 있는 그대로 쓸 때에도 특이한 드라마성을 구비해야 한다. 둘째, 새로운 방법론에 기반하여 미스터리를 설계하거나 전통적 관념을 전복시켜야 한다. 셋째, 21세기적 새로운 과학지식으로 작품을 지탱하거나 심지어 그런 과학적 원리를 주제로 삼아야 한다.

찬호께이의 이러한 인식은 매우 정밀하고 또 정확하다. 수상작품은 세 가지 조건을 모두 충족하면서도 특히 세 번째 조건의 '과학적 원리'가 소설 전반에서 논리적 추리를 통해 펼쳐지고 있어 21세기 본격추리소설이라 부르기에 손색없는 작품이다.

이 세 가지 조건은 찬호께이가 21세기 본격추리에 대해 가진 인식이자 그가 표현하고자 하는 내면적 창작 열정의 선언이기도 하다. 상식적으로 생각하기 어려운 신비로운 미스터리를 합리적으로 해석해내는 것을 이야기의 출발점으로 삼는 수법이 21세기에도 여전히 생명력을 갖추려면 우선 최신 과학 정보를 충분히 이해해야 한다. 그런 한편 '밤의 시인' 에드거 앨런 포와 같은 감성을 철저히 발휘하여 포가 그랬던 것 이상으로 흔히 생각할 수 없는 미지 체험을 추구하고 시처럼 우아하게 신비 현상을 드러내야 한다.

순조롭게 이 경지까지 이르렀다면, 최신 과학에서 길어올린 지식과 방법론을 활용하여 더욱 논리적이고 합리적으로 현실 속에 신비 현상을 해체해내고 독자 앞에 펼쳐 보여야 한다. 21세기 본격추리 작가는 누구라도 반드시 이를 성취해야만 한다.

그러나 150년의 세월이 지나면서 에드거 앨런 포 시대에 독자들을 넋 나가게 만들었던 과학적 방법은 점점 고착화, 유희화되었고 심지어 야구 게임의 규칙처럼 변해갔다. 결과적으로 시간이 흐를수록 이야기 자체의 요소에는 소홀해졌다. 이런 흐름 속에서 과학적 창의성과 변동성 같은 중대한 요소를 잊고서 작가들은 부단히 정형화된 이야기(그것은 이미 이야기라고 불릴 수 없다. 사람들은 신선하고 놀라운 것이 집결되어야 이야기라고 부른다)를 창작하고 독자 역시 이런 종류의 작품에 편향되어 안정감을 느낀다. 이런 현상은 추리소설이 점차 문학성을 잃어가게 하는 결과를 낳았다.

말은 이렇게 했지만, 이런 과학적 방법이 꼭 틀린 것은 아니다. 이역시 반드시 추구해야 할 목표 중 하나이며 이런 종류의 작품도 시마다 소지 추리소설상에 투고할 수 있다. 다만 절대로 여기서 만족하거나 안심해서는 안 된다는 것이다. 본격추리소설 역시 풍부한 서사성과 문학성을 추구해야 하며 언제라도 원점으로 돌아가 지금의 방법론을 반성할 수 있어야 한다. 이와 같은 태도는 매우 중요하다. 만약 모든 작가가 이런 작업을 소홀히 한다면 본격추리의 영역은 점차 쇠퇴하여 결국에는 베스트셀러만 남게 될 것이고, 그런 베스트셀러는 아마도 더 이상 본격추리소설이 아닐 것이다.

21세기 본격추리는 정형화, 유형화의 위험에 끊임없이 맞닥뜨리는 일본 본격추리의 돌파구를 만들기 위해 내가 제안한 것이었다. 이번 수상작품은 최고의 재능으로 그 임무를 완성했다.

계속 분석하자면 이 작품의 부족한 부분도 점점 수면 위로 떠오를 수밖에 없다. 작가가 이 작품에서 사용한 최신 과학지식에는 기억 장애, 외상 후 스트레스 장애, 뇌출혈 등의 의학지식이 있는데, 사실 이런 병증은 흔히 들어본 소재이기에 '21세기형 미지 체험'으로서의 전위성은 부족하다 하겠다.

물론 이런 단점에 비해 이 작품은 장점이 더욱 두드러진다. 주인공이 범인을 뒤쫓거나 특정 인물로 용의자를 좁혀가는 모든 과정, 진실과 진범을 찾아냈다고 생각한 찰나에 계속해서 반전을 일으키며 전혀 생각지 못한 상황으로 흘러가는 이야기 전개는 굉장히 흥미롭다. 마지막 순간 사건의 모습이 완전히 뒤집혀 주인공이 알아낸 모든 내용이 아무 쓸모 없는 것으로 전락하고 예상치 못한 전

개로 이어진다. 그러나 주인공의 추리를 계속 따라가다 보면 다시 한 번 국면의 반전이 일어나고 놀라운 결말이 생겨난다. 작가는 앞에서 언급한 과학지식을 현란하게 활용하면서 반전이 계속되는 이야기의 전체적 구조를 지탱한다.

이 점을 생각하면 뛰어난 글쓰기 능력을 언급하지 않을 수 없다. 독자들이 전복되기 전의 세계를 확신하도록 만들어야 하기 때문인데, 이 작가의 문장력은 독자를 설득할 능력을 갖추고 있다. 한 번 또 한 번 연속해서 벌어지는 반전의 놀라움은 사실은 어떤 고유명사 하나에 연관되어 있어 사건 당사자의 생활조차 그에 따라 변화를 일으키게 된다. 작품은 마술처럼 독자의 눈을 어지럽히면서 펼쳐지고, 작가는 교묘하게 독자들을 함정에 빠뜨리면서 그들의 추측과 경악마저 완벽하게 장악한다. 이런 능력은 교묘한 플롯과 작품 전체를 관통하는 설계 능력으로 이어진다.

작가는 자신의 21세기 본격추리에 대한 이해와 이번 수상작품이 제1회 시마다 소지 추리소설상 수상작인 『버추얼 스트리트 표류기』의 경험을 물려받고 졸저 『헬터 스켈터Helter Skelter』의 창작 방법론을 기초로 하여 도전한 결과라고 말하는 데 주저함이 없다. 『헬터 스켈터』는 비틀즈의 노래에서 제목을 따왔는데 『기억나지 않음, 형사』 역시 데이비드 보위의 노래 〈The Man Who Sold the World〉를 영어 제목으로 삼았다.

작가의 이번 작품은 그의 이해력과 고도의 글쓰기 능력을 활용해 21세기 본격추리라는 새로운 용어와 창작 방법에 모범답안을 제시한 셈이다.

그래서 이 작품은 작가의 머릿속에 자발적으로 떠오른 창작이라
기보다 자신의 재능 일부를 활용해 타이완에 상륙한 21세기 본격
추리라는 새로운 생각에 반응한 것이며, 작가에게 있어서는 비주류
성의 습작일 뿐이다. 정말로 그렇다면 이 작가의 무한대한 재능이
더욱 확연히 드러나는 지점이라고 하겠다.

시마다 소지 추리소설상에 대하여

최근 중국어권에 추리소설 열풍이 불고 있습니다. 일본과 영미권의 추리소설이 대거 번역 출판되어 독자들의 사랑을 받았습니다. 그러나 이에 비해 중국어권 창작 작품은 매우 적은 편입니다. 황관문화그룹은 중국어권 추리소설의 창작 활성화와 일반 대중의 추리문학에 대한 관심과 이해를 높이기 위해 일본 본격추리계의 거장 시마다 소지 선생님의 동의와 지지를 얻어 2년에 한 번씩 '시마다 소지 추리소설상'을 주최하고 있습니다.

제1회 시마다 소지 추리소설상은 2009년 9월 성공적으로 막을 내렸습니다. 일본과 타이완, 중국, 동남아시아의 독자들과 언론매체에서도 큰 관심을 보여주었고, 중국어권 추리소설 창작에 새로운 이정표가 되었다는 평가를 받았습니다. 2011년 제2회 시마다 소지 추리소설상은 유럽까지 범위를 넓혀 명실상부한 아시아 추리문학계의 성대한 행사로 진행됩니다.

"일본의 인재를 중심으로 흘러왔던 추리문학이 중국어권의 재능 있는 작가들에게로 바통을 넘겨줄 시대가 이미 도래했다고 느낀다"는 시마다 소지 선생님의 말씀처럼 시마다 소지 추리소설상을 통해 앞으로 중국어권의 젊은 추리작가들을 발굴하고 중국어권 창작 추리작품을 전 세계에 알릴 수 있기를 바랍니다.

옮긴이의 말

이 책은 제2회 시마다 소지 추리소설상 수상작으로 『13·67』로 한국에 처음 소개된 홍콩 추리소설가 찬호께이의 작품입니다. 시마다 소지 추리소설상은 타이완 황관문화출판사의 주최로 2년에 한 번 열리며, 수상작은 중국, 일본, 태국, 유럽 등지의 여러 협력 출판 사에서 번역 출간됩니다. 2009년에 시작해 2015년 제4회까지 성공적으로 치러진 중국어권 추리소설계의 성대한 잔치라고 할 수 있습니다.

그러고 보면 찬호께이는 상을 참 많이 받았습니다. 타이완 추리 작가협회가 매년 개최하는 신인공모전에 2008년 처음 투고해서 결선에 올랐고, 그다음 해에는 두 편을 투고해 두 편이 모두 결선에 올라(심사위원에게는 투고작의 작가 이름을 알리지 않습니다) 그중 한 편이 상을 받기도 했습니다. 2008년에 수상하지 못한 것은 표절 의

혹 때문이었는데, 실상 무슨 근거가 있었던 것은 아니고 단지 '중국인이 이런 내용을 써낼 수 있을까?'라는 막연한 의심 때문이었습니다. 심사위원단은 영어권 어떤 작품을 번역해서 고쳐 쓴 게 아닐까 생각했다고 합니다. 심사평을 본 찬호께이는 작가의 명예에 관련된 부분이니 명확하게 밝혀달라고 요청했고, 추리작가협회는 결국 찬호께이의 창작이 맞다고 인정했습니다. 작가가 타이완 사람이 아니라 영어와 광둥어를 공용어로 사용하는 홍콩 사람임을 몰랐던 심사위원단이 작품의 문화적 배경이나 문장 스타일을 미심쩍어해 벌어진 해프닝이었습니다. 그만큼 찬호께이가 중국어권 추리소설계에서는 보기 드문 작가인 셈입니다.

그 후에도 니쾅倪匡SF소설상, 커미루이즈可米瑞智백만영화소설상 등 타이완의 여러 장르문학상을 받으며 SF, 호러, 판타지 등 다양한 장르 작품을 써냈지만 장편 추리소설은 출간된 것이 없었습니다. 그러다가 2011년 제2회 시마다 소지 추리소설상을 받으면서 이 책이 출간된 것인데, 사실상 장편 추리소설로는 첫 책이 됩니다. 이어 2014년에 출간한 『13·67』은 장편 추리소설 두 번째 책으로, 한 해 타이완 출판계를 결산하는 타이베이국제도서전 대상을 받았습니다. 상이 전부는 아니지만 어쨌든 대단한 일이 아닐 수 없습니다.

찬호께이는 정교한 트릭과 후반부에 연이어 펼쳐지는 반전이 특징인 작가입니다. 이 작품 『기억나지 않음, 형사』 역시 그런 특징이 아주 잘 보입니다.

1인칭 화자로 진행되는 주선율의 이야기는 사실상 하루 사이에 벌어지는 일이고, 각 장 뒤에 '단락'이라는 이름으로 과거 어느 시간의 이야기가 짧게 전지적 작가 시점으로 등장합니다. 주선율 이야기에서 외상 후 스트레스 장애를 앓고 있는 '나'는 어느 날 아침 주차장에 세워둔 차 안에서 깨어난 후 지난 6년간의 기억이 사라졌음을 알게 됩니다. 2003년 둥청아파트에서 벌어진 부부 살해사건을 수사 중이라고 생각했는데 현재는 2009년이고 범인(용의자)은 경찰에 쫓기다 교통사고를 내고 사망, 사건이 완전히 종결된 상황입니다. 하지만 '나'는 어째서인지 현재 밝혀진 범인이 진범이 아니라는 생각을 지우지 못하고, 진범을 밝히기 위해 종일 고군분투합니다. 저녁 무렵 진범을 찾아냈다고 생각한 순간부터 찬호께이의 반전쇼가 시작됩니다. 마지막의 마지막까지, 진범이 확정된 후에도 그 사람의 실제 신원을 놓고 엎치락뒤치락 반전이 이어집니다.

주인공이자 사건 해결자라고 생각했던 '나'가 사실 누구였는지가 밝혀지는 순간은 오싹하기까지 합니다. 또한 이 작품에서는 둥청아파트 사건의 범인이 누구인가 하는 것 외에도 기억 장애를 겪는 주인공 '나'의 잃어버린 기억과 그 원인이 무엇인지 등, '나'의 정체성에 대한 비밀 역시 독자들이 풀어야 하는 수수께끼가 되어 더욱 흥미진진합니다. 외상 후 스트레스 장애만으로 6년간이나 기억상실이 일어난다는 것은 사실 일반적으로 받아들여지기 어려운 설정일 수도 있습니다. 그러나 이야기가 진행되면서 여러 에피소드 등이 절묘하게 결합되어 모든 것이 밝혀졌을 때 저도 모르게 고개를 끄덕이게 됩니다. '나'의 실제 신원과 행적이 밝혀질 때는 앞부분을 읽는 동안 기억 혼란 상태의 '나'와 독자가 함께 느낀 미묘한 불편감이 왜 그리 느끼게 되었는지 딱딱 들어맞아 또 다른 카타르시스를 맛보게 합니다. 주인공이 외상 후 스트레스 장애를 입게 된 사건, 그로 인한 심리적 고통을 극복해가는 모습 등은 또 한편 잔잔한 울림이 있습니다.

직접 이 작품을 수상작으로 결정한 시마다 소지는 찬호께이에게 "무한대의 재능"이라는 찬사를 보냈습니다. 『기억나지 않음, 형사』는 찬호께이라는 재능 있는 작가가 앞으로 보여줄 작품세계를 더욱 기대하게 만드는 작품입니다.

2016년 이른 봄

강초아

기억나지 않음, 형사

1판 1쇄 발행 | 2016년 3월 10일
1판 4쇄 발행 | 2023년 2월 15일

지은이 찬호께이
옮긴이 강초아
펴낸이 김기옥

문학팀 김세화 | **마케팅** 김주현
경영지원 고광현, 김형식, 임민진

인쇄·제본 (주)에스제이피앤비

펴낸곳 한스미디어(한즈미디어(주))
주소 04037) 서울시 마포구 양화로 11길 13(서교동, 강원빌딩 5층)
전화 02-707-0337 | **팩스** 02-707-0198 | **홈페이지** www.hansmedia.com
출판신고번호 제313-2003-227호 | **신고일자** 2003년 6월 25일

ISBN 978-89-5975-959-0 03820

2015 타이베이 국제도서전 대상 수상작

13·67

찬호께이 지음 | 강초아 옮김

1967년부터 2013년까지 홍콩에서 벌어진 여섯 건의 범죄사건! 연속성 있는 여섯 편의 단편소설을 옴니버스식으로 묶어냈다. 홍콩 경찰총부의 전설적 인물 관전둬와 그의 오랜 파트너 뤄샤오밍이 함께 사건을 해결해나가는 동안 한 경찰관의 일생이 감동적으로 펼쳐진다.

사악한 최면술사

저우하오후이 지음 | 허유영 옮김

'중국의 히가시노 게이고' 저우하오후이의 신작. 룽저우의 거리에서 한 남자가 자신을 친운전사의 얼굴을 뜯어먹는 사건이 발생한다. 다음 날에는 건물 옥상에서 비둘기에게 모이를 주던 남자가 추락해 사망하는 사건이 발생한다. 전혀 연관성이 없어 보이던 두 사건이 한 인터넷 게시글을 통해 최면술과 관련돼 있다는 사실이 밝혀지는데……

<십이국기> 시리즈 오노 후유미 신작!

영선 가루카야 기담집

오노 후유미 지음 | 정경진 옮김

몇 번을 닫아도 이유 없이 문이 열리는 집, 헛것이 보이고, 헛소리가 들리는 집. 그곳에 사는 사람들이 겪는 기현상과 서서히 밝혀지는 집에 얽힌 아픈 사연들! 상처를 어루만지듯 집을 수리하며 기현상까지 풀어내 주는 가루카야 수리점 목수의 감동적인 괴이담!

<전력 외 수사관> 시리즈로 인기를 끈 니타도리 게이의 데뷔작!

이유가 있어 겨울에 나온다

니타도리 게이 지음 | 이연승 옮김

모 시립 고등학교 취주악부는 다가오는 송별 연주회로 연습에 매진해야 하지만 유령이 나타난다는 소문에 부원들은 겁을 먹는다. 미술 부원인 하야마는 유령의 존재를 부정해야 하는 취주악부의 부장을 돕기 위해 한밤의 예술동에 발을 들인다. 하지만 예상과 달리 실제 유령(?)과 맞닥뜨리고 마는데……

'S & M' 시리즈 제1탄
미스터리 세계를 바꾼 기념비적인 작품!

모든 것이 F가 된다

모리 히로시 지음 | 박춘상 옮김

외딴섬의 하이테크 연구소에서 소녀시절부터
완전히 격리된 생활을 하고 있는 천재 공학박
사 마가타 시키. 그녀의 거처에서 두 손과 두
발이 절단된 웨딩드레스 차림의 사체가 나타
난다. 우연히 그 섬을 방문한 N대학 조교수 사
이카와 소헤이와 학생인 니시노소노 모에가
이 불가사의한 밀실사건에 도전한다.

'S & M' 시리즈 제2탄

차가운 밀실과 박사들

모리 히로시 지음 | 이연승 옮김

N대학 공학부 실험실을 찾은 사이카와 조교
수와 니시노소노 모에 앞에 또다시 불가사의
한 사건이 일어난다. 여러 사람이 지켜보던 실
험실에서 대학원생의 시신이 발견된 것. 살인
범과 피해자들은 밀실 안에 어떻게 들어갔고
또 어떻게 탈출했는가? 서서히 밝혀지는 경악
스러운 진상과 트릭. 연구자들의 순수 추리가
이끌어낸 진실이 의미하는 것은?

'S & M' 시리즈 제3탄
웃지 않는 수학자
모리 히로시 지음 | 박춘상 옮김

위대한 수학자 덴노지 쇼조가 사는 삼성관. 그
곳에서 열린 파티석상에서 노학자는 뜰에 있
는 거대한 오리온 동상을 없애 보인다. 그러나
새벽에 오리온 동상이 다시 나타났을 때, 시신
두 구도 발견되는데……. 이공계 사제 콤비가
관(館)의 수수께끼와 살인사건의 진상을 파헤
친다. 강력한 '모리 미스터리' 제3탄.

'S & M' 시리즈 제4탄
시적 사적 잭
모리 히로시 지음 | 이연승 옮김

대학 시설에서 여대생들이 잇달아 살해당한
다. 현장은 밀실 상태이고 시신에는 글자 모양
의 상흔이 남아 있다. 수사 선상에 오른 인물
은 록 가수 유키 미노루. 그는 피해자와 아는
사이이고 그의 곡 가사는 사건과 비슷한 점이
매우 많았다. 곡의 제목은 〈Jack the Poetical
Private(시적 사적 잭)〉. 사이카와 조교수와 니시
노소노 모에가 연쇄 살인사건의 구조를 해체
한다!